百部红色经典

红 嫂
知侠中短篇小说选

知侠 著

北京联合出版公司
Beijing United Publishing Co.,Ltd.

图书在版编目（CIP）数据

红嫂：知侠中短篇小说选 / 知侠著. -- 北京：北京联合出版公司, 2021.7（2023.11重印）

（百部红色经典）

ISBN 978-7-5596-3752-9

Ⅰ.①红… Ⅱ.①知… Ⅲ.①中篇小说—小说集—中国—当代②短篇小说—小说集—中国—当代 Ⅳ.①I247.7

中国版本图书馆CIP数据核字(2021)第015208号

红嫂：知侠中短篇小说选

作　　者：知　侠
出 品 人：赵红仕
责任编辑：李艳芬
封面设计：赵银翠

北京联合出版公司出版
（北京市西城区德外大街83号楼9层 100088）
北京新华先锋出版科技有限公司发行
大厂回族自治县德诚印务有限公司印刷　新华书店经销
字数216千字　787毫米×1092毫米　1/16　16印张
2021年7月第1版　2023年11月第4次印刷
ISBN 978-7-5596-3752-9
定　价：49.00元

版权所有，侵权必究
未经书面许可，不得以任何方式转载、复制、翻印本书部分或全部内容。
本书若有质量问题，请与本社图书销售中心联系调换。电话：（010）88876681-8026

出版前言

为庆祝中国共产党成立 100 周年,全面展现中国共产党成立以来中华民族辉煌的发展历程、取得的伟大成就和宝贵经验,集中体现中华民族的文化创造力和生命力,北京联合出版公司策划了"百部红色经典"系列丛书,希望以文学的形式唱响礼赞新中国、奋斗新时代的昂扬旋律。

本套丛书收录了近一百年来,描绘我国人民在中国共产党的领导下艰苦奋斗、开拓创新、改革开放的壮美画卷,充分展现我国社会全方位变革、反映社会现实和人民主体地位、弘扬社会主义核心价值观、讴歌中华民族伟大复兴中国梦的 100 部文学经典力作。

本套丛书汇集了知侠、梁晓声、老舍、李心田、李广田、王愿坚、马烽、赵树理、孙犁、冯志、杨朔、刘白羽、浩然、李劼人、高云览、邱勋、靳以、韩少功、周梅森、石钟山等近百位具有代表性的中国现当代著名作家。入选作品中，有国民革命时期探索革命道路的《革命的信仰》《中国向何处去》，有描写抗日战争的《铁道游击队》《敌后武工队》《风云初记》《苦菜花》，有描绘解放战争历史画卷的《红嫂》《走向胜利》《新儿女英雄续传》，有展现新中国建设历程的《三里湾》《沸腾的群山》《激情燃烧的岁月》，有寻找和重建民族文化自信的《四面八方》，也有改革开放后反映中国社会现状、探索中国道路的《中国制造》，同时还收录了展现革命英雄人物光辉事迹的《刘胡兰传》《焦裕禄》《雷锋日记》等。

本套丛书讲述了丰富多样的中国故事，塑造了一大批深入人心的中国形象，奏响了昂扬奋进的中国旋律。这些经历了时间检验的文学作品，在艺术表现形式、文学叙述方式和创作技巧等方面都具有开拓性和创造性，作品的质量、品位、风格、内涵等方面都具有很高的水准，都是有筋骨、有道德、有温度的优秀作品，很多作家的作品都曾荣获"五个一工程奖""茅盾文学奖""鲁迅文学奖""国家图书奖"等奖项。

为将该套丛书打造成为集思想性、艺术性、时代性为一体，展现新时代文学艺术发展新风貌的精品图书，北京联合出版公司成立了由出版界、文学艺术界的资深专家和学者组成的编辑委员会。他们从文学作品的历史价值、文学价值、学术价值、现实意义等维度对作品进行了深入细致的研读和筛选，吸收并借鉴了广大读者的意见与建议，对入选作品进行深入细致的分析与综合评定，努力将"百部红色经典"系列丛书打造成为政治性、思想性和艺术性和谐统一的优秀读物，向伟大的中国共产党成立100周年这一光荣的日子献礼！

/ 目 录 /

一次战地采访　　// 001

火线入党　　// 045

红　嫂　　// 070

沂蒙山的故事　　// 119

一次战地采访[1]

最近,为了写一部以解放战争为题材的长篇小说,我又翻阅了一下在战争期间的日记、访问记,以及其他一些文字资料。当我一接触到这些材料时,我就想起了那炮声隆隆、烟火弥漫的战斗岁月。我当时以随军记者的身份参加了这个战争,在战场上,我目睹了我们人民解放军的指战员在歼灭敌人的战斗中,创造了数不尽的可歌可泣的英雄事迹。现在,当我翻着这变黄了的纸张,看着上边记着由于墨水褪色而显得字迹模糊的材料,除了想到这里所记载的动人的事迹而外,同时也情不自禁的联想到了我在战地获得这些材料的一些情景。

下边这个故事,就是我看到的材料"火线入党"访问记之后,所想到的在淮海战役里我的一段曲折而有趣的遭遇。

"火线入党"是我在淮海战役第一阶段曹八集战斗中采访的一个动人的事迹,为《华东前线》报写了一篇文艺通讯。

当我写"火线入党"的时候,我曾经访问过曹八集战场,也和创造这个战绩的一营的勇士们谈过话,稿子写好了,感到还有些细节需要补充,

---

[1] 本书收录的作品均为知侠的代表作。其作品在字词使用和语言表达等方面均具有鲜明的时代特色。此次出版,根据作者早期版本进行编校,文字尽量保留原貌,编者基本不做更动。

我还得再到曹八集去一次。因为在战斗时,我跟着师指挥部在外边,战斗结束时,虽然进去了一趟,但很快就随部队撤出来了。因此,一营在北门坚持战斗的几座房子我没有看到。为了把这篇通讯写得更真切些,我很想再到战地去看看这几座房子。当我把这个意图告诉一营的王、宋副营长时,他们也愿意陪我一道再到曹八集去一趟,以便就地介绍一下当时的战斗情况。为了能早点赶回,我们确定骑马去,从驻村到曹八集是十二里路。

原来一营的营长和教导员,都在战斗中负重伤,战后抬到医院去了。实际上在战斗的后半段,就是这两位副营长指挥的。他俩指挥战斗,都很出色,但是在外形上看,两人却有很大的不同。王副营长面孔白净,举止文静,象个书生,而宋副营长呢,脸孔黝黑,身体强壮,性格却比较粗鲁。当我们三个人各牵一匹马,另带两个骑兵通讯员走出村庄时,正是上午十点多钟,敌人的飞机成群结队的在晴空里嗡嗡乱飞。远近处不时有沉重的爆炸及扫射声传来,因为我军围攻碾庄蒋匪黄伯韬兵团的战斗正急,敌人的飞机都集中到这一带,来替被困的敌人助威。敌机一发现地面上有人影活动,哪怕是一两个人,它就俯冲下来扫射。因此,在战场上,除了东边碾庄一带的炮火响成一片以外,其他非战斗地区,也常点缀着敌机轰炸的轰隆声,还夹杂着俯冲扫射的哒哒声。文静的王副营长,望望天空的敌机,又看看身边的人马,用担心的眼光,看了宋副营长和我一眼,以胶东口音慢慢说:

"我们的目标不算小,可得小心点呀!"

宋副营长很不以为然的吼了一声:"没有事!走!"说着就跃上他那匹花斑马。王副营长在上马前,用探问的眼神,望了我一下,意思是说,"怎么样?你能行么?"

为了不愿意在这些英雄们面前表示胆怯,我用眼睛答谢了王副营长的好意之后,说了句:"没有什么,走吧!"就也跃上马去。我们就这样动身了,第一个勇猛的奔出去的是宋副营长,接着是老王和我,我们五匹马奔驰在村外的原野上。

我们骑着五匹马，在原野上奔驰，马蹄击打着地面，在我们身后扬起一长溜滚滚的尘土，后边的尘土还没消散，新腾起的尘土又云烟一样涌来，足有半里路尘烟紧紧的拖在我们身后。王副营长的估计并没有错，这个目标很大，我们没跑上几里路，就被敌人的一架战斗机发现了。它从左边向我们身后袭来。

"注意！敌机过来了！"王副营长向前边的宋副营长提出警告了。可是宋副营长满不在乎的叫道：

"不要紧！快跑！"

当时我觉得这个宋副营长真是个冒失鬼，马和飞机赛跑，能有个什么结果呢？可是我看到前边的马在更快的急奔，我也催着坐骑急追上去。我一边跑着，一边回过头来，看看敌机，已经飞到我们身后，笔直的向我们追来，我们虽然更快的飞驰，可是马达的声音却愈来愈近了。

飞机追马，是用不着多少时间的，眼看敌机从后边朝着我们的头顶俯冲下来了，螺旋桨磨擦空气的嗡嗡声，现在已经变成尖厉的沙沙声，敌机马上就到头顶了，只看见跑在前边的宋副营长扬起左手，向左边一指，吼了声：

"向左转，停！"

他突的一拨马头，折向左边一个长着几棵柳树的土坎下边，一闪眼工夫，我们这支小马队打了个旋，就突然停在那里，就在我们刚停下的这一刹那，通！通！……沉重的扫射声响了，一排排子弹，打在土坎上，在土坎上扬起了一长串尘烟。

随着敌机的扫射，我的心虽然在一阵阵跳动，可是我却对这位冒失的宋副营长感到敬服，他真有一手，他那么果断、迅速的摆脱了敌人，因为马能突然停下，而飞机却不能在空中停下来，它呼的就在我们头上闪到前边去了。

当飞机一闪过我们的头顶，宋副营长就叫了一声"走"，他一马当先，我们追随在他后边，跃出土坎，奔上大道，朝着飞机飞去的方向奔去。我们理解宋副营长的意图：他想在敌机绕到我们身后的这段时间里赶一段路。果然，在我们继续向前飞奔的时候，敌机向右转弯了，渐渐的绕向我们身后，当我们争取时间，又跑出几里路的时候，敌机又从身后俯冲下来了，可是我们又象第一次一样，很巧妙的急勒住战马，折进一块洼地，敌机的扫射又落了空。

就这样，我们又和敌机打了个照面，就到达曹八集了。一靠近村庄，地形复杂，便于隐蔽，就没有什么问题了。当我们把马拴在一截长着树丛的短墙边，挥着脸上的汗水时，眼望着敌机垂头丧气的向远空飞去。

我们沿着一营进攻的道路，向这个小集镇走去。曹八集是个小集镇，四周有着不高的石砌围墙，围墙外边是又宽又深的水壕。北门外还有一些住宅，和市镇隔着一条长长的石桥。一营就是以北门外的这一片住宅作为进攻出发地，然后沿着这座石桥冲进北门的。

我和王、宋副营长站在北门外的桥头，脚下的土地，都被炮火烧焦了，桥两边的房屋，都被敌人的炮火打成乌黑的屋框，断壁上残留着累累弹痕，屋上的柴草都化为灰烬，落进屋框。屋里的东西烧完了，有些什么没烧透，还在冒烟，随着烟雾的缭绕，发出一股烧焦的粮食和油漆木器的味道。

登上石桥，才看清了桥身是三条狭长的石板拼架起来的。桥身的石板，被炮火打得有些残破了，上边有些地方熏黑了，有些地方染着战士的血迹。看到血迹，我想到这是勇士们昨夜留下的，他们端着机枪迎着激烈的炮火冲上桥去的雄姿，又浮现在我眼前：炮弹的爆片，插进他们的身体，他们咬牙拔掉后，把带着自己血肉的弹片，抛进这桥下混浊的水壕，勇猛地冲进敌群。

桥下的水，确实是污浊的，因为昨夜双方炮火隔水射击，水壕打得象开了锅的沸水一样。手榴弹、炮弹象雨点样往水里落，掀起山峰似的水柱。水底的鱼被炸死了，没有碰到弹片的也被震昏了。因此，当我们现在看着污混的水面时，上边除了飘着带血的布片、碎纸而外，还有几条鱼儿，翻着白肚，死在水面。我看有几个帮助打扫战场的民兵，用杆子把鱼拨到岸边，用绳缚着拴在步枪的尖顶。他们背着步枪，尺长的鱼儿，在肩后摆动。

石桥靠近北岸的那一孔，并排的三块狭石板，整个断了，石条落进水底，现在上边架着一条长木板，我们从木板上走过。走上木板时，王副营长告诉我，他们进攻北门时，这一孔还留一条狭石板可以通过。后来又被敌人的炮火打断，因此，阻拦了后续部队的前进。

我们走上北门，敌人的阵地和工事，都整个呈现在眼前。原来敌人是以四周的短石围墙作屏障，构筑工事进行顽抗的。围墙上都挖有射击孔，围墙后边都挖了堑壕掩体。但是这强固的工事，却挽救不了他们，他们覆灭了。现在堑壕里都填满了敌人的尸体。北门是敌我反复冲杀、争夺最厉害的地方，所以这里的敌人尸体特别多。

进了北门，是一条市镇的南北大街，街道都是石板铺起来的。王副营长指着紧靠北门、街左边的两家店铺和后面的几座房子，对我说：

"我们冲进来，就占领了这几座房子，和敌人战斗，一直坚持到最后。"

我看着眼前的这一片房子，在我的想象里它一定是破烂的，但是实地看起来，它比想象中的还要破烂得多。它被炮火打得百孔千疮，象经过了一场大地震一样，房屋被摇撼得东倒西歪。东北角几间已经烧成屋框，其他的虽然没有焚毁，可是屋顶被炮弹打得象透风的篱笆，有的屋顶已经塌下来，一边着地了，那一边被墙壁支着；有的屋顶整个落了下来，又被屋里的木柜、货架等物顶着。人只能弯着腰走，或在里边爬行。所有的门窗、木器，都有着数不清的弹痕。屋里地上铺着厚厚的尘土，什物的碎片，成堆的子弹壳，还有手榴弹的拉弦。

为了看个究竟，我们走进了一家店铺，由于墙壁的倾斜，屋顶下塌，使我们不得不弯着腰，挤着破烂的木器，小心地摸索着向里边走，因为一不慎，头就会碰着屋椽。象我们这几个人，在屋里活动还这么困难，而昨夜一营的勇士们在这里坚持的艰苦处境是可想而知了。现在乍一看，不要说进去一个营，就是一个连也进不去。可是事实上，我们一营的指战员确实是在这里坚持战斗，苦战十个钟头，最后配合外边冲进来的兄弟部队全歼了敌人。

这也不难理解，为了夺取战斗的胜利，我们的勇士们什么困难都能克服。敌人集中全师的炮火，可以把这一带房屋摧毁，但是却丝毫动摇不了我们勇士比钢铁还要顽强的意志。这一带房屋四周的成堆敌人的尸体就是明证。他们可以把房屋打得破烂不堪，但是却不能靠近房屋一步，因为在这残墙断垣里边，有着我们无坚不摧的勇士，把敌人坚决的消灭在反扑的路上，敌人反复反扑的代价，只能在房屋周围构成一个尸体圈。

我们一边看着，王、宋副营长一边和我谈着当时战斗的情况，并指出火线入党的地方，不知不觉的我们走进一个狭小的天井，在这里碰到了一个矮小的老人。老人满身泥土，在整理着破碎了的家具，他的脸色是沉闷的，但是当他一看到我们几个解放军进来，他的脸色开朗了，眼睛里迸出喜悦的火花，就迎上来说：

"同志们！来了么？你看这里乱糟糟的，连个座位都没有。"

王副营长问："老大爷！你在干啥呀？"

老人指着破屋里的东西慢慢的说："我在收拾一下，这是我的屋子啊！"

啊！原来他就是这房屋的主人。我就接着问："老大爷！打仗时你在什么地方？"

老人脸上流露出一种严肃的神情对我说："同志！我就在这屋里呀！"

听说战斗时老人也在这里，性急的宋副营长也有些惊讶的望着老人说："打仗时，你在这里，我怎么没看见？"

老人说："我躲在柜子下，一点也没敢动。"

我向这位老人介绍了王、宋两位副营长，告诉他，就是他俩带着一营解放军在这里和敌人战斗的。老人一听说昨夜在他屋里指挥作战的同志来了，兴奋的走上来，紧握着王、宋副营长的手，激动的说：

"你们打得真强啊！好样的！有了你们这样的部队，蒋介石准得垮台。奶奶！这些遭殃（中央）军真坏，净糟蹋老百姓，早该把他们消灭掉。你们打得好。"

老人被战斗胜利鼓舞着，他亲眼目睹了解放军如何顽强的消灭敌人，为人民消除了祸害。由于昨夜在激烈的战斗过程里，他和战士们一道度过了那最严酷的时刻，因此，战斗结束后，他也很自然的和战士分享了胜利的喜悦。虽然敌人的炮火摧毁了他的房屋、用品，但是万恶的敌人终于在他面前覆灭了。面对着这样辉煌的胜利，老人感到自己付出这点损失，算不得什么。

虽然这样，但是我还是用安慰的口气，鼓舞着老人说：

"老大爷！你的房子在战斗中也出力不小呀！英雄们在你的房屋里战斗，你的房屋应该说就是英雄的房屋。"

老大爷笑着说："同志们为了消灭敌人，不惜流血牺牲，我这点损失还算什么！"

我们离开了老人，就又回到街上，顺着石铺的街道，向南走去。准备出南门，绕道回部队。

街道上除了到处散见的敌人的尸体而外，还有些被击毙的死马、死骡，横陈在道旁，或墙脚边。从外面逃难回来的居民们，都拿着刀子，蹲在这些死牲畜身旁，在割马大腿上的肉，准备带回家里煮着吃。马死不久，天气又冷，马肉还是新鲜的，煮着吃还是很可口的。

当我们继续沿街走去的时候，发现有些住户的门楼下边，有几个敌人的伤兵，他们一看到我们，就很快的躲进门里去。我军是优待俘虏的，战场上的敌军伤员，我们都和自己的伤员一样，抬进医院去医治的，怎么把这些漏掉了呢？我把这个问题，询问王副营长，可是王副营长还没有回答，性急的宋副营长就气呼呼的说话了：

"这是他们自讨苦吃。他们在战斗中被打伤了，战斗结束后，我们打扫战场，是会把他们送进医院去的。可是他们思想顽固，怕我们再打死他们。

当我们打扫战场的同志走到他们身边时,他们却夹在死尸中间装死。等我们的同志过去了,他又爬出来。你说他们现在受罪,还不是活该!"

王副营长对待问题比宋副营长冷静,他说:

"这完全是敌人反动宣传的结果,怪不得他们。将来我们还得把他们送进医院里去。"

我们正在谈话的时候,从一个转角处,走来了两个打扫战场的战士,他们背了些捡来的武器,还挟着一些敌人的文件。我看到一个战士手里拿着两本精装的敌人的日记本,在战场上经常会捡到这种日记本的,我们的战士都很喜欢要它。战士感兴趣的并不是那里边记的东西,而是那些还未写上字的空白纸页,他们把有字的撕去,留下半本印刷精良的空白页,作为学习文化之用。

这两本敌人军官的日记,吸引了我,因为曹八集战斗,我军英勇歼敌的正面材料,我已知道很多;现在我很想了解一下敌人内部的情况,尤其是在我大军围歼下,敌人当时的狼狈情景。要了解这些,敌人军官的日记,对我就很有用处了。

我借口要看看他们捡了些什么文件,就向两个打扫战场的战士走去。王、宋两位副营长也随着跟了上来。

两个战士看着有指挥员在他们面前,就很拘谨的把所有捡来的文件,摊在我们面前。我并没去翻别的,顺手就拿起了那两本日记。

一本是蒋匪黄埔军校制的,扉页有蒋匪介石的照片和题词。日记的文字不多,也很简略,但粗看起来却有不少的反共滥调。显然这是蒋匪培养出来的、反动透顶的法西斯军官写的。这日记对我没大用处。我就把它还给了战士,我觉得战士很可以把那几页废纸撕掉,作为他学习文化的笔记本。

另一本日记倒很使我注意。这是一本生活书店出版的黑色封面的"生活日记"。扉页贴着日记主人的两张照片,一张是着军装的,另一张是童年的。

照片下边有着一首自题诗。日记的本文记得很多，几乎写了一大本，文笔还算秀丽，文字中间，没有反动军官惯用的"共匪"字样。我觉得从这里也许可以找到一些反映蒋匪军内部的真实材料。由于时间的关系，我不能细看里边的文字，急忙往后翻，看看他记到什么时候。翻到最后一页文字时，这篇日记的年月是一九四八年十一月九日。小标题是："死的威胁"。我们围攻曹八集的日期是十一月十日，他记到九日。这说明当他写这篇日记时，也许我军围歼他们的炮火，已经在他头上响了，当然，他会感到死的威胁的。

我感到这本日记对我很有用处，就抬起头来，对战士说：

"这本东西我工作上很需要，把它送给我吧！"我突然想到这本子上还有一小部分空白纸页，没等战士回答，我又马上打开日记本，翻到文字与空白的分界处，补充说：

"如果你们要这些空白页，我可以撕给你们。"

战士很慷慨的说："你拿去吧！"

我拿了日记本，向战士表示了谢意。看看天色已过中午，我们就骑着马奔出曹八集，回驻地去了。

一路上，当然会有敌机骚扰，但是有我们两位英雄的营长在一起，就没有什么可怕的事情了。

回到一营驻地，在营部吃了午饭，我告别了王、宋副营长，到团部去。在团政治处我把已写好的"火线入党"稿子从新读了一遍，根据这次到曹八集战地的感触，又作了一番补充与修改，就交给了政治处代我转到《华东前线》报社。

稿子发出后，我感到一阵轻松，就到团政治处方主任屋里去了。方主任是位眉清目秀的青年政治工作者，工作有魄力有办法。他是抗日初期我在陕北抗大学习时的同学，这次我到他团里来采访，他给我很多帮助。现在我来找他，为的是和他告别，我想在今天下午，赶回师部，再转到碾庄战地去作新的采访。

一进屋子，这位方主任正在召集团的政治工作干部开会。他一看到我，就知道了我的来意。

"老刘！不要急着走嘛！等一会我开完会，咱们再在一块谈谈，一定等着啊！会马上就完了。"

他向我说了这几句，就又埋头于紧张的会议里了。为了不过多的打扰他，我就退到屋外。本来我的行李都已准备好了，向他告别后马上要走的，可是他又这样热情的约我谈谈，我怎好不答应呢？不畅谈一下，就匆匆的走了，也真有点对不起这位热情的好战友。

在等方主任开会的这段空余时间，我没有什么事好作，就到团部驻地的村边去散步了。

这时正是下午三点钟，太阳已经偏向西南。微风拂过，晴空里朵朵白云，在轻轻移动，这本来是冬季里的一个晴和的好天气，可是太空的一切宁静景象，却都被敌机搞乱了。云层上下经常有飞机的小黑点，穿来穿去，忽隐忽现，把那厌人的"嗡嗡"声送到地面。地面的远近处，常有投弹和扫射声传来，黑色的烟柱，不时腾空而起，哒哒的扫射声也响个不停。这种敌机的"嗡嗡"声和轰炸、扫射声，在淮海战地几乎成了从早至晚，甚至夜里的一种惯常音响了。因为蒋匪主力被困于淮海地区，面临将要覆灭的命运，作垂死挣扎的蒋匪介石当然调动他所有的破烂飞机来全力支援的。我们的战士仰望天空成群的敌机，鄙夷的说："别再来吊丧了！"战士这种豪语说得很有根据，因为每次战斗，敌机照例要来支援，可是哪一次也没救出被围困的蒋匪军。因此战斗一开始，战士们就讽刺它又来吊丧了。

事实也正是这样，敌机的嗡鸣，比起现在东边围歼碾庄敌人的我军强大的炮火，它显得太渺小了。它渺小得象巨大的锣鼓声里一缕低沉的胡琴的呻吟。

我的视线，离开了晴空云朵之间的敌机，站在一个池塘边的小树林里，侧耳静听东边碾庄传来的炮声,大炮连珠般发射,响成一片,象滚了锅一样。机枪和步枪声象刮风似的分辨不清了,它整个儿融化在惊天动地的炮火声里了。

池塘边的几棵老枣树,光秃的枝丫上还残留着零星的枯叶,由于沉重的炮声击打着地面,枯黄的枣叶禁不住震动,它颤抖一阵,就脱离了坚硬的枝干,索索的飘落下来,落进了微结薄冰的池塘。据老农讲,收过果实的枣树,枝丫愈光秃,第二年结的果实就愈多。要真是这样的话,到明年的秋天,这清澈的池塘里,将要映出更丰美的红色果实了。

虽然晴空里传来敌机的嗡嗡声,四处常爆发出轰炸、扫射声,但是我站在这战场的一角,背后是小树林,对面是四周长着枣树的池塘,望着这些景色,我感到一阵恬静。在紧张的战场跑来跑去的人,能有片刻安静也是可贵的。我想利用这难得的时刻,来读点什么。突然,我想到在曹八集战场上捡来的日记,它现在正放在我的口袋里。我就在小树林里找到一个草堆坐下来,掏出日记仔细的看起来了。

打开日记的封皮,扉页上两张照片,成"V"字形映在我的眼前。左边的那张穿着军衣,大约二十多岁,长着一张富有沉思的表情的脸,这定是日记的主人了。右边的一张是穿着学生服的少年。从面孔看,和日记的主人有些仿佛,但也不太近似。想是作者的童年,或是他的友人和弟弟。两张照片之间写着一首小词:

  一年、一年、又一年
  新月望到圆,
  圆望到残,
  寒雁排成字
  又会分散……

从这充满惜别情绪的小词看来，对右边那张童年照片的后一个判断，可能性就更大了。我看看下边的署名是："钟磊记于首都"。那末，这日记的作者名字叫"钟磊"是无疑的了。

翻阅第二页，我又看到一首名为"前题"的小诗：

残冷碰伤了我，
我易于落泪。
卑污教坏了我，
我满怀憎恨。
朋友！
不要以为笑容在我脸上生疏了，
就骂我冷情。

这首诗虽然不长，却道出了作者对生活的哀伤，对周围环境的不满。他最后的自我剖白，是可以理解的。只要是一个稍有正义感的青年，生活在罪恶的反动军队里，都会这样的。这首小诗，虽然耐人寻味，可是我并没在这诗上停留多久，因为我很急切的想看看日记的本文。但是日记的横格上写满了密密麻麻的、倒很挺秀的文字，写了将近厚厚的一本。时间很短促，不允许我细看，所以我只能粗略的翻着看。后来我干脆翻到最后，先从后边看起，因为愈往后，愈靠近曹八集战斗，我急于要了解一下这个战斗，或接近这个战斗时的敌人内部情况。

最后的一篇日记翻到了。小标题是我在曹八集战地就已看到的："死的威胁"。我越过这个标题，读到了下边的日记本文：

当战斗正酣之际，命令下达了，即撤至赵墩集合。如是，我率领着全台人员与机器，随着工兵连后退了。在黄路的两旁，遗弃了更多的辎重与公文,这更证明了事态的严重性。心陡的怦怦跳动,震慑于目前的恶劣环境,深深感到死的威胁。本来,人的死并没有什么可怕,不过是他在走完一段人生旅途的休息罢了。然而,假如我在这种场合下死去,我会含着永恒的遗恨。因为没有人回答过我,究竟为的什么而死?一向,四大家族为我们所憎恨,如今竟叫我为他们的财富而牺牲的话,正合一句俗话:"不合算"。我绝对要挣扎,我必须冲过去,我怒吼了……

下边的一段描述,是写他们在我强大的解放大军的压力下,狼狈向南溃逃,抢渡运河桥的情景,日记作者用文艺笔法生动的描写了敌人溃不成军,自相践踏的丑态。"怒吼了"的日记的主人,"在极度混乱中,终于挤过了河,最后才深长的吐了一口气,仿佛找回了自己生命那样欢欣,心头的阴雾,骤然疏朗开了。"

读完了这篇日记,我陷入一阵沉思,它使我有不少感触。从这篇日记里,我了解到钟磊是个敌人的电台工作人员,按一般情况说,电务是机要工作,一定是敌人的心腹人员才能充任。可是这个日记的作者,当他遭到死的威胁的时候,他竟谈到"四大家族"的字眼,并且明确表示,为他们而死"不合算"。这却使我诧异起来。因为《四大家族》这本书是我们解放区印行的,它揭露了蒋、宋、孔、陈官僚资本的罪恶。这本书在解放区流行很广,人人都知道"四大家族"。可是蒋管区对这本书是禁止的,尤其在蒋匪特务紧紧控制的反动部队里,更是很难看到,那末,钟磊怎么知道"四大家族"呢?这就使我很费解了。莫非他是个进步青年,曾经秘密的接近过革命同志,偷偷的看过这本书?抑或他是个地下革命者?可是,不久,我就把后一种想法否定了。如果是地下人员,绝不会这样明目张胆的把"四大家族"写在日记上。那末,他很可能是个有着进步思想的敌方人员。从他的临死前对战争的态度上看,他不象是一个忠于蒋匪的反动军官。

我反复的考虑着这篇日记所给我提出来的问题,虽然没有得出肯定的答案，但日记对我却增长了魅力，它吸引着我，使我产生了很浓烈的兴趣读下去。我感到读下去一定会使我了解更多的东西。

可是日记又那么厚，不是短时间可以看完的，我只能大体上翻一翻，好在里边每一篇前边，都有着文艺性的小标题。我只挑那最醒目的、惹人注意的标题读，其他的留在以后再看。

我又往前翻去（因为我是从后面往前看的），一边翻着，一边读着一些进入我眼帘的小标题。翻过几页后我在一个"哭双十"的小标题下停住了。在双十节哭么？哭什么呢？它吸引了我。我看看下边是首诗，我想到这个作者一定是很爱好文艺的，又特别喜欢写诗。好在诗的句子短，便于阅读，一首诗很快可以读完，我就看下去了：

  血的、鲜红的、光亮的双十，
  悲痛与激昂的双十，
  今天已是泪水莹莹了。
  长眠在荒土中的千百万志士，
  在大声的呼唤：
  还我双十圣洁的光吧！
  然而
  我们这一代不肖的子孙，
  却拿血腥渲染了"她"。

  曾记得么？
  双十给我们带来了兴奋。
  解脱了统治者加在我们身上的桎梏，
  更赐给我们热的强烈的光，
  也为我们打开了自由的园地！

如今呢?
中心思想丧失了,
封建的余孽复活了,
革命者变成了大亨,
又出现了新的太上皇。

撒出了一条看不见的线,
紧紧的束缚在我们每个人身上!
如是
多少人又开始了逃亡,
多少人又关进了土牢,
多少人在晚间丧失了生命!
挣扎在死亡线上!
多少新的有力生命被摧残,
和更多的财产送进了内战的枪膛!
炮声响在鲁中,响在东北,
响在华中,响在豫东,
响遍全中国每个角落。
玩火者得意的玩弄着野火,
而这把野火啊,
如今烧到了自己头上!
随着这鲜红明朗的双十,
了结他自己的生命!

今天的双十,悄悄的,无声的降临了。
我们能拟想

睡在黄花岗坟里的一群伯罗米修士至圣的心情么？
是悲痛，抑是懊丧？
现实的果实，
把他们至上的心灵刺得遍体鳞伤！

今天，党区里
高扎着彩楼，锣鼓喧天，
笑声洋洋！
毫无羞耻的
兴高采烈的来庆祝这红的双十，
是蓄意的讽刺性的恶作剧，
还是垂死前下意识的纵乐现象？！
我怅望着十月的行云，
真要失声的长嚎了。
谁又能想象到
这一个伟大的日子，
今天所结的果子是这样呢？！

一九四八年双十节，应《怒潮报》约稿而写，
但未被采纳，原璧退回，故摘录在这里，算作我今天的感想。

看了这首诗，我一方面感到痛快；同时，我又觉得好笑。痛快的是，这个曾经对国民党反动派寄以幻想的热情的青年，当他看到了他们血腥统治的罪恶，他感到了失望的痛楚。他那么激昂慷慨、痛快淋漓的咒骂着国民党反动派，咒骂背叛人民的"新的太上皇"蒋介石发动内战，屠杀人民，并预言这些败类的结局是"玩火自焚"。这是蒋管区（也就是诗人所说的"党区")广大人民的正义呼声。可笑的是他把这首咒骂国民党反动派的诗篇，竟投寄给鼓吹内战，为蒋匪军队服务的反动报纸上去，难怪不被"采纳"而"原璧退回"了。想到这里，我倒觉得这个日记的作者，未免也有点太天真了。

天色虽然已经不早了，但是我宁愿今天晚走一些时候，也要再看下去。我又在往前翻日记的纸页了。突然在一页的字里行间，掠过一些"政治犯""审问"和"杀"的字句，仿佛是一些血花在我眼前浮动。我就在一个"苏北×趾移抄"的小标题下边读起来了：

进居唐家闸以后，以情况特殊，故甚为忙碌，每日除派二电话台随连出击外，还得参与作战大演习，研讨一些有关事宜，沙盘教育为我人作战场的探讨，整个时间都花费在课堂上。可是因个人之情绪不佳，心情异常纷乱，故感到日子有点难过，大有一日如年之慨。

政治室连日审问一些据说是政治犯。所问大部是无头案，但是，动用了最残酷的电刑。当电流通过后，全身抽搐，状极痛楚，真不忍目睹。而执行者高踞其上，神乎其神，洋洋自得，毫无所见，且形愉适，吾殊不解之，彼等何其忍心如斯。动私刑加诸无辜者身上，以邀上官之宠，此辈无耻卑污行为，深为痛恨而屏绝之。欲替受害者一鸣其冤，可是自己未入流，列入摇旗呐喊之列，苟有点不满或寄以同情，自己的危险就大了。异党分子的帽子，会压在你的头上，那末生命也就旦夕不保了。明哲保身，我当有以效之。

近年来，诸多同仁，半真半假的说我有异党嫌疑，当初我倒不觉得什么，甚至于感到点光荣。真的我欣慕那些忠贞不渝的青年们。可是近年来，国共分裂，内战日益扩大，我真的吓怕了。国共之隙日大，大人先生们的心当然异常凶狠，等发现有异党分子存在，你自设想一下，将如之何？不言而喻，可想而知了。故在今天，我深引为恐惧，假如被此遥所误，那真不啻是晴雯第二了。

在自己的私人日记手册里，说一句心灵深处的话，自抗战终了之后，多期望解甲，如今竟又搠起了枪，进入第一线，居然打起了自己人。想起来真痛心。真是我极不愿干的事。为了挽救祖国的危亡，我以一个未成年的大孩子，就参加了抗战阵营，八年来吃尽了苦难，受尽了熬煎，终于得到了胜利，如今才不到一年，就又干开了，说起来真寒心。悲乎老大中国……

在这一段日记里，我以激愤的心情，看到蒋匪军内部的特务，在失却人性地杀害人民；同时从这一段里我又以一种关切的心情了解了作者一段身世，当他还是一个"大孩子"的时候，怀着满腔抗日救国的热情，被骗进了蒋匪部队，由于不满他们屠杀人民，他在蒋匪部队里，遭到歧视，最终还是被迫走上了蒋匪所发动的内战前线。

当我正在为日记主人的不幸遭遇又陷入沉思时，突然从下边密密层层的字句里，跳出了"清剿"的字样，这个字眼之所以特别引起我的注意，是因为对解放区的人民来说，"清剿"是个充满灾难的代号。抗战时期，日本鬼子扫荡根据地，对解放了的人民进行过三光政策的血腥清剿，现在蒋匪军又攻进了解放区——这是抗日人民在共产党领导下从敌人手里夺回来的、解放了的土地。蒋匪军又到这里来清剿，我要看蒋匪军在解放区，干了些什么罪恶勾当。我很快的又看下去：

在唐家闸居住了一个时期，在一个晴朗的早晨，出发刘桥清剿……好容易下午四时到达了目的地，前卫已发出了枪声。

天转变了，天空飘着浮云，风加劲狂吹。在黄昏时，终于刮下了牛毛雨。在一家小资产者家里居住下来了。同住者有特务排在焉！并捉到八九名所谓政治犯。九时左右，指导室的大人先生高搭公堂，大审其犯人，闹得一夜未有好睡。

　　林梓是个还不小的村镇，距此大约三十里，地形颇复杂，所以曾遭到阻击，一个连毁灭了，溃了一个连，震动了上官，捉来了一些政治犯，第二天就糊涂的报销了几个。据说还是杀头。在深夜的时候，我们熟悉的刘排长做了刽子手。在次晨吃早饭时，我问了问，只得到了一个神秘的微笑。三天后，我自己也亲自参加了一幕杀人的典礼，那是九月二十六号晚上十点钟。

　　一轮孤月，照抚着这悲惨的大地，夜风料峭，人们多已入了睡乡。我却被刘排长叫了起来，说是叫我满足一下好奇心。这一来，颇使我为难，不去吧，他们一块六人纠翲着。去呢，实在害怕，也不忍，叫自个去经历这一幕惨绝人寰的生死大悲剧。因此纠缠了半天，结果，还是拉去了。天啊！五分钟内，杀掉了七个。一个不到一米纵宽的土坑，作了他们永久的归宿，生命竟是这样的草率么？乱世，我们小民竟是这么的……我真不欲再言。

看了这么一段敌人屠杀人民的血淋淋的描述，我的心象被铁爪紧紧揪住了，一股无比愤怒的激流，在我的血管里奔腾，我气得拿着这迸着血火的日记的手都在发抖，蒋匪军就是这样在屠杀着我们的同志，还有人民。深夜里的一幕惨不忍睹的杀人惨景，浮现在我的眼前。

　　我猛的抬起了头，憎恶的望着盘旋的敌机，正在漫天扫射，轰炸着村庄，一阵阵黑红的烟火在上升。可是我也听到东边围歼蒋匪黄伯韬兵团的隆隆炮声，歼灭战已接近尾声了。是的，他们是逃不出我们为人民而战的强大的解放军的巨掌的。这些日记里所提到的刽子手们，在曹八集的歼灭战中，已得到了他们应得的惩罚。

　　太阳已经偏西了，北风起了，我身上微微感到有些凉意。也该去找方主任谈谈了。说不定他现在正坐在屋子里等我呢,可是日记在我手中仿佛增加了分量,使我不忍释手。我又信手翻了几页,一个"一封未写完的信"的小标题又吸引了我。不由得使我又看下去。我下了个决心,看完这一篇,就动身去找方主任。

  ××

  生活在鬼的地方,会感到恐怖与愤怒。因为"生活"与态度的不一致,遂引起了一些哈巴狗的注视,悻悻的狂吠起来,莫名其妙的给我戴上顶恶帽子,并赠予了一些颇为生动的好名字:盲从者,尾巴,左倾幼稚病患者,还有什么叛徒等名目。总之,一些什么的什么的好听的名字,都送给了我。我呢?一面在战栗与激动之余,亦只好默默的不否认也不甘自承认,听凭一些好意的与恶意的人叫嚣。天下本无事,庸人自扰之。我生于这动荡的年代中,除了现实生活给我的教训才接受之外,其他的什么苍蝇与蚊子的嗡嗡声,又何必去管它?虽然活在黑暗中,我的眼睛固不敢说雪亮,但亦不至于瞎到看不出一点事物来。所以除了我走自己眼睛找出的路,绝不为嗡嗡声所迷惑。不过,长久生活于夜的人,没有阳光的提示,是很容易疲惫与灰心的。再加上一些狼狗的叫喊和敌视,确能使人发生战栗与恐怖的悲哀。因此,我在这里确有一日如一年,如一千年的感觉。××!现在我才确切的体会出夜行身对灯塔期望殷切的意思了,也了解到客观的存在对人的重要性,更明白了环境决定人的存在的深意了。现在我要做的是走,走,走到沙漠,走到荒野,走到人生的战斗角落,否则,我的一生将要毁灭了,但我的双足啊!却被紧紧的系着……

  看了这封没写完的信,我的心情沉闷起来。我合上日记,闭住眼睛,我仿佛看到了一个青年,被一群恶魔拖进罪恶的深渊,他拼命的挣扎,但是却挣不脱恶魔的手掌,他在诅咒,他在呻吟,他又在作着还要活下去的呐喊。

他的呼声是那么凄惨,听起来令人心酸;他憎恶周围的一切,在那里他感到孤独,感到窒息,一刻也生活不下去。他的呼喊里充满着难以忍受的痛苦,没法形容的仇恨,他有着多么焦急的期望,期望着援助啊!

我虽然没有仔细看完他的日记,仅仅粗略的看了几篇。但是这几篇所反映出的蒋匪屠杀人民的血淋淋的罪行,却深深的激怒了我。对日记里所描述的作者的悲惨遭遇,深受感动。我开始看日记时的估计没有错,他不是一个反动的军官,他只是一个被迫为敌工作的受害者,他还有一颗纯正的心。在抗战开始时,还是一个"大孩子"的他,怀着满腔热情,投笔从戎,走上战场,但是他走错了路,误入了蒋匪反动部队。从此,他象被抛进狼群,狼逼着他去吃人,他不吃,狼就反过来吃他。他在那里被歧视,被折磨,苦难是多么沉重啊!可是他并没有出卖自己的良心,正义的火焰还在他身上燃烧。但是由于他本身的脆弱,他虽然挣扎,却挣不脱那冷酷的环境。他诅咒蒋匪军惨无人道地屠杀人民,他反对内战,但是还是被鞭笞着走上了蒋匪发动的内战前线,参加了进攻解放区的罪恶行列;在感到死的威胁时候,他感到为四大家族的财富而死,是不合算的,他不愿这样死。可是他也许最终还是作了蒋匪打内战的炮灰。因为这本日记,是打扫战场的战士从敌人尸体堆里捡到的,很可能这个青年,已经不在人间了。由于看到他的日记,仿佛听到了他苦闷、挣扎的呼号,因此,对于他的这种结局,倍感惋惜。象他这样的青年,在蒋管区何止万千?他不过是这千万中的一个罢了。他们被蒙蔽、被欺骗,堕入蒋匪的陷阱;在苦闷,挣扎,却挣不出,最后也许都走上了他这个可悲的结局。想到这里,我不禁又激愤起来,我决定把这本日记带到后方,将来把它整理发表,向全国人民控诉蒋匪毒害青年的暴行。

我从沉思中抬起头来,这时天更晚了。西去的阳光,还是那样温柔的照着大地,风吹进小树林,摇摆的枝条,互相撞击着,发出格格的音响。

池塘边的老枣树，在沉重的炮声的震动下，依然索索的飘下零星的枯叶。听着我军围歼敌人的炮声，我低低的说：

"更猛烈的轰击吧！只有把敌人全部消灭，才能根除这日记里所描述的罪恶的一切。"我用这话，作为对大炮的祝词，来舒一下积压在胸中的闷气。

我俯下头来，若有所思的望着手中的日记，不由得又随手打开了封皮。我现在是以了解的眼光来看这日记主人的照片了。他的富有沉思的面容是可以理解的了，因为在他的脑子里有多少苦闷需要向人倾诉啊。

我再读一下他照片后边的"自题"短诗：

残冷碰伤了我，
我易于落泪。
卑污教坏了我，
我满怀憎恨。

看了他的日记，了解了作者的处境后，再来体会诗里所表达的情感，就很真切动人了。他短诗的最后两句是自我剖白：

朋友！
不要以为笑容在我脸上生疏了，
就骂我冷情。

这也是很明白的了。处在那样残酷的环境里，只要有一点天良，谁都是痛心的。只有象那刽子手排长，才会笑，当他杀人后，向钟磊报以"神秘的微笑"，这不是人的笑，是狰狞的兽性的笑。

我回味着短诗的含义，望着薄冰上已沾满落叶的池塘，又坠入了片刻的遐想。

突然一阵风吹来，日记的纸页，被吹得一页页翻起来，从翻过来的短诗后边的第三页背面，几行竖写的潦草字迹，在我眼前一闪而过，这本日记都是横写的，怎么独有这页是竖写的呢？它引起了我的注意。我就翻动纸页，把它找出来。不看则已，一看倒使我大吃一惊，原来这是日记的主人临死前写的一封短信。信是这样写的：

未见面的朋友：

　　这是一个摇旗呐喊的小卒的短简，假如他死了，请你们这些获得者，按照下列地址，寄一封信通知他的家属，与他风烛残年倚闾望儿的老母，可能的话，将这与你们不适用的日记和照片，也一同寄去。

　　　　　　　　　　　一个将亡人　钟磊　十一月廿日

　　　　　通讯处：河南罗山县××店×××收。

　　附白：你们若爱管闲事的话，亦请附写一信给他梦里的情人。徐州××街××号徐××小姐。

这封信的发现，是这么突然，这么离奇。原来刚才翻阅日记时，是成数页一叠叠粗略的掀过去的，因此把这封短信漏掉了。是风把它又吹送到我的眼前。我几乎不敢相信这就是事实。我象从现实世界突然进入了情节离奇的小说里边。

这本日记是战士从战场捡来，没有来得及看就转到我手中的，这就是说我是第一个看到这封信的人。信既是我收到的，这一事实无形中就构成了我和写信人的一种关系，就是信内所称呼的"未见面的朋友"的关系。这位未见面的朋友，在信里对我还有些嘱托，没问题，我会照办。把这册日记和像片，寄到他的家里，把他不幸的结局转告给他徐州的"梦里的情人"。

从信的歪斜字迹，以及署名上的"将亡人"，我知道这信是他负伤以后写的。可是他现在到底死去了，抑是活着呢？如果他还活着，他可以看到平口他所诅咒的刽子手、杀人犯，怎样在我解放大军的炮火下被歼灭，受到人民的惩罚。把蒋匪军全部干净地消灭了，中国人民解放了，他会生活在祖国解放了的土地上，那时候，再没有他的日记里所控诉的罪恶。他要过一种真正的人的生活了。想到这里我又高兴起来了。

可是经过一番判断，我不仅觉得我的高兴有点过早，而且感到我的希望是太渺茫了。因为他既称"将亡人"，那末伤一定是很严重了。战斗是昨天傍晚开始的，如果在战斗过程中负伤的，到目前为止，已是一天一夜的时间了。对于一个重伤者，在缺乏医疗的战斗情况下，是不容易熬过的。同时在一般情况下，他也不会轻易丢掉这册日记的，如果在打扫战场时，他还活着，他会把自身的情况告诉我们的战士，他会受到我军优待，被送进医院。可是事实上，他这册日记，是打扫战场的战士从敌人尸体中间捡来的，想到这里，我就感到这位"未见面的朋友"确是凶多吉少了。我的心不禁又一阵阵沉重起来。

如果他真的死了，我很想知道他死在什么地方。到那里去看看他的尸体也好，一方面再看看他身上是否还有什么文字材料，和其他遗物。文字作为我了解敌人的罪行，准备写一篇控诉文章；如发现其他遗物，我将和日记本一道寄送到他的家里。另一方面，这也是主要的，我想在战地亲手把他的尸体掩埋，以表示对这个不愿打内战，而又被迫走上内战前线，含着深深的遗恨，终于作了蒋匪炮灰的青年人的关切。我这样作，完全是出于对一个被敌人扼杀的青年的惋惜。

但是，他的尸体在何处呢？

要回答这个问题，最好找那两个打扫战场的战士，可是当他给我日记时，我并没有问他们的名字，又不知道他们在哪营哪连，怎么能找到他们呢？

我的心又焦躁起来，我决心想要找出一个线索。这一面不行，我就从另一方面去找，我忽然想到了俘虏。曹八集战斗，除了击毙的敌人，不是还抓了很多俘虏么？而这股被消灭的敌人，又是一个完整的建制师，如果找到师部的俘虏，问他师部电台的下落，不就很容易找到了么？是的！我要循着这个线索找下去。现在的问题是马上找到些俘虏，这也不大困难，因为我知道，我采访的这个团，就抓了一两千。想到这里，我就把日记装进口袋，从草堆旁站起来，向团政治处走去，我要去找方主任，请他给我帮个忙。

一见方主任，这位热情的主任就叫起来：

"同志，你到哪里去了？我派人找你好久，都没找到。"

"我到村后的树林里散步去了。"我说。

"天不早了，不要走了。我已告诉伙房为你准备晚饭。刚才买了一只鸡，请你吃一顿。"

"我不走了。"我很干脆的接受了他的邀请。

"那太好了，晚饭后，我有空时间，咱们得畅谈一下，我们好久不见了！"

"有点事得请你帮助，我想找俘虏谈点材料，你能帮我找几个么？"

方主任惋惜地说："你怎不早说呀！今天上午我们这里还有一千多。可是现在大部分都送到师部去了；有一部分愿意参加我们部队的，又都分到各营去了。"

听了方主任的话，我沉闷了片刻，因为我的心情很焦急，既然有了线索可寻，我恨不得马上就找到俘虏，来问个究竟。方主任看出了我急于要找俘虏的心情，就以安慰的语气对我说：

"要找俘虏还不容易么！晚饭后，我派通讯员到一营去找几个就是，一营离这里只几里，很快就会满足你的愿望的。"

正说话，桌上的军用电话铃响了。方主任急忙抓起听筒，放在耳朵上。

他听了一阵，最后说："那么把他们送到团部来吧！"说罢，他放下听筒，很高兴的对我说：

"老刘！你不是要找俘虏么？马上就来。一营分的一批俘虏里，又查出十来个军官，一会就送来了。你可以找他们谈去。"

这真巧极了，我沉闷的心情，顿时感到了轻快。我就问方主任："我们抓了俘虏，难道官兵还分不出么？"

方主任说："这些反动军官的鬼花样也很多呀！当战斗快要结束的时候，他们看看大势已去，就要作俘虏了，这些军官就把他们的美式军官服脱下，皮鞋、手表，这一切军官所有的东西都抛掉，换上一身士兵服，鬼混进俘虏群里。乍一看是不大容易分辨出来的，可是一分到营里，经过和每个人的个别谈话，对证一下相互的身份，他们就原形毕露了。"

"这一批查出的军官，都是些什么身份呢？"

方主任说："据刚才一营报告，查出两个连长，三个副官，两个参谋，听说还有一个师部的电台台长……"

一听说有一个电台台长，我欢喜的几乎惊叫起来，这正是我需要找的人。我更急了，急忙问：

"他们什么时候能到这里？"

"很快！一营住得很近嘛。"

我来不及在这里等待，就匆匆的离开了方主任。我要到村边迎上去，为的是早一点见到这个台长。好在一营的驻地我是知道的，他们住在南边，我就到村南的一个小土坎上等着了。

不一会，我看到南边道路上有一小队人影，前后两个荷枪实弹的威武战士，押着十来个俘虏，向这里走来。俘虏的脸上都布满油污，大概是昨夜饱尝我军的激烈炮火之后，还没有来得及洗脸吧！他们穿着临时捡来的士兵棉衣，显得很不合体。是惧怕冬天的风寒呢，抑是内心感到胆怯？他们都缩着脖颈，耸着肩膀，在行列里蹒跚着。

我没有等他们走近村边，就迎上去。为首的那个押解战士。看到我穿着指挥员服装，就向我行了一个敬礼，我还礼后，就问他：

"这里边有个电台台长么？"

战士回答："有！"说着他就指指行列中间的一个，"就是他！"

我打量着这个台长，他是个中等身材的胖子，士兵服对他那臃肿的身子显得很不合适。他和别人不同的是肩上还披了一条美国军毯。他看到我问他，就从行列里站出来，毕恭毕敬的给我行了个军礼。

我回头对战士说："你们押着他们进去吧。"就指着胖子台长，又补充说："我有事要留他在这里谈谈，这事我已告诉团政治处了。"

两个战士又押着俘虏到团部去了。我带着这个胖子台长，走到刚才我看日记的池塘边，靠着那个草垛坐下。开始我让他坐下，他只是唯唯的点头：

"官长！我站着就可以。"

从他面部的表情看，他也许已经了解到我军优待俘虏的政策了，脸上已没有惧怕的神情。这种不敢坐下，只是一种礼节上的拘谨罢了。最后我还是要他坐下，他就坐在我对面的地上。

"你是电台台长么？"

"是！"他以旧军队惯有的服从音调，简洁的回答。

我要他不要太拘束，我们只是随便谈谈。接着我就问他是什么地方人。

"湖南人。"

"有个钟磊你认识么？"

"谁？"他这个南方人，没听清我这山东话。

"钟磊。"说着我就从口袋里掏出日记本，把封皮打开，指着日记上边的照片，问他："你认识他么？"

他看了看照片，就连声说：

"认得，认得，这是我的同事。"

"你和他熟么？"

"很熟。我是上尉一台长，他是中尉二台长，经常在一起。"回答以后，他象是怀疑我怎么认识钟磊，但是又不敢直问，就说：

"你和他是同乡么？"

我摇了摇头，就接着问："他这个人怎么样？"

他一听要谈钟磊的为人，脸上马上出现了一种谈虎色变的神情，用惊奇的又象是神秘的口吻说：

"人家都怀疑他是赤色分子哩……"说了这一句，他突然发觉自己在我面前谈"赤色"这个名词，有些不妥当，就马上纠正说："怀疑他是有贵党思想的人！"当他看看我的脸色并没有什么特别的神情时，就又慢慢的说下去：

"其实他是个好人，只是心直口快，遇事太认真，经常跟人争论，吵架，容易得罪人，为这些他也吃了很多苦头。说起来，也真冤枉他啊！"

"他受了哪些苦，你说具体些。"

"他受的苦可多了。"他想了一会，就说下去，"就拿今秋鲁西南大混战的时候来说吧！那时我军和贵军，在黄河两岸拉来拉去，混战成胶着状态。一次，我们一百军，陷入贵军重围。贵军一气打到我们军部，在最危急的时候，军部的一个警卫营突然哗变，几乎使全军覆没。后来我们终于突围出来了，撤到丰县休整。这时军长大发雷霆，他认为保卫军部的警卫部队，竟然哗变，投了共产党，这对他是个天大的打击和威胁。他认为军内一定有异党分子在活动。他要决心清理内部。此后，军内的灾难就来了，屠杀开始了。军长发动全军向他检举，有功者赏。只要他接到密告信，说某人有异党嫌疑，不问青红皂白，就抓到军部杀掉。因为他要巩固他的部队，他宁肯错杀一百，也不放走一个。结果七八十个军官都被杀掉了。实际上这都是些好人啊！这就是我们一百军最有名的丰县事件。"

说到这里，他顿了一下。一谈到丰县事件，他不免还是心有余悸，感伤地摇着头。我在粗略的翻阅钟磊的日记时，仿佛也看到有"丰县事件"的字样，不过当时我粗掠过去，没有细看罢了。我就问他：

"当时有人告钟磊么？"

"他得罪人太多了怎么会没有人告呢？别人是一封密信，就把头砍掉了。而钟磊是好多封密信告他，他很快就被抓到军部去了。"

"军长没有杀他么？"我急切的问。

"没有。亏了他和我们师长有点关系。不然，十个钟磊也早被杀掉了。"

"他和你们师长有什么关系呢？"

"他是师长的老部下，跟师长多年了。在旧军队里很讲究这一套：讲人与人的关系，谁是谁的老上级，谁是谁的老部下，老上级对跟他多年的部下，就很亲信。钟磊怎么成了师长的老部下呢？说来话就长了。当抗战初期，我军进驻豫南的时候，为了动员青年学生参加抗日，我军办了个通讯学校。当时钟磊正在师范学校读书，投考了我们的通讯学校。毕业后分发到团里，在电台上当见习报务员。这时我们的师长官还很小，在这个团当团副，团副管团部的杂务，他正领导着钟磊。以后师长由团副升团长，钟磊也升为正式报务员。后来师长由团长升到旅长，钟磊就在他的旅里当副台长，后升为台长。老上级又当师长了，就很自然的把钟磊带到自己身边，作为师部的台长了。他跟师长到过各个战场，又一道出国到越南受过降。你看这不是老部下么？正因为有这个关系，所以当钟磊被抓到军部时，师长就有点火。军长要杀钟磊的时候，觉得应该给师长打个招呼。因为在旧军队里不仅下边讲关系，就是当大官的，相互之间也讲这一套。师长拍军长的马屁，军长也得拉拢下边的师长。如果师长不买军长的账，那末，他这个军长就不好干。因此，军长见到师长就说：'有人告钟磊是共产党。'师长一听就火了，怒冲冲的说：'谁说的？这简直是胡说八道！他自小跟着我，是不是共产党，我还不知道？'军长一听师长的口气强硬，觉得杀一个钟磊，得罪一个师长很不合算。而且这个师长又是'委座'的亲信。他就来了个顺水推舟，笑着对师长说：'你既然知道他不是共产党，这当然值得相信。那么就由你带回去好了。'就这样，钟磊才被放出来。不过军部的政工室的特务，还是死盯住钟磊不放。"

听到这里，我为钟磊的脱险，深深的吐了一口气。从这一段叙述里，我又进一步了解了他的为人和身世。他在日记里回忆参加抗战阵营时，说自己是个"大孩子",可不是么!他当时还是一个师范学生。从这个胖台长的谈话里,我也了解到了敌人内部的情况。蒋匪高级军官不但指挥他的反动部队,去屠杀人民;在他急了的时候,他也会屠杀内部稍有人性的人员。"丰县事件"就是一个很好的说明。不过这些情况,并不是我急切要了解的,我现在最关心的还是钟磊的命运。接着我就问:

"钟磊在曹八集战地的情况怎样?是负伤了?还是死了?"

"开始是负伤的,以后就不清楚了。情况是这样:当你们第二次冲进来的时候,我军内部已经乱了。战斗已经打到师部门口,师长已指挥不动队伍了。师长知道大势已去,也就干脆不指挥了。最后他把我们三个台长叫来,嘴里说着完了!完了!象和我们永别似的,和我们每个人握握手。他爬在桌上大口大口的吃着白糖,我们平时知道他喜欢吃白糖,可是却没见他吃这么多,这么凶。他是借白糖来寻求刺激呢?还是在镇定自己,这就不知道了。就在他一边吃糖的时候,面谕我们:'完了,一切都完了!你们给我发最后两份电报,然后把机器破坏掉,要把一切都破坏,一点也不留给共产党。'我们照他的命令发了两份电报:一份给蒋介石,说他战到最后,决定以死报国。第二份电报是打给军长的,要他料理他的后事……"

我听到这里,对这个血债累累,最后终于受到人民惩罚的法西斯军官,临死前所作的一番挣扎丑态,感到好笑,又感到厌恶。我打断了对方的话,郑重的告诉胖子台长:

"你们的师长没有那种勇气,他没有自杀,他是在逃跑时,被我军击毙的。他发给军长的电报,离这里并不远,因为你们的军长也在碾庄被围了。和他一样,也遭到了覆灭的命运。"

胖子台长怔了一下。显然,我告诉他的,是他所不知道的、令人吃惊的消息。我又叫他谈下去。

"师长的两份电报照发了。他炸机器的命令也被执行了,由于当时情况万分紧急,因为你们冲到街上的部队的冲杀声已经听到了呀!炸药放在机器下边，钟磊还没走开，炸药就被拉响了，轰隆，轰隆，机器随着黑烟飞上天空，同时钟磊也被炸倒了……"

"死了么？"

"当时还没有死，听说是炸到头部了，有人说流出了脑子。这时手榴弹已经打进师部院子了，师长跑了，大家都逃命了，谁也顾不得谁了。当时隐隐看到，有两个好心人把他抬着，说是送进医院。部队被打得人仰马翻，就是送进医院又有什么办法呢？以后的事情，我就不晓得了。"

听完了胖台长的谈话，我的心里象压上了铅块一样沉重。我沉默下来，半晌没有说话。这时，晚风吹拂着小树林，光秃的枝条撞击的格格声，听起来特别凄凉。池塘水面上已经结了一层薄冰。老枣树虽然还在炮声中震抖，但已不是枯叶飘零了，因为枝丫已是光秃秃的了。这些粗壮的枝丫，迎着寒风，只等着明春发芽了。

钟磊的结局是证实了，再没有比这个亲眼看到他倒下去的胖台长所提供的情况更确实的了。炸着头，又流出了脑子，这说明他是完了。虽然当时还活着，但是脑子已经流出的人能活多久呢？他日记扉页背面的短简，也许就是在这短促的一瞬间写的。他肯定是完了，这一点是不容怀疑地证实了。

可是我要去曹八集的决心却没有动摇，因为"火线入党"的稿子虽已发出，但还有些战地的情况需要了解。我很需要再去一趟。顺便可以打听打听钟磊的下落，掩埋一下他的尸体，找点他的遗物，作为对死者的一番凭吊也好。

我把胖台长送回团部，一路上除了要他安心，交代一下我们的俘虏政策而外，我没有和他谈多少话。因为我的心绪不佳，再没有和他谈到钟磊的事，连问一下钟磊尸体的地点也忘了。不过就是问也是白费，因为他最后看到钟磊被抬走了。抬到哪里呢？虽然隐隐听到说是抬到医院，可是情况那样紧，也不一定能抬到的。关于这个问题，胖台长也不会有确切的交代。

把胖台长送到他应去的地方以后，我就去找方主任了。一见方主任，我就说：

"我要马上到曹八集去一趟。"

方主任说："天已晚了，很快就要吃饭了，明天再去吧！"

"不，我有点急事要办，回来再吃晚饭吧！"我谈到需要了解的情况，并把日记的事也大体告诉了他一下。他看我决意要去，就派了两个骑兵和我一道去，因为天色已晚，一个人到战地去是危险的。骑兵来了，我牵着马，和骑兵一道走出团部。我这位热情的老同志——方主任，也一直把我们送到了村边。

方主任看看天色，太阳快落山了，西边的天际，已泛着淡紫的云霞。虽然天将黑了，可是敌机还是不住的在天空嗡嗡乱飞。大概是碾庄被围的敌人快完蛋了，它们要连夜赶来支援。远近的扫射和轰炸声，不断的传来。突然一架战斗机，掠过驻村的上空，对着小树林，哒哒……扫了一梭子，有些枝树丫被打落了下来。

方主任一看这情景，突然改变了主意，就对我说：

"老刘！算了！不要去吧！飞机这么疯狂，你们三匹马跑起来目标很大，要是把你打掉了，我们怎么给上级交代。"

他这后两句话是带着玩笑的口气说的，说罢，他就拖着我往回走。我完全了解他为我的安全而担心的好意，可是我主意已决，就说：

"不要紧，上午我和一营王、宋副营长去过，我已经学会和敌机兜圈子了。你放心，没有事，我马上就回来。"

说着我和骑兵跃上马去，一勒缰绳，就箭一样奔驰到暮色笼罩的田野了。

我们赶到曹八集时，太阳已经落山了。晚霞照在残墙断垣上，虽然经过激烈的炮火，在还完整的房顶上，涂上了一层淡红的色彩。夜影在屋角、夹道的深处，慢慢升起。

我把马拴在北门外的一个小树行里，叫两个骑兵在这里隐蔽，免得低空飞行的敌机发现目标，我就一个人向北门走去。

我把战地情况了解以后，看看时间还来得及，我要去查询一下钟磊的下落。

到哪里去找呢？战场上敌人的尸体到处都是，可是哪个是钟磊呢？他究竟躺在什么地方？这问题胖台长虽然没有明确告诉我，但是他却给我一个很大的启示，就是钟磊伤在头部。战地的敌尸虽多，可是因打着头而致命的总是一部分，因此，我决定对战地敌尸来个"巡礼"。我专看打着头的。伤在别处的我就不管他。这样做，就不会把时间浪费在更多的不是我所要找的目标上。

战斗是从北向南打的，我就从北向南找。过了石桥，我走遍了战斗最激烈的地方，因为这里尸体最多。我沿着敌人的遗尸察看着，遇到打着头的，我便仔细的端详着对方的面孔，对照一下日记上的照片，如不是，我就走过去，又停在另一个打着头的尸体旁边。

就这样我走遍了战斗最激烈的北门内外，查看了石围墙上的敌人工事，又绕着我一营勇士们坚持的房子走了一遭。见到了那么多尸体，可是还是没有找到。顺街往南找，尸体就很少了，因为激烈的战斗是在北边啊。天渐渐的黑了，我站在街心，感到有点失望了。

我为难的看了一下手中的日记，忽然想到日记的主人是台长。这本来是我早知道的，由于要找尸体，我就把一切注意力都集中在尸体上，因此，从钟磊的身份着眼去找就疏忽了。他是个台长，任务并不是拿枪战斗。而我刚才所找的，都是敌我冲杀最厉害的场所，钟磊怎么能在这一带倒下呢？想到这里，我不禁为刚才的行动好笑起来，因为那是徒劳的呀！

希望又鼓舞起我的勇气。我就顺着大街向小镇中心走去。估计敌人的师部会在那里的。这时街道上的人比我上午来时少了。偶尔有几个老百姓挎着从马身上割下的肉，从家里取了些零用的东西，又都出外躲难去了。虽然镇里已经没有敌人可躲了，可是街上、门前到处躺着死人，也感到很怕人啊！

我正走着，突然看到路东的一个门楼下，有两个敌人的伤兵，大概是由于饥饿，由于没上药的伤口的疼痛吧，他们出来了，但看到我又有气没力地躲闪开了。我向他们走过去。他们一见我就连连点头，敬礼：

"官长！行行好吧！"

我说："不要怕，我们解放军是优待俘虏的。"接着我就问他们："战斗结束后，我军把你们的伤员都抬进医院了，打扫战场时，你们到哪儿去了？"

他俩都面面相觑，不作声响。因为我听宋副营长说过，由于他们怕我们杀他，打扫战场时，他们有的夹在死尸里装死。这两个可能就是这样被遗漏在此地的。可是他们怎么好意思把这装死的行为说出口呢？

我看着他俩不作声，就对他俩说：

"你们现在受苦，完全是受了当官的骗，轻信了反宣传的结果。"

他俩连连点头说："是！是！"其中的一个鼓起勇气乞求着："官长！把我们送到医院去吧！"

我答应把他们的要求转到有关方面，并告诉他们，我们会有人来把他们送进医院的。接着我问他们的师部在什么地方，他俩向市中心靠右的一排房子指了指。我又问他俩是否看到一个姓钟的躺在什么地方？他俩摇摇头，表示不知道。

我离开这两个敌人的伤兵，向敌人师部的方向走去。在一个转角处，我看到一户人家，还敞着门，院子里站着一个老大娘，她旁边还有一个十来岁的小姑娘。她们正在收拾着东西，看样子是回家取东西的，随后又要出去躲难了。

根据刚才和两个敌方伤兵的谈话，我觉得找死的不如找活的，从活的口里可以了解些线索和情况。因此，我就走进大门，想和老大娘聊聊。

老大娘看见我进来，很亲热的打招呼："同志！进来坐坐吧，你来有什么事么？"

我问："老大娘！这一片还有伤兵么？"

老大娘说:"啊!你是来找那一边的伤兵么?"

我知道"那一边"是指蒋匪军,就点点头,承认是为这事来的。

老大娘一提敌人就恼火了,她气愤的说:"这些龟孙还找他干啥,他们糟蹋老百姓,不干一点人事。"说到这里,她指指屋里、院里的破碎家具:"什么都叫他们毁坏了啦!"

小女孩一听妈妈谈蒋匪军毁坏她家的东西,就从身边提起一个铜盆,放到我的眼前说:

"叔叔!你看看这个盆,他砸不坏,就钻上两个窟窿。那些人真坏。"

我看看那个盆子的底上,确实有两个洞。我就笑着对这个女孩说:

"把这盆钻上洞的那个敌人,说不定现在他头上也被钻上两个洞了。"

小女孩听了我的话,大笑起来,说:"活该!活该!"

听到女儿说"活该",老大娘又叹了一口气说:

"说起来这些人全打死也不多。不过老百姓可没有他们那么狠呀!今天上午,俺大儿,到前边学堂里去拿东西,看见一个当官的伤在学校里,躺在那里直哼哼。一见俺大儿,就央告着给他点热汤喝,没办法,我还是拿了沙锅,盛了水,抓上一把米,叫大儿到那里给他烧了碗热汤给他喝了。同志!恨是恨得咬牙!可是老百姓的心软啊!"

我问:"伤在什么地方?"

她说:"听说在头上。"

一听说是伤了头,我为之一震,刚才到处奔波,找遍战地所带给我的疲劳,都一扫而光了。我想这一定就是钟磊,今天上午还活着,距现在也不过四五个钟头。一想到是他,我急切的对老大娘说:

"大娘!你快领我去看看他。"

可是老大娘脸上却布满了惊恐说:

"天黑了,到处是死人,怪怕人的,俺可不敢去。"小女孩一看我要她妈出去,就拉着老大娘的衣角也说:

"妈妈！我怕！俺不去。"

我急得头上出了汗，再三央告老大娘领我去，她执意不肯。

"同志！你自己去吧！"

"我不知道路呀。"

老大娘说："我指给你。"说着她就带我到大门边，指着前边一个胡同说："一进胡同，走到最后一个门，进去就是学堂的院子，听俺儿说，在南边第二个屋里。"

老大娘既然不肯，我只有自己去了。

一出老大娘的家门，我才发现夜幕将要整个笼罩大地了。人和马的尸体，在夜影里横陈着，马的庞大的尸体更难看，它的皮被剥了，肉被割去，只有头是完整的，因为那上边没有肉可割，马嘴的牙龇着，下身只剩了血淋淋的肋骨架。我才领会到老大娘所说的"可怕"是什么意思了。当我走到胡同口的时候，这狭长的夹道里的夜色更显得阴暗。为了以防万一，我就把左轮手枪从皮套里拔出来，提在手里向胡同里走去。

我是个"无神论者"，是不信什么鬼神的，可是现在走进这阴暗的胡同，精神上却有着异样的感觉。越往深处走，夜的阴影就越浓厚，我不禁感到一阵阵阴森可怕。四下的尸体及未被打扫干净的炮弹、杂物仿佛在暗处闪动。胡同也显得狭了，两边的墙壁，象在向我身上紧紧的挤来。虽然我是硬着头皮的，可是头发梢却不住的扎撒……

我理智上认为这是精神作用，用不着怕，但是却克制不住自己。因为在这小胡同里，到处是死寂，到处是暗影，只有我一个人是活的。虽然我知道死尸不会跳起来，但是它也并不太好看啊！我走着，只清晰的听着自己的脚步声。这时我倒希望看到一只猫或狗，甚至一两声远处的犬吠也好，因为这究竟是活的，生的声息啊！我悔不该没带一个骑兵同志来作个伙伴，突然我感到孤独起来了。

我在胡同里慢慢的走着，除了精神上的孤独，还有些实际上的顾虑。

就是我在这时候，特别不愿意由于不慎把脚踏到尸体上；再就是不要由于不小心踏响了遗漏在地上的炮弹；还有一个顾虑，就是这里很偏僻，打扫战场的同志有时搜查疏忽，潜伏的敌人散兵，突然跃出的情况也是常有的。因此，我把枪口对着前面，作着随时应付战斗的准备。在这种情况下，我就不是大踏步前进，而是慢慢的、一步一看的向前移动。

这时，唯一鼓舞我向里走，并能够自我安慰的是，我认为虽然这四下是怕人的死寂，可是前边总有个活的在等着我。他上午还在喝热汤的呀，而且这个人正是我所要找的。在这种希望的推动下，我走到胡同深处的大门边了。

我并没有马上进去，在门口站了一会。如果说刚才走进胡同，我还感到两边的墙壁在向我逼近，越往里走，就越感到孤单；那末，从胡同再往门里走，就更感到孤零零的了。既到了门口，还能不进去么？我又鼓了鼓勇气，端着手中的枪，走进去了。

院里的夜色苍茫，屋里就更暗了。因为这已是上灯时分，只有借着灯光才能看清东西，没有灯只能看到一个模糊的轮廓。院子里有着三五具尸体，我没去注意它，刚才老大娘告诉我是在靠南的屋里呀，我就直接往南屋走去。

这一排房子有好几个房间，经过第一个房间，我只向里望望，就走到第二个房间的门前停下了。老大娘说的房间，是不是就是这里？正在犹豫，我发现门里边的西墙脚上有烟熏的黑色痕迹，在这黑烟痕迹的下边地上有两块破砖，成八字形的放在墙跟，破砖的中间有一小堆炭灰。我判断这就是今天上午老大娘的儿子来烧热汤的地方，伤在头上的人毫无疑问是在这个屋子里了。

我向屋里打量着。屋的暗影里躺着两个敌人伤员，一个脸朝东墙躺着，另一个头顶着南墙，仰面躺着。迎面的那个靠里，只看到个轮廓。而脸对东墙的那个，紧靠着门，却很清楚的出现在我的眼前。

我想马上就进去，可是却熬不住这四下的死寂。从院子再进到黑屋里，这更深的逼人的气氛，会使我窒息的透不出气来。我想在进去以前，最好先把他喊起来，他能够坐起来和我说话，这孤独和死寂，就会冲破，因为总算有一个活人在我身边了。想到这里，我便向屋里的人打起招呼了：

"喂！起来！起来！"

"……"

"喂！起来！……睡着了么？"

"……"

依然是没有回答，院子里只有我的招呼声在回旋。我又喊了两声，还是没有回声。看样子，我只得硬着头皮进屋了。

我先走到面对东墙的那个人的身边，看看这人伤在何处。我弯腰仔细一看，不但头部没负伤，就是其他地方也没看到伤口。只看到脸是蜡黄的。由于没有伤口，我认为他一定没死，可是他为什么不作声呢？说不定他听到有人来，又在装死了。我再喊他：

"喂！起来！起来吧！"

还是没有回音。

"你怎么不响呢？"

我有点不耐烦了，就用脚触了对方一下："快起来……快。"

我见他还不起来，索性弯下身去，用手抓他的手臂，想拖他起来。可是我的手一抓，就马上缩回来了。现在我才知道他为什么不作声了。他已僵硬得象块石头，不知死去多久了，当然不会回答我的问话了。

我转过身来，又走到头朝里的那个身边。在夜影里看到对方头上扎着绷带，我的心一阵紧张。虽然由于光线太暗，我看不清他的面部，不能肯定他就是钟磊，可是躺在我面前的人是活的，应该没有什么疑问，因为今天中午，他还喝了一顿热汤。就不是钟磊，能和他谈谈也好，我又开口了：

"起来吧！"

"……"

"喂！快起来呀！"

我一边喊着,一边心里说:"象你这样的人,就不该再装死了。"但是我又喊了两声,他还是不应。我又弯下腰来,想把他扶起。当我的手抓住他的肩膀,向上搬了一下,离地不高,他又直挺挺的跌在地上了。从我手的触觉上感到,这又是一个死的。大概是在下午断气的。

我急忙走到门边,借着外边稍亮的光线,打开日记本,看一下钟磊的照片,又熟悉了一下他面部的特点后,就回到这个伤在头部的已死去的人的身边。爬到他的脸上辨认一下,是否他就是钟磊,一看死者是个有着络腮胡子的中年人的脸孔,就肯定不是钟磊了。再一看美式军服上的符号,这原是师部特务营的军官,我不禁厌恶地向地上唾了一口。

既然这里没有钟磊,我就没有任何理由,待在这离大街还隔着一个狭长胡同的深宅大院的一个黑屋子里了。我匆匆的奔出屋子,顺着我来时走过的地方,大踏步地走出大门,穿过狭长的胡同,就到大街上了。

一到大街,我象摆脱了一场恶梦似的感到轻松。这时天已完全黑下来,钟磊是找不到了。正要回去找骑兵,这时两个骑兵同志牵着三匹马,正进了北门,向这里走来。大概他们也认为天已晚了,来找我早点回去。我向他们招招手,他们就来到我的面前。

"找到了么?"

"没有!咱们回去吧!"我说着,向南望望,南门不远了,从南门走还近些。就又对骑兵同志说:"从南边走吧!"

我接过了马缰绳,想出了南门,再骑上去向驻村急奔。三个人牵着马在街上走着,马蹄铁击打着石铺的地面,发出"喀喀咪"的声响。

正走着,迎面碰到一个矮矮的老人。我没大注意,老人却走上来,亲热的拉住我的手说:

"同志!天这么晚了,你在干什么呀?"

我仔细一看,原来是我曾见过的英雄房屋的主人。上午我和王、宋副营长在他破烂的房屋里的一番谈话,给我的印象很深。我就对他说:

"老大爷！我是来找敌人的伤兵的。"

老人说："还找他干什么？死了活该！可是咱们解放军心眼好，还来找他们把他们送进医院。"说到这里他叹了口气说："恨是真可恨呀！可是看到他们在街上爬，也觉得怪可怜的。"

"你看到过哪里还有敌人的伤兵么？"

老人向南门一指说："刚才我还看到路西药铺里有两个。"

这是我们正要经过的地方。我们就告别了老人，向那个药铺走去了。

我们在老人指的门前停下。向门里一看，果然是一家中药铺，两间房子被一道长柜台隔开了。靠左的一间很黑，只隐约的看到一些划成小方格的药柜。右边的这间，因为通门，显得亮堂些。就在这外间的柜台下边，坐着两个敌方的伤兵，他们正在为伤口的疼痛哼哼不已。

当两个伤兵一看到三个牵马的解放军站在门前，就一叠连声的央求着：

"官长！救救命吧！"

我象和第一次见到的伤兵那样问他们，并交代了政策，安慰了他们一下，问他们是什么地方人，他们一个回答是四川，另一个回答是湖南。我突然想到钟磊是河南人，就不抱什么希望的顺口问了一句：

"这里有河南人么？"

我的问话刚一落地，只听到柜台里边的黑影里，有一阵木板床的吱吱声，接着一声低沉沉的呻吟过后，我听到从那里传出沙哑的回声。

"同志！我……是……河南……人……啊！"

我急忙转过身去，望着柜台里边，只见黑暗处有一个人影从床上坐了起来。他的头上缠着雪白的绷带。这意外的发现，使我怔了一下，但是我却没有犹豫，就冲进了柜台的缺口，走到床铺旁边。我没有看清他的脸，事实上我也来不及看他的脸，就急促的问：

"你姓钟吧？"

对方突然一震，接着就抓住我的手，他用颤抖的带哭的嗓音反问我：

"你怎么知道我姓钟啊？！"

他第一句回话是断断续续的，可是这第二句。却冲口而出了。这是他过于激动的原故，我觉得他握着我的手在颤动，从他抽搐的鼻音里，我知道他现在已经泪水奔流了。

我就把日记摊在他面前。他一见日记，就用上半身整个扑上去。一边哭着一边说：

"它怎么到了……你的……手中……啊！"

这是钟磊无疑了，我就对他说："正由于这本日记，我才来找你。"说罢，我就扶他起来："走吧！我是特地来找你的！"

当我扶他下床时，他的腿跛着，原来他的腿也给炸伤了。当我搀他上马的时候，他的神志已经有些不清了。刚才他说话。是由于一时的激动、兴奋。可是过于虚弱的人，经过过度的兴奋和刺激之后，他又进入半昏迷的状态了。他骑上马背时，嘴里不住的在喃喃地说着什么。

我知道他虽然昏迷了，但是他还是在激动着。

当我们要离开药铺回驻地的时候，另外两个伤兵也要求我把他们带走，我答应回去后，转有关单位来抬他们，因为要抬的还不只他两个。

我们回到团部驻地了。方主任正坐在摆好了饭菜的桌边等我。香喷喷的炖鸡在灯光下冒着热气。他一见我回来了，就说：

"怎么这么晚才回来，快吃吧！一切等吃过饭再说吧！我等你好久了。"

"我还给你带来个客人！"

方主任听了一惊，问我："你找到了么？"

"找到了，我把他带回来了。"

钟磊被扶进来。在明亮的灯光下，我才看清他的样子。那张在照片上已经熟悉的脸，现在显得很枯瘦，没有血色，上边有着一条条紫色的血疤，上身被弹片撕破的棉衣也沾满了血迹，下边穿着一条单裤，也破烂不堪。伤口的血还在顺着裤管流下来。

他面对着在过去的可诅咒的生活里所罕见的友谊的眼光,他枯黄的脸上泛上了笑容,这也是他短诗里所剖白的久已"生疏了"的笑吧!

我向他介绍了方主任。方主任马上叫通讯员请医生来给他换药,换过了药,他的精神稍好些了。方主任看到他穿着破单裤,冻得打哆嗦,想到自己还有一条棉裤,就送给他穿上。刚从昏迷中清醒过来的他,只激动的说着:"谢谢。"

饭后,方主任以解放军政治工作者的身份,向他作了一番扼要的谈话,说明共产党一向爱护与关心青年,对于他过去的悲惨遭遇,深表同情。正因为我们爱护青年,所以很尊重他们,希望他们以自己的愿望来选择自己要走的道路。因此,方主任向他交代了我军的政策,要钟磊自己来决定自己的行动。方主任最后说:

"你愿意回家,我们发路费;愿意留下,我们优待。不愿在这里,要回去或到地方上休养,我们可以把粮食给你拨到地方上。……"

一听到方主任谈到"回去"两个字,他惊恐的站起来,生怕被恶魔再抓去似的,带着哭声说:

"不!不!我不回去!我什么地方也不去。我要留在这里。"

方主任说:"好!你愿意留下,我们当然欢迎!"

谈话后,我们就劝他早点休息。方主任叫通讯员给他找了一床被褥,把他安顿在另一个小屋里睡下。

第二天清晨,天气特别晴朗,一切都显得很欢快,从战地传来了胜利的消息,敌人就要覆灭了。我需要马上赶到战场上去。临分手时,我看到钟磊也上了担架,准备把他送到后方医院去休养。

他从担架上伸出了手,过于激动地不愿放开,他最后含着眼泪说:

"我们还能见面么?"

"会见面的!"我肯定的说,"从今以后你将过一种新的生活了。希望你在医院好好养伤,养好后,我祝你在新的生活里为真理而战斗,愉快的前进。"

　　淮海战役全歼蒋匪主力五六十万。战役胜利结束后，我就转道徐州回济南。刚解放了的徐州，浸沉在伟大胜利的欢腾中。几十万支援前线的民工，胜利的完成了任务，在街上游行，到处是一片庆祝胜利的欢乐景象。由于胜利，我想到了钟磊的"梦里的情人"就在徐州，我应该把钟磊的消息告诉她，使她高兴的知道，钟磊并没有死，还活着，而且活在我们解放军里边。我就按着短简最后的地址找去。街道找到了，小巷也找到了，可是走到半道，我的勇气消失了。我想她又不认识我，我怎样来介绍自己呢？既然钟磊没有死，他一定会写信告诉她的，我就没有必要来管这个闲事了。

　　回到济南后，我忙于日常工作，时间久了，就把这件事忘了。几个月后，我接到两封信，是从部队转来的，转了很多地方，才到达了我的手里。这就是钟磊的来信。看了他的信，我很高兴，不过他以火热词句，过多的渲染了他对我的个人感情，这对他来说也是必然的，但这是不必要的。可是，我非常欣喜的是他已参加到解放军的行列里了。他在俘虏军官团学习了一个时期，在学习期间，由于表现很好，就又介绍到我们的军大去，毕业后分配到部队工作了。

　　以后我解放大军横渡长江天险，南下解放全中国，听说在我追歼残余蒋匪军的人民解放军部队里，就有一个钟磊。他在为摧毁自己日记里所诅咒的一切，而贡献他的力量。

　　这个为整理战争材料而想起的，在战地采访中所遇到的故事，到这里结束了。一想到这些往事，我仿佛又回到了战火连天的淮海战场。战争是多么丰富多彩啊！它使我学习到很多过去不熟悉而又很需要了解的东西。在战场的每一个战斗角落，都涌现出许多可歌可泣的英雄事迹，激动人心的材料，真是俯拾即是，顺手抓过任何一个素材，都可以写一个生动的短篇。纵然如此，作为随军记者的我，对于战斗生活，还是去细心的观察，及时的捕捉和向更深处挖掘。这就是我为什么在"火线入党"的采访过程中，由于发现了一册日记，而跟踪追迹，向深处发掘的原因。在整个发掘过程中，我的情感是沸腾的。

记得在战地，当我把这一段故事告诉一个我最熟悉的指挥员同志听的时候，他象开玩笑似的对我说：

"你们这些搞文艺的，净爱管这些细小的闲事。"

当时我对这位指挥员同志说，他们作军事指挥员的人，完全可以把我这一趟挖掘材料，说成爱管闲事。因为他们的任务，是指挥部队打仗，消灭敌人。当战斗进行到最紧张的时候，他们全心身都贯注在指挥战斗上，紧张的抓着军用电话耳机，喊的嗓子都嘶哑了，熬得眼睛通红，他们的拳头可以击破桌面，因为如果他有一点疏忽，就会便宜了敌人，给部队造成不应有的伤亡。一旦敌人消灭了，战斗任务完成了，他们才伸一下发酸的腰肢，痛快的打一个呵欠。一个千斤样的重担落了下来，身体疲乏极了。马上叫警卫员烧点热水，洗个澡，然后痛快的睡一觉。我觉得军事指挥员在这种情况下，不管这些闲事是应该的。可是我们战地文艺记者们呢？战斗结束了，该他们在战地奔忙了，因为战后有多少惊人的事迹出现啊！他要抓住任何线索，去作采访，他们不但要从大处着眼，还要从小处着手，看到一点什么，都想去问问，管管这个"闲事"。如果有丝毫疏忽，就会漏掉一连串可贵的材料。而这些可贵的材料，就得不到反映，将永远随着一去不返的岁月消逝了。

事实上，如果我在采访"火线入党"之后，看到日记不去细加追究的话，它还不是一闪就过去了？那么，我就不可能向读者讲述这个《一次战斗采访》的故事了。

火线入党

夜是漆黑的，寒风呼啸着。远处响着激烈的枪声，红绿的曳光弹，不时腾空而起，在黑色的夜空里画着一条条弧线。

河岸边的柳树行，被巨风摇撼着，象一排朝天的大扫帚，在夜空里扫来扫去。细长光秃的枝条，象牧人的鞭梢一样，在寒风里呼呼的抽打着。浅水里的枯草，已发不出嗦嗦的音响了，它们被吹倒在水面，被河边正在凝结的冰水粘住了。

一个连队赶到河边，悄悄的在柳行里停下来。由于长时间的急行军，战士们的棉衣都被汗水湿透了，乍一歇下来，身上一阵阵的在发冷。这时连指挥员正在研究组织部队渡河的计划。

河对岸，敌人碉堡上的灯火，时隐时现，枪弹不时从那里射击过来。隔河就是敌人的一道防线，蒋匪军企图在这里阻止我大军南下，掩护他们的残兵败将，沿着陇海铁路向西逃窜。

连指挥员从许多要求任务的战士中间，挑选了七个会泅水的勇士，组织成一支强渡运河的突击队。他们的任务，就是泅过河去，消灭对岸碉堡里的敌人，掩护连队搭桥过河。

王大勇是个机枪射手，由于他的积极要求，被选为突击队员。他的弹药手小张，平时和他很要好，在以往战斗中从来没离开过他，这次看到王大勇参加了突击队，他也一再向连长要求，最后也被选上了。

王大勇带着小张，兴致勃勃的跑到自己的班长赵力强面前，紧紧的握着他的手说：

"我们先过河了！"

赵力强以羡慕的眼色望着王大勇的脸，用充满鼓励的语调对他说：

"我们班里大家都要求参加突击队，只有你两个被批准了，你俩是很幸运的！冲过河去，一定要很好的完成任务啊！"

"班长放心！凫过去，保证把碉堡里的敌人消灭，我们在河那边等你们过去就是！"

班长点了点头，默默的望了望前面黑色的奔腾的河水，不由得回头望着小张，小张在王大勇粗大的身影旁边，显得那样瘦小。他忍不住问道：

"有信心么？"

"有！"

小张毫不犹豫的回答了班长。然后，他又向王大勇望了一眼，好象说："他能过去，我也能过去，他打到哪里，我就跟到哪里。"

虽然这样，班长还是转过头来，嘱咐王大勇：

"在战斗中要照顾他！"

"是！我一定好好照顾他！"

"好！那末换武器吧！"

王大勇把机枪交给班长。班长又从班里挑了两支最好的冲锋枪，交给王大勇和小张。穿棉衣过河是不行的，接着他俩就把棉衣脱掉了。

夜半的寒风在河边的原野狂吼着，粗大的树干，在狂风里左右摆动，远处有时传来树枝折断的声音；河滩凝结的冰屑，在风里切切作响。风吹打在战士的脸上、手上，象刀割一样的疼痛，穿着棉衣也已经感到单薄了。可是这时的王大勇和突击队，却在愉快的脱下棉衣。王大勇完全被一种战斗的兴奋所占有。同时，在他心的深处有一把永不熄灭的烈火在熊熊燃烧，就是最近他将要入党了，他现在应该象一个光荣的共产党员那样去战斗。

当王大勇脱下棉衣，把自己的东西交托给班长的时候，班长低低的问他：

"你的入党申请书写好了没有？"

"写好了。"王大勇以严肃的声调回答着。

他打开一个油布小包，里面是一本日记本，他从日记本里，取出一张纸，这就是他已写好的入党申请书。这是他在急行军中，利用短促的休息时间，在油灯下，怀着对党的最大虔诚和热爱的心情，用粗大的写字很不熟练的手，一字一字写下来的。他的班长赵力强是党小组长，在战斗和行军中经常帮助他，现在他要把这份申请书递给赵力强，由他转给党组织。由于过分严肃和心情的激动，他拿着申请书的手，微微有点颤动，他刚要递给班长时，突然又把手缩回来了。

王大勇把日记本装进棉衣口袋里，把棉衣暂时披在身上，这是准备过一会交给班长的。他把入党申请书又用那块小油布把它包好，放进胸前贴身的衬衣口袋里，用别针别好。

"那末，把它送给指导员吧！他也很关心你这个问题哩！"赵力强看到王大勇又把申请书收回去了，就这样对他说。

"不！"王大勇低沉而严肃的说："我想等战斗以后再交给组织！"

班长理解王大勇的心情，他不是不愿马上交出来，而是在这最严肃的一刻，他突然感到自己很不够，愿意再接受一下党的考验。他紧紧的握握王大勇的手，说了声："好！"

突击队员们都准备好了，大家都脱掉棉衣，只穿着衬衣和短裤。冲锋枪挂在胸前。为了在下水前临时抗御寒冷，队员们还都把棉袄披在肩上，蹲在一棵柳树后边避风。寒风一阵阵向胸口灌进来，有的人冻得已经哆嗦起来了。

指导员过来了。他的身个矮小,但是连最粗壮的战士见到他,都能从他身上吸取力量。急行军中,战士疲劳了,一听到他的声音,大家的劲头就来了;战斗到最艰苦的时候,只要一听到指导员的呼声,战士就又象猛虎一样扑向敌人。他平时最关心战士,战士一遇到困难,就想到他。现在他看到突击队员们,很关切的问:

"同志,冷不冷?"

"不冷!"

突击队员为了表示战斗的勇气和决心,大家都忽的站起来,异口同声的回答。口气是那么坚决。

"不冷?!"指导员摇了摇头说,"我不相信。这样冷的天气,寒风刮得河边都结了冰,你们赤条条的肉身子,能不感到冷?!"指导员说到这里,略微停了一下,他环视着河对岸忽隐忽现的敌人碉堡里发出来的火光,听着断续的枪声,他对突击队员们有力的说下去:

"寒冷!这是事实!但是为了战斗的胜利,我们要战胜这寒风,战胜这冰冷的河水,冲过去消灭敌人。在共产党领导的部队面前,没有不可克服的困难!同志们,对不?"

"对!"突击队员都齐声回答。

"来!"指导员喊着身后的通讯员。"给他们倒些酒喝!"

通讯员把装在水壶里的酒,"咕吐咕吐"的倒在一个大茶缸子里。指导员端到突击队员面前:

"每人喝两口,暖暖肚子,下水不会伤身子。这是一个渔民老大爷告诉我的!"

王大勇一边喝着酒,一边感到指导员关心战士,真是无微不至。这时指导员突然走到他的身边,问道:

"王大勇同志,你怎么样?"

王大勇听出这"怎么样"的意思,就是关照他要好好战斗。同时问问他是否还有什么事情需要交代。他马上就想到藏在胸前的入党申请书,他已决定在战斗以后,再交给指导员。一想到这事,他就感到身上增加了无穷的力量,他知道他应该怎样来进行战斗。所以他回头望了一下正注视着他的指导员,有力的说:

"我愿接受党的任何考验,一定好好完成战斗任务。"

"好!"指导员拍着王大勇的肩头说:"我相信你会这样的!"

突击队员们喝过酒,爬过柳树行边的土坎,下边就是河滩了。他们正准备渡河,突然,从河对岸射过来一阵杂乱的枪声。连长马上命令机枪班,用两挺机枪,隔河对准发出火光的敌人碉堡射击。赵力强自己抱一挺机枪,和另一个射手爬在土坎上,"哒哒哒"的向敌人的碉堡扫射了一阵。

河对岸敌方的射击声哑了,火光也熄灭了。这时连长,就命令突击队:"过河!"突击队迅速的窜下河滩,在凝结的薄冰上留下匆促的脚印,跳下河去。

河中心的水流很急,呼呼的北风吹着,严寒总想把激流封冻起来;可是急湍的洪流,愤怒的奔腾着,摆脱了寒冷的锁链,还在滚滚前进。寒风拼命抽打着水面,在水面上翻起巨大的波浪。严寒也乘机在滚滚的洪流里打上烙印,象融雪一样的冰屑,已渗进水浪里了。冰屑象鱼群一样在混浊的河水里,忽上忽下的随波漂浮而去。

王大勇把冲锋枪举过头顶,在冰冷的水里前进,水更深了,他把头昂出水面,目不转睛的瞅着对岸黑色的碉堡,向河中流泅去。冰冷的水流浸着他的身子,每个毛孔都被针刺一样疼痛,浑身的血都直往头上冒,他的头嗡嗡发响,心怦怦的跳动着,呼吸也困难了。开始时,尖利的冰屑擦着他的身子,还感到疼;可是以后就感觉不出了。四肢渐渐麻木了,手脚也运转不灵了。他心里一阵发慌。要是在这时抽了筋,那就完了,他吃力的向前泅着。

就在这时,他听到附近一个沉闷的呻吟声,他吃了一惊,一转过头,看到小张忽的沉进水里，不见了。他急忙泅过去，钻进水底，一把抓住小张的手臂，逆着水流向右猛力一推，把小张送出好远。就在这时，他也忽的沉下去，咕咚咕咚喝了两口水。他用力把身子往下一沉，脚已踏着河底，再猛力一蹬，他的身子逆着水流，象箭一样向旁边窜去……

王大勇和其他突击队员下水以后，指导员就一直站在柳树行的土坎上，望着河对岸。他不时的抬起手腕，看看夜光表：三分，五分，十分……时间慢慢的过去了，可是河那边还是死沉沉的，没有一点动静。

他心里不禁有些焦急，他猜想着可能是方向搞错了，因为自从机枪班火力扫射以后，敌人碉堡上的灯光熄灭了，到现在那边就再没有发出火光来。

已经一刻钟了，他想就是错了方向，现在也该找到碉堡，接上火了呀！可是那边还是一片沉静。河对岸是望不透的漆黑的夜，寒风在夜的河面上呼号。

这时指导员心里的焦急，变为担心了：他们可能遭到不测。他想到河深水急，加上天气寒冷，再强壮的身子跳到冰河里也会冻僵；手足冻僵了，就是最会游泳的人，也要被风浪卷去。想到这里，指导员的心情感到沉重。

连长在另一个地方观望着，现在也走过来，在夜色里望了一下指导员的脸，低低的说：

"他们可能完了！"

当他们正在研究下一步如何渡河时，营部的骑兵通讯员，沿着河岸从远处跑来，向连长传达了营首长的命令：这边河深水急，不易渡过，要他们马上到距此地六里路的王庄渡口过河。那边敌人的防线已被打开，部队已搭好桥梁。总的情况是：敌人正沿陇海路向西逃窜，现在已被我军拦腰切断，敌军大部分在碾庄一带已被我军包围。他们的任务，是迅速突过河去，配合兄弟部队，把敌人的先头部队压缩在曹八集，进行围歼。

任务是紧急的，连长马上整理队伍，向西行进。队伍已经走出小柳林一大半了，指导员还站立在河岸的土坎上，向河对岸眺望着。那边还是没有一丝动静。

指导员又把赵力强叫来,要他向河对岸喊几声,好在部队已经离开这里,就是被敌人听到,也不要紧。赵力强就向河对岸用力的喊着王大勇的名字。虽然他尽力放大了喉咙喊着,可是在狂风怒吼的原野里,他的呼声又显得多么微弱啊!声音一出口,就被风吹到另一个方向去了,根本就到达不了河对岸。

最后的希望已经破灭了。指导员叹息了两声,就和赵力强追上部队向西行进。

在行进中,指导员很难过的对赵力强说:"他们可能完了!"

一提到突击队,赵力强就想到他班的王大勇,他眼里冒着泪水对指导员说:

"王大勇真是个好同志啊!"

指导员无声的点了点头,沉默了一下,问道:"他的入党申请书写出来了没有?"

"写出来了。刚才参加突击队时,他要交给我,可能他想到自己还不够条件,便又收了回去,藏在身上。他说要在这次战斗任务完成以后,再交给支部。"

"是呀!越是有了政治觉悟的同志,就越想到自己不够的地方,越要求不断进步。你说的很对,他确实是个好战士!"

赵力强又说:"王大勇同志进步很快呀!他过去作战勇敢,群众纪律也很好,可是有一个缺点,就是不能很好的团结新同志,尤其是对新解放的战士,他讨厌他们,嫌他们落后。后来我们找他谈话,批评他这样不好,他开始不接受,因为他看到的落后现象也是事实。可是当我们帮他分析了问题的本质,指出新解放战士的落后,是因为受了蒋匪军队的熏染,他们本身是劳动人民,都是被迫抓出来当蒋匪军的,如果好好教育,他们也会成为坚强的革命战士的;而教育他们的方法,必须要耐心的说服和以实际的模范行动来感动他们；对他们的任何冷淡和疏远，就会使他们离开自己部队，减少革命力量。我们把这些道理和王大勇同志谈清了，他当时就作了检讨。济南战役以后，大军南下，他在长途行军中，完全转变过来了。帮助新同志背枪、扛背包；看到谁情绪低落了，他就去找他谈话，帮助解决困难。就拿小张来说吧！过去一看到王大勇就害怕，可是现在呢？离开他一会就不行。刚才在柳行里，王大勇报名参加突击队，小张就非要求参加不可。指导员！你看，王大勇同志进步多快啊……"

　　指导员和赵力强是在部队急促向前行进中谈话的。连队赶到王庄渡口，营里的其他连队早已过了河。营部的骑兵通讯员，正等在桥头，要他们马上过桥，向南快步跟进。

　　南边的枪炮声，激烈的响了起来，显然前边的部队已经和敌人接触了。他们过了桥，急速的向炮火连天的方向飞步前进。指导员沉重的心情还没有摆脱，想着失去的战士，他怀着无比的愤怒和仇恨，带领着他的连队扑向敌人。

　　当连队从柳树行撤走的时候，王大勇正伏在河对岸的河滩上。上半身爬在冰泥里，下半身还浸在水里。手中握着冲锋枪，枪口和目光正对着岸上的黑色碉堡。赵力强的喊声，他根本没有听见。

　　刚才他和冰冷的流水搏斗了一阵，在最危险的时候，他憋了一口气，猛力扎了一下，向右边靠南岸的方向，窜出去一丈多远，总算脱离了险境。双脚踏着了河底，从水里站了起来。由于在冰河里浸得过久，他冻得骨头发疼，心里发慌，上下牙骨碰得咯咯直响。他水淋淋的身子，被寒风一吹，感到刀割一样疼痛，贴在身上的水湿的衬衣，马上结上一层薄冰，他就忽的又缩进水里。这时候，被寒风吹过的身子，反而感到冰凉的河水有点温暖了。可是战斗还在前边，他不能老蹲在水里呀。他端起冲锋枪，挺起身来，迎着寒风，从齐腰深的水里，向岸边走去。

现在他爬在河滩上，身下的薄冰，在他肚子的温暖下，渐渐融化为稀泥浆了；地下的气温，又通过稀泥，传到王大勇的身上。这时他仿佛感到稀泥倒有些温暖了。

王大勇朝两边望望，看一下其他的突击队员，是否都泅过来了。可是河滩上却看不到一个人，也听不到一点动静。四下只是一片黑暗，寒风到处在呼啸。

他等了一会，又等一会，还是看不到人影。他离敌人的碉堡只有十多公尺。他想：突击队员会往这边靠拢的。可是等了很久，还不见有人过来。他忽一转念：队员们也许都牺牲在冰河里了。他们一定被冰水冻僵了，手脚不灵，泅不过激流，被洪流卷去了。想到这里，王大勇不觉感到孤单起来。只剩下他一个人了啊！怎么办呢？他用手去摸了一下胸前的口袋，那个小油布包还依然存在。他想到了党，想到写在入党申请书上的誓词，想到下水前他向指导员表示的"愿意接受党的任何考验"的话，想到河那边，战友们还在等着他掩护过河……这一切，在他身上象增加了无穷的力量。这是最艰苦的时候，也是考验自己是不是一个坚强的人民战士的时候。他果决的向自己下着命令："就是只剩一个人，也要消灭碉堡里的敌人，完成掩护任务！"

他整理了一下冲锋枪，把它挂在脖子上，悄悄的向斜坡爬去。

敌人的碉堡在河岸的斜坡上。碉堡里并没有灯光，黑魆魆的矗立在那里。他已经看到正面的黑色的射击孔了。王大勇避开了正面，迂回到右边，想从侧面进行袭击。

他在河滩的斜坡上，匍匐前进。斜坡上的尖石、树枝挂破了他的手掌和膝头。他那冻僵了的皮肤，硬得象树皮一样，一点也感觉不到疼痛。

王大勇爬上斜坡，绕到碉堡西边。这里有一条通交通壕的小门，门开着，风呼呼的往外灌，显然对面还有一个小门。他屏住气，倚在门旁的石壁上，把冲锋枪口对准门里，侧耳倾听里边的动静。听了一会，里边一点声响都没有，只有寒风穿过射击孔，悠悠的打着呼哨。他索性跳下交通壕，把枪伸进门里，正要进行喊话，突然看到对面有个出口，一个黑影闪动了一下。他高声叱呼着：

"不要动，缴枪不杀，解放军优待俘虏！"

几乎是在同一个时间里，对面的人也喊了起来：

"缴枪不杀，解放军优待俘虏！"

一听声音，就知道是自己人，王大勇急切的问：

"你是谁？"

"我！"一个清晰的应声传过来。

这一次王大勇才听出是小张的声音，他心里一阵阵高兴。他俩又向碉堡里喊了一阵话，里边还是没有声响。王大勇和小张就从两头进去，向里边搜索了一阵，在狭小的碉堡里打了几个转，却不见一个敌人。原来在突击队刚要下水时，敌人慌乱的打了几枪，就逃窜了。

这时，王大勇才松了一口气，紧紧的握着小张的手，问道："其他的突击队员呢？"

小张低低的说："他们都没能上来呀！"说到这里，这个年青的战士哭泣起来了。"在那样的冰河里，谁能顶得住啊！我腿被冻得抽筋了，亏你托了我一把，把我送到浅水里。不然，我也要被冲走的！"

听了小张的话，王大勇的心象刀绞一样难过。出发时是七个人，现在只剩下他们两个了。但是他了解到眼前还不是难过叹息的时候，现在的任务，应该马上通知河那边的部队渡河，使部队迅速投入战斗，去为牺牲的战友复仇。可是怎样通知河北边的部队呢？他们突击队临下水时，连长指定由一班长带队，他身上带着信号枪，准备过河完成任务后和部队联络。一班长已经被水冲走，现在用什么来和部队联络呢？

再泅过河去吧？已被冻坏的身子，是泅不回去的。事不宜迟，王大勇就对小张说："干脆用嘴喊吧！敌人已经逃窜了，也用不着保守秘密。"

他俩就对着向北的射击孔，向远处喊着：

"快过河呀！敌人已经逃窜了！"

"敌人已经逃窜了！"

他俩竭尽全力的喊着，可是东北风正从射击孔吹进来，他们的喊声刚一出口，就被顶回来了。任凭他俩把喉咙喊哑，可是河对岸还是杳无声息。

王大勇和小张喊了好一会，看看没有结果，没奈何的坐在碉堡里的碎草上。一歇下来，身上就又感到寒冷了。堡里虽然比外边好些，可是寒风还是穿过四面的射击孔，向里边吹。王大勇的衬衣冻得梆梆发响，这样冰凌凌的衣服穿在身上觉得更难受，他就干脆把它脱下来。他从口袋里掏出小油布包，小心地打了开来，摸摸里边的那张入党申请书，虽然有点潮湿，但还是好好的。他又谨慎的把它包起来，装回口袋里。

小张坐在碎草上，浑身直打哆嗦，他抱住膀子，上下身佝偻在一起，不住的吸着冷气，低低的叫着："冷啊！冷啊！"他望了一下王大勇，颤抖着说：

"部队再不过来，我看我俩要冻死了！"

王大勇身子也被冻得往一块缩，他向小张靠近些，把附近的碎草集拢来，围在小张的身旁，安慰小张说：

"不会的！我们不会冻死的！刚出发时指导员不是向我们讲了么？冷是事实，但是我们要战胜寒风，战胜冰河。你看！冰河多凶猛，但是我们还是战胜了它，渡过来了。寒风，让它吹吧！刚才在外边我们都能顶得住，现在到碉堡里边了，总会好些的！小张同志，我们不会冻死的，咬紧牙，忍着点，我们的队伍很快就会过来的！"

小张说："到现在队伍还不过来，恐怕不会过来了，他们可能会从别的地方渡河，把我们丢在这里了！"

王大勇说："不会的，就是队伍从别的地方过河，天亮以后也会派人来找我们的。天亮就好了！"

"咱们到附近去找老百姓家避避风吧。"小张乞求着王大勇。

"不！我们必须坚守在这里，等待我们的部队！"

小张沉默了。他的身子哆嗦得更厉害，抖动得他身上的草都在嗦嗦直响。王大勇用手又在四周搜拢碎草，这草大概是蒋匪军打睡铺用的，他把大部分堆在小张身上，也留一些给自己围着。他一边拢草一边对小张说：

"我们平时讲话、唱歌，都喊着不怕艰苦困难。什么是艰苦？现在赤着身子在冰冻的天气里完成战斗任务，而且又和部队失去了联络，这就是艰苦！我们现在能够战胜它，就是真正不怕艰苦的战士……"

在他搜拢碎草的时候，摸到两块破布和半截裹腿。他便高兴的来到小张身边，把一尺多长的破裹腿缠在小张的手臂上。整个身子都在冻着，只用一块布条缠上是无济于事的，但对冷到极点的人来说，一块碎布也是非常可贵的。小张用泪湿的眼睛，在暗处望着王大勇。他被王大勇爱抚的行动所感动了。小张参军不久，从来没有受过这样的苦，可是在王大勇这样的体贴下，他却感到了温暖，眼里的泪水不断的直向下流。

"王大勇同志！你待我太好了！"

"没有什么！"

一想到王大勇的好处，小张突然坚强起来，他只照顾自己，难道王大勇不冷吗？想到这里，小张把刚才王大勇拥到自己身上的过多的碎草，推出一些围在王大勇身上。

他们听着外边呼啸的风声，互相依偎着，在等待着天明。

天将拂晓的时候，东西两个方向，响着激烈的枪炮声，显然那里有着战斗。王大勇握紧手中的冲锋枪，向战斗的方向望着。他是怎样急切的盼望回到部队，抱着他的机枪去扫射敌人啊！一想到战斗，他就联想到昨夜的任务。虽然牺牲了许多同志，他和小张也忍受了许多艰苦，但是并没有完成任务啊！想到这里，他心里禁不住一阵难过。

就在这时，碉堡门外，传来一阵轻微的脚步声，接着是咕咚咕咚的声音，象是有人在摆弄什么东西；后来，又是一声石块碰着金属的声响。

"谁？"王大勇和小张把冲锋枪对着门外，喊了一声。

"我！我！"一个老大娘慌张的回答，"老总！你们不是移防了么？我是来取锅呀！自从你们把这口铁锅借来以后，俺家就没吃过一口热饭，俺就这一口铁锅啊！"

老大娘一边诉说着理由，一边走到碉堡的门边。当老人往门里一看，见到两个赤条条的人影时，就"啊哟"的惊叫了一声，向后边倒退了几步。

"老大娘不要怕！我们是人民解放军。"王大勇把冲锋枪收回去，温和的说。

一听说是人民解放军，老大娘就急急向前走来。她是知道人民解放军的，他们纪律严明，待人亲热。当她走近跟前时，不看则可，一看，善良的老人的眼泪就"嘀嗒嘀嗒"的流了下来。这样冷的天气，两个年青人光着身子，只穿了一条短裤，蹲在这里，浑身冻得发青发紫。老人看到这光景，能不心疼么？

"苦孩子，赶紧起来，到家里去暖暖吧！我给你们烧碗热汤喝！"

"庄里有蒋匪军么？"王大勇问。

"没有！"老人说，"他们昨夜都跑了，刚才有你们的部队进庄了。快走吧！"

王大勇提着冲锋枪，披着衬衣，和小张来到了老大娘的家里。老人收拾好一个大床铺，安置他俩躺下，用两条大厚被子把他俩蒙起来。王大勇的身上象在冒火，浑身骨节都在发疼，疼得他不住口的呻吟。一会，老大娘给他们端来了热汤，他和小张喝了，在被子里出了一身汗，身子稍为好些。不久，他们就呼噜呼噜的睡着了。

他们一觉醒来，已经是下午了。王大勇拨开被头从床上坐起来，他的头还有些昏沉、疼痛。他一睁眼，看到老大娘和一个军队干部坐在床边，旁边还放了两套崭新的棉军衣。

这个干部是团部供给处的管理员。团供给处在天刚亮时移到这个村庄。老大娘找到他,告诉了王大勇和小张的情况,管理员就带了两套棉军衣来看他们了。

看到自己的部队,王大勇一阵高兴,他马上推醒了小张,下床穿上了新棉军装。

王大勇把自己的经过情形告诉了管理员,并向他打听自己连队在什么地方。

"现在敌人的一个师被我们包围在曹八集,你们连队就在那边。正和那里的兄弟部队一道,对敌人进行围歼!"

一听到自己连队有了下落,王大勇恨不得插上翅膀,一下飞回连队才痛快。虽然他的身上,尤其是头还热辣辣的有点发痛,但是他顾不得这些了。小张也有同样的心情。他俩就着手整理武器,准备马上动身去找连队。

管理员拦住他俩说:"这哪能行!你们的身体得再休养一下呀!到供给处休息两天,再归队吧。不要急,身体养好了,打仗更有劲!"

老大娘也在旁边劝说:"孩子!这样会把身体折腾坏了呀!在这歇两天再走吧!"

"谢谢你们!"王大勇感激的望着管理员和老大娘,"战斗正在进行!部队很需要我们,我们一定要早些归队。"

管理员看看拦不住,就说:"那也得吃点东西再走啊!"他匆匆的跑到伙房,去拿了几个大馒头,用纸包了两段咸鱼,王大勇和小张拿了,谢过管理员和老大娘,一边吃着,就去找自己的连队了。

当天傍晚,王大勇和小张,在曹八集附近找到了自己的连队。

曹八集外围,驻满了部队,蒋匪军的一个师在这个小镇上,被我大军团团包围了。被困的敌人凭着镇四周的围墙,和围墙外边宽不可涉的水沟,进行顽抗,等待增援。可是他们后面的兵团本部几个军,在东边碾庄一带也陷入了我军包围之中，那边围歼战打得正紧，哪里还有工夫来增援他们呢？

敌我双方隔着水沟在互相射击着，镇内外常有熊熊的火光升起。这只是小小的火力接触，今夜我军将发动总攻，要一举歼灭敌人。王大勇和小张所在的连队，是一营一连；一营今晚从北门向敌进攻。一连是主攻连。他们连的任务，就是要沿着一条小桥，冲上北门，打开突破口，掩护全营向镇内冲击。

当王大勇和小张到达连部的时候，指导员已向全连作好了战斗动员，一看到他俩，惊喜得要跳起来，上前紧紧的握住了他俩的手。

"你们回来了呀！我们都以为你们牺牲了呢！"

王大勇把昨晚的情况，向指导员汇报了一下。指导员听过以后，一方面感到失去五个战士的悲痛，同时也感到他俩经过那么艰苦的考验能够生还，也值得高兴。他勉励他们道：

"你们是顽强的战士！"

听到指导员的鼓励，王大勇心里感到一阵不安。他向指导员说：

"我们没有完成任务！"

指导员摇了摇头说："不能这样来估计这次行动。我们没有在那里搭桥过河，那是接到营的命令，转移了渡口，这怪不得你们。你们那种战胜冰河和严寒的顽强决心和行动，就是敌人不跑，你们也一定会把他们消灭的！应该这样来认识这个问题！"

指导员和他俩又谈了一阵话，就叫他们回班里和同志们谈谈，因为战士们也都很挂念他们。王大勇和小张临走开时，指导员又对他们说：

"和班里同志谈了以后，早些回来。"

"有任务么？"王大勇欣喜的望着指导员的脸。

"不！"指导员果决的回答，"你们需要休养，连部准备派个通讯员，把你们送到后边去。"

王大勇一听要送他到后边休养,他感到十分不高兴。他又走到指导员跟前,要求着:

"指导员,我的身体很好,不需要休养。现在战斗就要开始了,同志们往前冲,我怎么能往后边去呢?还是把我留下来参加战斗吧!我保证完成任务。"

小张也说不愿到后边休养,要求参加战斗。正说话间,机枪班长赵力强到连部来送全班的决心书。一见王大勇和小张回来了,马上跑上来把他俩抱住了。

"你们回来了,这太好了。这次完成战斗任务,俺们班的决心更大了……"

赵力强还没说完,指导员就打断了他的话,他对赵力强说:

"别光顾高兴,你没看看他们的脸色呀!他们昨夜泡在冰河里,光着身子在碉堡里冻了一夜,身体冻坏了,连部准备派人送他们到后边休息。"

赵力强一听,便连连点头说:"我不了解情况。"接着就转变了口气,对王大勇和小张说,"指导员说得很对!至于咱班的这次战斗任务,我们保证完成。你们安心休息就是!"

王大勇还想向指导员要求,指导员对他说:"你先到班里去和同志们见见面,回头再谈吧!以后你参加战斗的机会多的是。可是要先把身体养好!"

他俩和班长回到班里。机枪班就驻在靠北门小桥附近的一个房子里。后院墙上,都挖了射击孔,机枪都架在那里。射手们都爬在机枪旁边,弹药手都在整理和检查子弹。院墙外边不远处就是水壕。子弹不住的在水壕上叫啸。

班里的战士看到王大勇和小张回来了,都很高兴,一个个都过来和他俩紧紧的握手,低低的问候几句,就又回到机枪旁边去。因为这里是接近敌人的阵地前沿,不能象平时那样随便。这里到处都充满着战斗气氛。这熟悉的气氛，现在又感染着王大勇。他俯下身去，用手摸着自己使惯的那挺轻机枪。过去每次战斗，他都是端着它哒哒的扫射敌人。现在马上就要战斗了，他怎么能离开它，而到后方去休息呢？

王大勇把赵力强拉到旁边，很坚决的说：

"班长！我不到后方去！"

赵力强说："这是指导员的命令，你是应该服从的！而且你的身体也很需要休养……"

"我不需要休养！"没等班长说完，王大勇就直截了当的回答了。可是一想到军人要服从命令，他就又用恳求的声调对班长说："你去跟指导员再谈谈，替我要求一下吧！"

小张也说："班长！你再替我们去要求要求吧！"

王大勇为了证明自己的身体并不坏，便弯下身去，抓起自己那挺机枪，端在胸前作了个立射的姿势，并且雄起起的在屋里走了一圈。他把机枪放回原处，笑着对赵力强说：

"你看！班长，我能够战斗吧！"

赵力强看他俩要求参战的决心很大，他考虑了一下，便说："好！我去和指导员再商量商量看！"

赵力强刚转过身去，走了几步，突然记起昨晚在行军路上，他和指导员曾经谈起过王大勇入党的问题。他就又走回来，对王大勇说：

"你写的入党申请书还在么？"

"还在！"王大勇从口袋里掏出了那个小油布包，很严肃的对赵力强说，"这怎么也不能丢呀！"

"好！你交给我吧！指导员为这事，几乎要批评我了，我去时就交给指导员！"

王大勇郑重的打开包得方方正正的小油布包，把那张申请书交给班长：

"班长！你千万替我请求留下啊！我来不及写参加战斗的决心书了，

这申请书上也有这个意思！"

赵力强和指导员谈了很久，最后指导员总算答应了。赵力强走后，指导员看着王大勇的入党申请书：

支部委员会同志们：

我要求参加中国共产党，并愿为党的事业而终生奋斗。在这次战斗中，党与上级无论给我什么任务，我都坚决完成。……请你们多多帮助我，使我很快的进步……

字迹写得歪歪扭扭，但是却流露出了王大勇对党的赤诚的心。信的一角印上了云影样的浅黄色的痕迹，显然这是他和冰河搏斗时被水浸湿过的。指导员一想到王大勇渡河完成任务时的顽强姿态，他就压不住内心的激动。

指导员马上召开了支委会，讨论了王大勇的入党问题。支委会决定马上交给各党小组讨论，并当场给王大勇写了一封回信：

你要求参加党的热烈愿望及英勇顽强的战斗精神，都是热爱党的具体表现，这是值得欢迎的。我们愿意积极帮助你，并希望你在战斗中能象一个党员一样要求自己……

王大勇怀着激动的心情读了指导员的信，并为能参加眼前的战斗，高兴得跳起来。他身上的疼痛早被他甩开了，他提起自己那挺心爱的机枪，对他的伙伴小张说：

"来！检查弹药！准备战斗！"

天黑以后，对敌人的总攻开始了。

整个曹八集，都在炮火中震荡着。被燃烧弹打中的房屋在熊熊燃烧，映得水壕一片通红。子弹和弹片在低空里"吱吱"、"嗡嗡"的飞叫。……

王大勇的机枪,支在桥左侧的一个屋角上。他的肩头微微震动着,机枪不住的在向着围墙上的敌人吼叫。敌人企图用密集的火力封锁住小桥,王大勇的机枪,却紧紧压住了敌人的火力,掩护战士们沿着小桥冲上去。

坚守围墙的敌人,只要一探出身来,王大勇的机枪就扫过去,把敌人打倒。敌人的机枪刚从射击孔里吐出火舌,没响几声,王大勇一转枪口,就把它打哑了。他的机枪一刻也没有停。小张伏在他的身边,替他压子弹。

轰隆一声,北门左侧的围墙被冲过桥去的战士用炸药炸开了一个缺口,战士们喊叫着冲进了围子。敌人集中兵力与炮火,拼命想堵住这个突破口。就在这突破口上,敌我展开了反复的争夺战。战士们和敌人混战成一团,进行着肉搏。终于用刺刀把敌人的反扑打退,保住了突破口。

这时,赵力强马上命令王大勇,冲过桥去,把机枪架上北门,掩护部队向纵深发展。

王大勇抓起机枪,对小张说:"前进!"就往小桥冲去。机枪筒快打红了,灼痛了他的手。他已顾不到这些,平端着机枪,一边前进,一边扫射着奔上桥头。小张背着子弹箱在后边紧跟着。

子弹和弹片在他们头上、身边乱飞,战火映红了他们的激怒的面孔。他俩沿着狭窄的小桥,往前飞奔。刚走到桥中间,王大勇腰上象被谁猛力推了一把,他的身子踉跄了一下,眼看就要跌下桥去。小张上前用双手架住了王大勇。王大勇用手往肋下一摸,血正从撕破的棉衣下边汩汩的往外流,一块弹片斜插在他的肋骨间。他咬紧牙关,用手抓住弹片,猛力往外一拔,弹片带着他的血肉被拔出来了。他愤愤的掷下桥去,挣脱了小张的搀扶,端着机枪,直奔上了北门。

当他把机枪架上北门旁边的一个缺口时,通往北门的街上,敌人正蜂拥的向突破口冲来,进行反扑。王大勇的机枪哒哒哒的扫向敌群,敌人纷纷倒下,没倒下的就往回逃窜了。西边的敌人,顺着围墙反扑过来,王大勇就又调转机枪口，向迫近的敌人猛烈射击。

王大勇的伤口不住的往外出血，痛得他头上的汗直往下流，可是他的机枪，还在不住的响。因为打退了一路敌人的反扑，另一路敌人又反扑上来，他的机枪决不能停下。

"王大勇同志！你负伤了？来，我替你打一阵！"

小张看着王大勇的伤口直流血，他想替他打机枪。他喊着王大勇，但是王大勇还是在射击着，并不理会他。小张只得俯下身去，用急救包将王大勇的伤口包扎起来。

王大勇这挺机枪，架在北门右侧，首当其冲的封锁住正面的街道，并堵住了敌人从西围墙通往北门的反扑道路。一挺机枪威胁着西、南两个方向的敌人，掩护了部队源源不断的冲过小桥，向纵深发展，迅速的占领了北门里街东边一带的房屋。

敌人又组织了大规模的反扑。更大的炮火和兵力向北门压过来。这次敌人反扑的特点，是反扑前集中了所有的火力向北门附近轰击。北门四周纷纷落着炮弹和手榴弹。王大勇和小张被淹没在炮火的烟雾里，感到围墙和地面都在震动。这时他们营的主攻部队，都已冲进了突破口，第二梯队还未上来。突然一颗炮弹，在王大勇身后爆炸，他就应声倒下了，后背和腿部又负了重伤。他要想再爬起来，可是一抬身子，就又跌倒在地上了。

小张跑上来抓住了机枪。看到王大勇满身是血，眼里流出泪水。他俯下身来喊着王大勇："怎么样？"

"不要紧！敌人要冲过来了，快去打机枪！"王大勇说。

小张正要抬身，一颗燃烧弹又在王大勇身旁爆炸，熊熊的烈火，马上要烧着王大勇了。他冒着烈火把王大勇背进一间房屋。

北门两侧和正面的敌人，拼全力向着这里猛扑，又封锁住了被我军打开的突破口。这时我们突进北门，占领这一带房屋的一个营，完全陷入敌人的包围中了。

一营的指战员据守在已占领的房屋里，抗击着敌人一个师的机动兵力，在等待兄弟部队冲进来。他们虽然是被重重包围了，但是他们是插进敌人心脏的一把尖刀，在最致命的地方，打击和消耗着敌人。敌人为了要很快的拔去这把尖刀，去掉他心腹之患，便组织了所有能够机动的兵力，拼命向这几座房屋进攻。一营的勇士们顽强的坚守着阵地，抗击着四面八方反扑过来的敌人。

敌人的手榴弹、炮弹象雨点样泼过来，所有的房子都闪烁着炮火的光亮，弥漫着浓密的烟雾，弹片呼啸，尘土飞扬。有的房屋着火了，有的屋角倒塌了，伤员也渐渐增多了，但是，勇士们凭着门窗、屋角，依然射击着反扑的敌人。把敌人一次又一次的击溃下去。每一次反扑，敌人都在房子的四周留下了成堆的尸体。

小张把王大勇背到一所房子里，把王大勇放在地上。这时王大勇已昏迷过去了。小张叫着王大勇的名字，王大勇却一声不响的躺在那里。小张想到王大勇在冰河里怎样救了他，在碉堡里挨冻时又怎样体贴他，是一个多好的同志啊！他现在不说话了，也许不久就要死去了。小张心里说不出的难过，他伏在王大勇的身上呜呜的哭起来。

指导员走过来，一把把小张拉起，严肃的对小张说：

"你不应该光哭！应该为王大勇同志报仇！"

指导员的话，使小张从沉重的悲痛里醒悟了过来。是呀！他应该去替王大勇报仇！他想到自己刚才这种举动，是多么愚蠢呀。他忽的从地上爬起来，擦去了眼上的泪水，提起了刚才王大勇使过的机枪，跑向一个窗口，把机枪架在窗台上，向着冲过来的敌人，愤怒的扫射着。

躺在地上的王大勇慢慢的苏醒过来。

当他恢复知觉的时候，他就感觉到战斗情况的严重。地面被炮弹震得不住地抖动，房屋被炮火打得已是歪歪斜斜，百孔千疮了。一个屋角在燃烧着，屋里充塞着烟雾和尘土，他看到越来越少的指战员们，依着门、窗、屋角,在顽强的抗击着敌人。敌人虽然疯狂,但始终没能跨进房屋一步,一次次的都被打回去了。

营长、连长和其他的指挥员们,一方面指挥着部队,一方面也拿着武器,和战士一起来进行战斗了。营长头上包扎着伤口,一边打着枪,一边用嘶哑的喉咙向战士们喊:

"同志们!我们的兄弟部队就要打进来。我们要坚决的打呀!没有弹药,我们用刺刀、用土块,也要把敌人打回去……"

王大勇感到在这样危急的情况下,多么需要自己站起来去战斗啊!虽然由于流血过多,全身没有一丝力气,身子一动,全身的伤口都在疼痛;可是他还是想爬起来。他用两臂支撑着,刚把上身抬起来,就又跌倒了。伤口疼得他咬着牙,汗水从额上直往下流。爬起,跌下,又爬起……反复好多次,他还是要起来。他要去战斗!

当他意识到自己真的爬不起来了的时候,他急得流下了眼泪。这时指导员提着步枪,正从一个屋角走来,王大勇一把抓住指导员的衣服,低低的喊着:

"指导员……"

指导员一低头,看到是王大勇,见他眼里噙着泪水,急忙蹲下身来,用手抚摸着他:"王大勇同志!怎么样?伤口很疼么?"

王大勇摇了摇头,紧握着指导员的手说:"我难过的是,我没能很好的完成任务!"

"不!"指导员郑重的说,"你完成了党交给你的任务,而且完成得很好!"

指导员提到党、提到任务,王大勇不由得就想到他递给支委会的申请书。一想到自己在申请书上写的字句,他就想爬起来参加战斗。可是他已经站不起来了,这使他更加难过。这种复杂的心情,现在又不可能全部向指导员谈出来,他有气无力的说:

"指导员！我……申请书……上写的……但……"

王大勇的话是断断续续的，有时听不大清楚。但是指导员明白他的意思。他听到王大勇谈到申请书，一个问题马上在脑子里闪动。就是一个革命战士，当他生命最危殆的时候，他最容易想到鼓舞他终生战斗的党，想到他的永不会熄灭的政治生命。王大勇在战斗中所以这样英勇顽强，就是因为在他的眼前经常有一颗红星在闪耀，一种热爱党的崇高的愿望，在他心中燃烧，使他有着无坚不摧的力量，永不疲惫的战斗下去。现在他虽然倒下来了，但他还要爬起来战斗，并且为了不能再参加战斗而感到难过。对于这样的战士，指导员感到自己有责任，使他看到他的崇高愿望的实现。想到这里，指导员对王大勇说：

"你先在这里休息，我马上就回来！"

说罢，就匆匆的奔向一个窗口。赵力强正守在这里，用机枪向外扫射。敌人的反扑，又被我们狠狠的打回去了。情况暂时缓和了下来。指导员对赵力强说：

"王大勇的入党问题，你们小组都讨论过了？"

"讨论过了，都同意他入党！各组也都同意！"

赵力强是机枪班的党小组长，也是支部委员。指导员从窗口观察了敌人的动静，果断地对赵力强说：

"看样子，敌人被我们打熊了，一时喘不过气来。趁这个空隙，你马上去把支委召集起来，我们立即讨论王大勇的入党问题。你把机枪给我，我来替你监视敌人！"

几分钟内，赵力强找来了仅有的三个支部委员（其他的已经牺牲了），他们蹲在一边，握着刚歇下来的还滚热的枪，抚摸着身上的血迹和被弹片撕出了棉絮的棉衣，炮火熏黑了的脸上，浮上严肃、慎重和负责的神情，简短的交换了意见，付了表决。

指导员很快的跑到另一个房子里，找到了营教导员，把支委会的决议交给了他，营委会立刻批准了支委会的决议。

　　回来以后，敌人的反扑又开始了，指导员便在这充满烟火、爆炸、厮杀的极度紧张的气氛里，以极庄严的响亮的音调，向正在顽强的抗击着敌人无数次反扑的全体指战员们宣布：

　　"同志们！王大勇同志……现经支部通过，上级党委批准，成为一个光荣的共产党员！"

　　这是一个宣布，也是一个号召，有如一股新的力量，增强了每个指战员的战斗意志。弹药要打完了，大家都准备好石块和枪托，来和敌人搏斗。伤员们听到这个声音，呻吟声也没有了。

　　小张充满着高兴，跑来向王大勇握手祝贺，兴奋的说："王大勇同志！你入党了，我要向你学习！"

　　王大勇躺在地上，谦和的说："我还很不够！"

　　一颗榴弹落在他的身边爆炸，掀起了一阵尘土和砖石，但并没有掠去王大勇脸上的笑容。

　　奋战在敌人心脏里的勇士们，一直坚持到第二天上午，整整和敌人血战了十个钟头。突然，突破口的枪炮声大作，传来了暴风雨般的冲杀声。营长挥着手中的匣枪，向战士们高喊着：

　　"同志们！我们的兄弟部队，已经冲进来了，上好刺刀，跟着我冲啊！"

　　战士们在喊杀声中冲出去了。在很短的时间里，我们的部队就解放了曹八集，完成歼灭了据守在那里的敌人。

　　王大勇被担架兵从屋里抬出来。未上担架前，医生给他进行了紧急治疗。当他将要被送进医院去的时候，他又回望着这一带被敌人的炮火打得千疮百孔的房屋，端详着房屋周围成堆的敌人的尸体，不禁想到昨天夜里，他们在敌人炮火集中点上进行的英勇抗击，仿佛他又置身于那场激烈的搏斗之中，当时，透过炽烈的爆炸声和厮杀声，他听到了指导员的庄严而响亮的宣布。这是他入党的地方，他永远不会忘记。

指导员来到王大勇的担架旁边，递过来一个折叠好的纸头说：

"王大勇同志：这是你的党员介绍信，你可以交给医院的党组织，在那边过党的生活。希望你在医院里好好休养，早日恢复健康！"

王大勇微笑的望着指导员，激动得说不出话来。他接过了介绍信，又掏出那块小油布，小心的把它包好，装在口袋里。

这时小张赶来了。他看到王大勇要进医院了，就向指导员要求道：

"指导员！我送他到医院去吧？"

"好吧！"

指导员知道他们之间的友情，毫不犹豫的答应了。

小张愉快的护送着担架，很快的向后方走去。

一九五五年国庆节改作

红　嫂

一

明天，我将要出发到久所怀念的沂蒙山区去了。这个地区是我们的革命老根据地，在过去的艰苦战斗年月里，我曾在这里度过一段难忘的斗争生活。一想到又要看到巍峨的沂蒙山了，我兴奋的心都怦怦跳起来。

今天是星期天，上午，我到南京路的百货公司去购置旅行用品。当我买好东西正要往回走的时候，在商店门口，遇到了××部队的彭林少校，一见面我们就紧紧的握着手。少校穿着整洁的军服，个子不高，却显得很威武。他的脸孔微黑，浓黑的眉毛下有一对很有神的眼睛，从稍向上挑的眼角和四方的口形，就可以看出他是个坚毅而果敢的人；可是当他笑起来的时候，面部的表情又是那么诚挚和感人。他现在握着我的手的这一瞬间，脸上就出现了这种笑容。彭林少校是我在解放战争期间就认识的老战友，他在这沿海一带驻防，我们在上海常常见面，有时，我们还相互的到各人家里玩玩。老同志了，每逢欢聚在一起，难免要谈谈过去的战斗生活。最近几个月由于工作忙，我们好久没有在一起玩了，因此，今天一见面，彭林少校就紧握着我的手说：

"走！到我家玩玩！"

因为下午还要作点走前的准备工作，我就对少校说："改日再去吧！今天时间实在不够了。"接着我就告诉他明早出发的事，并说明要到什么地方去，彭林少校一听说我要到沂蒙山区去，高兴的说：

"到沂蒙山去！这太幸福了！我什么时候能去看望一下那里的亲人，真是太好了。我正要向那里寄一包东西，那么，托你带去可以么？"

我欣然回答："当然可以！不过你要事先把东西准备好，今晚我抽空到你家来取，因为我明天一早就要到火车站去了。"

彭林少校说："托你带东西，还麻烦你来取，这怎么能行？还是我送到你家吧！"他说到这里，象突然想起什么似的，又马上改口说：

"你还是到我家来吧！不过要早一点来，到我家吃晚饭，今晚我们吃山东水饺，正好为你送行！"

我犹豫的说："还去打扰么？"

彭林少校以军人惯有的肯定语气对我说："一定要来，我们等你！"

我只得点头答应，我们就分手了。

我和彭林少校认识，是在一九四七年，我军在沂蒙山的孟良崮歼灭蒋匪王牌军七十四师以后。那时彭林还是排长，不过已是全军著名的战斗英雄了，在一次部队转移中渡沂河时，他负了重伤，住在野战医院里，我当时是战地记者，到医院里去访问他。我一到了那里，医院的工作人员就告诉我：彭排长最近情绪很激动，一再要求出院回部队去。由于他的伤口还没痊愈，院方没有答应他的要求，他显得很急躁，有时甚至急得哭起来。值夜班的护士们经常听到彭排长半夜里说梦话，甚至在梦里还是厉声叫着：

"叫我走！我要去战斗！要去为人民立功！"

最后他们要我在和彭林排长谈话时，多多注意安慰他，尽可能的使他平静下来，安心休养。我在病房看到彭排长了。他的脸色焦黄，身体还很虚弱，只有他的那双眼睛，却显得特别有神。他的伤太重了，经过一段时间的治疗，虽然有些伤口好了，但是重伤口还没长好。而流血过多的身体也的确需要很好的补养。

我是来采访他的英雄事迹的。彭林排长在著名的孟良崮战役中，战斗非常勇敢，曾立了特等功。当我问到他立功的事迹时，他谈得很简单，好象这些都很平常，没有什么好谈的，正象医务人员所说的那样，现在对他重要的事是立即出院，回到部队去参加战斗。我和他谈着谈着，他就又扯到这个问题上来了。彭排长原是躺在病床上的，一提到这事，他就激动的坐起来，对我诉苦：

"同志！你说说，敌人现在对咱们沂蒙山区作重点进攻，咱们部队的战斗任务很紧，还要我躺在这里，这怎么能行？我的伤已经好了，怎么还不叫我出院？"说到这里，他以央求的声调又对我说：

"好同志！你替我向院方说说，让我出院吧！再住下去，真要把我憋死了！"

虽然我望着他有神的眼睛里，由于激动而有些潮湿，可是我却不愿满足他的央求，还是按医务人员对我嘱咐的话来安慰彭林排长：

"医生的话是对的，你的伤还没有好，不该出院。就是为了今后更好的完成战斗任务，你也该安心的在这里休养！"

彭排长听了我的话，很不以为然的说："谁说我的伤还没好？早好了！不信么？你看看。"

为了证明自己的话，他忽的跳下床来，我忙去拉他，一把没有拉住，他已经走到屋当央了。我进屋时就看到他床头上有一副重伤号用的双拐，大概平时他还是靠这副工具来走路的，现在为了说服我，争取出院，他竟在我面前单独走来走去了。

这是可能的么？我为他突然的行动惊呆了。

我马上想起了医务人员告诉我的他的严重的伤势，有些重伤口还在化脓、出血；我又想到刚才进屋时，他躺在病床上的虚弱情景；就是看他眼前的脸色，他脸上虽然由于过度的兴奋而带来一阵红润，可是我也看到他的前额上的青筋在跳动，显然他在走动的时候，是很痛苦的，只是他用坚韧不拔的意志把这种痛苦狠狠的压制下去而已。他不仅这样，他还要在这难言的痛楚咬蚀着他的心的时候，故作微笑，对我显示出悠然自得的样子。

我猛的跑上去，用全力把他向床边拖来，他虽然竭力挣扎，可是最后还是被我按在床上，安安稳稳的躺下来了。我看着彭林排长累得额上冒出一颗颗汗珠，心里在低低的说：

"他是个多么坚强的人啊！"

等彭排长安静下来以后，我就不再和他谈出院的问题了。为了不使他激动，我尽可能的把谈话扯到其他事情上去，以转移他的注意力。接着我就和他谈起他的负伤经过了。

谁知一谈到负伤的事，就又触动了彭林排长内心的痛楚。这个在战场上勇如猛虎，就是刚才还表现得坚如钢铁的人，在谈着他的负伤遇救的事的时候，竟泪水双流，泣不成声了。

原来彭林排长负重伤后，和部队失掉联系，在敌人四下搜捕的情况下，他爬进一个秫秸丛里。当他几度昏迷，最后将要死去的时候，是一个叫"红嫂"的青年妇女把他从垂死中救活了。一谈到红嫂对他的掩护和救助，他的泪水就夺眶而出，把头伏在枕头上哭起来。他是那么激动，我听到红嫂的事迹，望着他激动的情景，也感动的流下眼泪。最后，彭林排长抬起泪湿的眼睛，望着我说：

"你看！人民对我的恩情有多么深啊！现在敌人进攻沂蒙山区，人民在遭受苦难，这时候，多么需要我去战斗啊！我只有用痛歼敌人的行动，来回答她！可是，现在我却一点事情也没作的静躺在这里。我怎么能安心呢！"

听了红嫂对他的感人的救助，和彭林的自我申诉，我完全理解他的心情，他这一股旺盛的情感的烈火，是人民的恩情所燃烧起来的。他要去为人民而战,要替人民复仇,恨不得马上跑上战场,去痛歼敌人才感到轻快。要是不能满足他的这种急切的愿望,他就难过得不能忍受。这种可贵的情感是我们负伤的战士所共有的,不过由于红嫂的惊人的热爱革命战士的感召,而彭林排长胸中的这股情感之火燃烧的更加强烈罢了。

我从内心深处同情着彭林排长,虽然如此,我还是认为院方不让他出院的措施是正确的。这时,我又记起了医务人员对我的交代,我又以安慰的口气对他说:

"还是静心的休养吧!把身体养壮了,杀敌人不是更有力了么?"

彭林排长说:"我的伤已经好了啊!刚才你不是亲眼看见我走动了?"

我说:"是好些了,但是还需要休养,医生是最了解情况的,还是要听医生的话为好。"

我安慰他一阵,他稍为平静一些了。最后我向他告别,彭林排长突然瞪大了眼睛,拉住我的手说:

"同志,我有件事要求你,希望你无论如何要办到!……"

我和彭林排长虽然刚认识,但是我却已经很爱对方了。听说他要求我什么,我感到能够为他办点事是很值得高兴的,我就打断了他的话,急切的问:

"什么事啊?我保证为你办到。"

彭林排长知道我误解他的话了,脸上流露出着急又似为难的神情,认真的对我说:

"有关红嫂的事,我除了向党组织汇报了,没有向任何人谈过。我感到红嫂对我的恩情太重了,可是我只能把这事压到心底,在目前情况下,就是为了爱护她,我也不愿把这事对人宣扬。"说到这里,他停顿了一下,然后又以恳切的语气说下去:

"你是记者,要在报上表扬人民爱护自己部队的好人好事。可是我请求你,千万不要把它写成文章发表,也不要随便把这件事告诉别人。可以么?"

我一听他的话，倒有点犹豫了。但仔细考虑一下对方的意见，感到也有道理，我就很爽快的答应了他的要求。我笑着说：

"可以！这点你尽管放心，我一定作到。你安静的休养吧！祝你早日恢复健康，重返前线！"

后来我又问他对我还有什么要求，他摇摇头说：

"没有了！"

这时我突然想到红嫂，我很想去看看她。一种好奇心促使着我要这样作，同时我也想进一步了解一下她救助彭林排长的具体经过，因此要见她的心就更加迫切了。

这个事情本来想征求下彭林排长的同意的，后来我想了一下，他只希望我不要宣扬，并没有提出其他要求，大概我去看红嫂，他是不会反对的了。因此，在我离开彭林排长不久，我就到他负伤的地方，去拜访红嫂去了。

那时候，红嫂所在的村庄已经解放，附近一带山区的蒋匪军和还乡团已被我军消灭。逃难的人们都又回到村子了，在敌人占领期间，把民兵拉到山上坚持斗争的支部书记和武工队也回来了。我到了这个村庄，就首先去找到党支部王书记，因为他也是参与救助彭排长的人。他是个忠诚而沉着的村干部，很热情的接待了我，并向我介绍了红嫂救护彭排长的具体经过，他谈的要比彭林排长详细多了。一谈到红嫂的事迹，支部书记就显得很兴奋。最后他感叹的说：

"在敌人大屠杀的严重情况下，一个年轻女人竟能这样作，可真是太难得了，没有对革命的无限忠诚，没有对革命战士的高度热爱，是作不到这一步的！没有话说，她是劳动人民的好女儿，我们支部准备考虑把她作为发展党员的对象。"

我连连点头，表示同意支书的看法。接着他又对我说：

"记得当她把这事的前前后后告诉我以后，我这个硬心肠的人，听了也很受感动，我要在党和群众的大会上表扬她的事迹，她阻止我，她说：

'只要党了解我就行了,我可不想叫别人议论这事!'我考虑了一下,觉得她说得也对,虽然她不封建,有封建思想的人是干不出这样动人的事迹的。可是现在还有不少人有封建思想残余啊!是的,她作了一件好事,可是却是一件不宜表扬的好事!"

说着话,我和支书就到红嫂家去了。

我们一进院子,就看到一个青年妇女,坐在屋门口给孩子喂奶。没等支书介绍,我就猜出这就是我要见的红嫂了。她的面孔长得端正、秀气,身材匀称、健壮。前额上边有两绺乌黑的头发,分向两鬓,一直垂到耳下。从正面看,象是剪了发,实际上后脑勺上还结有一个发髻。这是沂蒙山区流行的发式。她一看到我们,那双富有深思的眼睛亮了,秀气的脸上豁然开朗,她忙把衣襟掩住前胸,抱着孩子站起来,笑着向我们打招呼。

"支书来了么!还有这位同志,快请坐吧!"

她的态度大方,脸上的笑容是那么诚挚。面对着红嫂的热情接待,我有种到了老根据地亲人家里的感觉。

这时,红嫂的丈夫吴二也从屋里出来招待我们。他是个年近三十的沉默的农民,比起红嫂来,他显得有些愚笨。吴二对我们虽也笑脸相迎,但是却没红嫂那样亲切。他为我们搬了凳子,整理茶具,忙了一阵,就借口燎茶,脸上带着羞愧的神情到外边去了。

我们坐下后,支书向红嫂说明了我的来意,他没有直接告诉她我是为彭排长的事来的,只说:

"红嫂!这位同志听说你对革命很有认识,特意要来看看你!"

没有等到红嫂说话,我就满怀兴奋的对她说:

"红嫂!你出色的救护了我们的伤员,我们真是太感动了。不仅彭排长,就是我们每个革命同志听到你的事迹也都很受感动。我们很感谢你,你太好了!"

红嫂一听我谈到彭排长,两颊突然飞上了红云。我马上感到自己有点太莽撞了。不过还好，红嫂很快就镇定下来了。她脸上依然带着亲切的笑容，可是却比较严肃而认真的说：

"同志！可不能这样说啊！部队同志为我们打仗，不怕流血牺牲，我能为流血的同志作点事是应该的，这算不了什么！"

接着我们就畅谈起来了。根据刚才支书所谈的情况，我在谈话过程中，没有问起红嫂救护彭林排长的具体情节，因为这一切通过彭林排长和支书的讲述，我已经完全清楚了。我来的目的也主要是前来拜访一下，怀着尊重的心情看看红嫂是个什么样子，从心里说，我很想认识她。现在我望着坐在身边的红嫂，感到她是一位多么崇高的青年妇女的形象啊！

走前，我为红嫂拍了一张照片。

照片洗出后，我给彭林排长寄了一张。那时，他已伤愈出院了。他从部队里给我写了一封信，他很珍爱这张照片，一刻不离的把它带在身上，决心英勇的去完成党和人民交给自己的战斗任务。在以后历次的胜利战役中，彭林成为著名的战斗英雄。

这件事情已经过去十多年了。由于彭林排长的嘱咐和支书所谈的红嫂的愿望，我一直把它压到心底，没有向任何人谈，也没写文章表扬红嫂。可是，这件事却长期的活在我的记忆里，每当我想起它的时候，我心里就感到一阵阵的激动。

全国解放后，我在上海工作，彭林少校也在这里驻防。我们常常见面，有时也谈到红嫂的事，从谈话中我知道他和红嫂还经常保持联系。我这次到沂蒙山去，彭林少校要托我带东西，是带给谁呀？莫不是带给红嫂么？

下午，我匆匆的将走前的准备工作搞完。在四五点钟的时候，到彭林少校的家里来了。少校的家，我是常来的，这是个整洁而欢乐的军官家庭。彭林少校的爱人在部队的卫生单位工作，他们有三个孩子。平日他俩上班，孩子们都送往托儿所，只有星期天才把孩子接回来。我未进大门，屋里就传出一阵阵孩子的欢笑声。

我一进去,就看到少校和他的爱人在屋角包饺子。三个孩子呢,围在屋当央的桌子上在吃东西。他们吃的核桃、柿饼,还有栗子,这都是沂蒙山的特产啊!在上海能吃到这些食品可不容易。彭林少校一见我来了,就和爱人站起来欢迎我,让我在桌边坐下,接着就捧来一些刚才孩子吃的山东特产招待我。我一边吃一边问:

"你从哪弄来这些可口的东西呀?"

少校说:"沂蒙山寄来的!"

我又问:"谁寄的?"

少校欢快的说:"还有谁,红嫂!"

我说:"那么,你这次是托我给红嫂带东西了?"

少校的爱人接着说:"是呀!我们老早就想给她寄点东西去的。东西已准备好了,还没寄出,你看:她倒给我们的孩子寄来这些土产。"

我高兴的说:"这太好了!这次我又可以拜访一下红嫂了。说心里话,我也多么想再看看红嫂啊!"

少校说:"是啊!我们也真太想她了!"

少校的爱人说:"你可得好好的替我们问个好呀!我们想以后请她到上海来住些时候。"

我说:"这些嘱托,保证办到!"

在少校的谈话中,已听不出往日的羞涩了。听他爱人谈到红嫂的口气,大概少校早已把红嫂救护他的事,告诉自己的爱人了。

这时候,我们三个人的目光,都不约而同的集中到墙上挂的一张照片上。这张照片就是十多年前,我离开彭林后,给红嫂照的。彭林少校曾带着它南北转战。由于天长日久,这张照片已有点褪色了,可是彭林少校进城后,还是把它重新制了版,放大了一张,现在挂在墙上。

我们望着照片上的红嫂,感到这是个多么亲切而崇高的沂蒙山的青年妇女形象啊！她那两绺分向两鬓的黑发，她那端庄秀气的面容，还有她那诚挚的神情，对我和少校来说，是多么熟悉啊！

孩子们看到我们看照片，就指着它问：

"她是什么人啊！"

少校爱人说："是个很好的阿姨！"

孩子问："她比托儿所的阿姨还好么？"

少校的爱人说："她待你的爸爸，比托儿所的阿姨还要好！"

我们谈了一会，少校和爱人就又去包饺子了。因为客人已经来了，还没有包到一半呢！我就去洗洗手，也帮他们包起来。要知道在战争年月过过部队生活的人，谁不会包饺子呀！

在少校家里吃过水饺以后，走前，少校的爱人递给我一个布包。这里边有他们送给红嫂的几件衣料，给红嫂最小的孩子买的衣服、玩具，还有一些糖果。我郑重的接过来这个包裹。

临走，少校和爱人还在门口叮嘱我，要代他们很好的问候红嫂，并约红嫂有机会一定到上海来住几天。我满口答应后就告别回去了。

第二天，我上了京沪快车，进了自己的睡铺车厢，这一段旅途需要将近一天一夜的时间。在这个漫长的时间里，老是静躺着会感到寂寞的，我望着小木桌上那个少校托我带的包裹，就堕入了少校和红嫂的一段曲折动人故事的回忆。

二

彭林排长是在一次掩护部队强渡沂河的激烈战斗中负重伤的。

当我军在孟良崮歼灭蒋匪王牌军七十四师之后，附近蒋匪的十几个师拼命向这个地区扑来。这时我军歼敌任务已经完成，即迅速撤离这个地区。彭林排长所在的这个部队，奉命向东插去，准备到沂河东休整。几个师的敌人向他们尾追过来，部队连夜赶到沂河边，正值河水暴涨，没有渡河船只，部队一时不能过河。

原来这沂河两岸已为敌伪占领，我军主力过来后，敌人的地方团队都逃跑了。临走，他们把河里的船只都烧毁了。河水很深，没有渡河工具是不容易过去的。

这时部队经过几天几夜的激烈的战斗和急行军，战士们已很疲劳了。后边敌人渐渐逼近，如不在天亮前渡过河去，背水作战，是很不利的。因此指挥员下定决心，用部队掩护，依靠群众，强渡沂河。

这一带沿河村庄的基本群众，为了逃避敌人，都藏进山里了，现在听说自己的部队过来了，都又回到村子里，他们一见到自己的部队就向自己的亲人们哭诉蒋匪军、还乡团的残暴和屠杀罪行。指战员们听着人民的哭诉，都气得磨拳擦掌，他们坚决表示：要彻底消灭蒋匪军，为人民报仇！在这时候，人民看到人民解放军的战士是多么亲热啊！现在眼看着自己的部队过不了河，村民也很着急，他们把自己家里仅有的木头、木板、秫秸都拿出来，帮部队绑筏子，有的把门板、水缸都搬出来了。有的大娘和大嫂甚至把自己心爱的木箱、木盆都贡献出来，帮助自己的部队过河。

在群众的帮助下，部队源源不断的过河了。由于过河工具都比较小而简单，部队过得很慢，天已大亮了，才仅仅过了一半。

敌人靠近了，掩护部队阻击敌人的枪炮声响了。在弹雨纷飞中，部队还在继续强行过河。

彭排长这个连，部署在河西不远处的一个小山上，他们的任务是阻击敌人，掩护身后的一个团过河。从天亮打响，一直打到东南晌，打退了敌人十多次冲锋，坚守住小山，使敌人不能前进一步。

团的部队大部分都过河了。最后轮到他们了，营长命令这个连，留一个班在小山上作最后的掩护，其他都撤下来随营的后续部队渡河。这时连长把彭林叫到身边，对他说：

"你带第三班,在这里坚守,掩护全连过河。"

彭林排长说:"连长放心,我们坚决完成任务!"

连长以爱抚的眼光望了彭林一会。彭林是个二十多岁的青年排长,他脸色黝黑,中等的身材,显得有点瘦弱。平时不爱说笑,可是打起仗来却勇如猛虎;战斗愈激烈,他的指挥愈沉着,他的杀敌的激情也就愈加高涨,再危急的情况,也休想使他皱一下眉头。他是师里出名的战斗英雄。每当战斗中遇有重要的任务,指挥员要派人前去完成时,首先想到的往往是他。当他接受艰巨任务的时候,他的有神的眼睛里发出坚毅的光辉,照例是斩钉截铁的回答:"一定完成任务!"指挥员从他的眼神和话音里听出他的决心,并完全相信他在执行任务过程中,任何困难也压不倒他,就是粉身碎骨,他也会胜利完成任务。

连队马上就要撤下小山了,如果说刚才是一个连的兵力在抗击着数倍于我的敌人,那么,现在只剩彭林排长带的一个班,来阻挡住敌人的巨大压力了。一想到这一点,连长就又对彭林说:

"掩护任务是艰巨的,要咬紧牙关顶住!"说到这,连长看了看表,又说:"时间是半个小时。能行么?"

彭林说:"能顶住!在部队没有过河以前,敌人是上不了这座小山的!"

连长临行前又吩咐彭林,要他们在阻击敌人的时候,注意渡河的进度,连队尾部一离开河岸,他们就可撤下小山,连部将在河边为他们安排好渡河工具,以便他们撤到河边,马上可以渡河。连长说罢,就带着连队下山了。

连长带着部队下山后,彭林把留下的这个班,布置到小山的制高点,阻挡着疯狂的敌人的冲击。

时间虽然是半小时,可是这又是多么艰苦的时刻啊!

敌人集中所有的炮火,向小山轰击,整个山头都被烟雾笼罩住。炮弹炸得石头成为粉末,却炸不掉彭林和守山战士的决心。有的战士牺牲了,活着的战士还是战斗。有的战士负伤了,包扎一下伤口,还在阻击着敌人。

敌人又组织更多的兵力，象波涛似的向小山冲锋了。在彭林的指挥下，机枪步枪扫向敌人，敌人丢下了成堆的尸体，又退回去了。敌人再次冲锋，这次彭林不叫战士打枪。等敌群靠得更近了，只听彭林高声叫：

"手榴弹！打！"

一串串的手榴弹掷进敌群，在连珠般的爆炸声里，敌尸横躺了一山坡，进攻的敌人又被打退了。

就这样，彭林这个班在十五分钟内，打退了敌人三次冲锋，把七八十个敌人消灭在山坡上，这时他的左臂已经负伤了。他没顾得这些，利用战斗的间隙，在炮火的烟雾里，爬向每个战士的阵地上，去检查和组织火力，准备迎击敌人新的冲击。他看到班里的战士已伤亡过半，没有负伤的战士，脸孔也被炮火熏得乌黑，军衣被弹片撕碎了。他一边为负伤的战士包扎着伤口，一边指着身后远处的河岸说：

"同志们！看，我们的连队已经开始上木筏了。再坚持一刻钟，我们就完成了任务！"

弹药已很少了，有的战士的子弹和手榴弹都打光了，彭林就对他们说：

"没有子弹，就拼刺刀；敌人冲上来，我们用石头也要把他们打回去！"

敌人又向小山头进攻了。彭林吩咐战士们节约子弹，等敌人靠近，再准确的射击，要弹无虚发，一枪一个。有的战士就干脆不打枪，握紧手中的刺刀，准备好石头，等着和敌人搏斗。由于山上的火力减弱了，进攻的敌人，就显得更大胆和疯狂。敌人渐渐来到面前了，战士们一齐开枪，打倒了几个敌人，可是这次敌人并没有退缩，十多个敌人端着刺刀向山顶冲上来。当敌人一奔上前沿，站脚未稳，彭林高叫：

"狠狠地打！"

战士们忽地从阵地上跳起来，用刺刀捅，用大石头砸，经过一阵剧烈的搏斗，把攻上来的敌人，打得头破血流地滚下山去。

敌人大概已经看出他们没有几个人了，而且弹药也没有了。很快的又组织了新的进攻。彭林在这空隙里，回头望一下河岸，这时他们的连队已经坐上木筏向河中心渡去。连长已向这边发出信号，要他们马上撤下来渡河。可是已经来不及了，蜂拥的敌人已扑到眼前。战士们和敌人厮杀在一起，杀得难分难解。敌人冲上来时，彭林的匣枪已没有子弹了。他刚用一块大石头，把一个敌人砸死，另一个敌人端着刺刀冲到他的跟前。搬石头的时间已经没有了，他一转身躲过了刺过来的刺刀，上前一把夺住敌人手中的中正式步枪，拼全力甩了两甩，然后一脚把敌人踢倒，用夺过来的枪，刺进敌人的胸膛。

这瞬间，一颗手榴弹在彭林的脚下爆炸，他在一阵浓烟处倒下去。这时一个敌人跑上来，认为他已死了，就转身举起刺刀正要向另一个战士的背上刺去。负重伤的彭林，看到这危急的情况，忽的从地上跃起来，猛扑在这个敌人身上，卡住对方的脖子，把敌人压倒，那个战士转过身来，一刺刀把被彭林压倒的敌人刺死了。

这时候，彭林才感到自己伤势的严重，他倒在血泊里再也起不来了。他的脸正对着沂水的方向，他模糊的望着阳光闪耀的沂河，他的连队已经到了对岸，他脸上浮起了笑容。这时他耳边听到敌人嚎叫着奔上山头，而唯一剩下的战士，在和敌人搏斗中，也倒了下去，接着他就昏迷过去，以后的事，他就不知道了。

敌人花了一个多连的伤亡代价，最后攻占了小山。当他们横越过小山，向沂河边追扑过去的时候，我军已完全渡过了沂河。

午后，下了一阵小雨，山头上的敌人撤下来了。

经过上午一场激战，现在的小山头显得很恬静。虽然敌人的炮弹把这里炸得象一片火海，山顶上的青草，成片成片的被烧焦了，石头炸碎了，没碎的石头上边也划满了弹痕，有的小树，整个被炮弹劈去了一半。可是，这里还是到处充满了生机，有些石缝里的青草，经过雨淋以后，叶儿透明发亮，充满着生命力地在微风中摇曳着；草丛里的野花，红的、黄的、紫的花朵，开放得那么鲜艳。彭林躺在两块大石头中间，他身下长满了碧绿的青草，他的血把身下的青草都染红了。

经过一阵微雨的浸润，彭林的身体蠕动了一下，他又苏醒过来了。

当彭林一恢复知觉，他就马上想到自己的战士，他看看四下没有敌人，就向阵地上爬去，班里所有的战士都牺牲了。彭林看到战士们的尸体，心中异常难过，他的心象被什么揪着似的发痛，可是却没有流泪，因为他知道这些战士牺牲的多么壮烈。他又想起了上午阻击敌人的雄壮场面，他们一个班顶住了成团的敌人的反复冲锋，当敌人花了十多倍的伤亡代价攻上了小山时，我们倒下去的战士已经光荣的完成了掩护任务。敌人除了重大的伤亡却一无所得，因为我们的部队已安全渡过沂河了。

他爬在山头上，遥望着滚滚的沂河，心想着自己的部队现在可能远去了。

他想爬向沂河边，涉过河去追自己的部队。可是他身上负着重伤，是过不去河的。那么现在到什么地方去呢？由于刚才的奋力爬行，他身上一丝力气都没有了。他口渴得厉害，他望望小山南边有一个小村，他想那里可能有敌人，可是也许能遇到个老百姓，他们会给自己弄点水喝的。他现在多么想喝口水啊！喉头，嘴里，干的象火烤过似的，哪怕是一滴水对他来说也是太宝贵了。

想到这里，他吃力的向山下爬去。山坡上的荆棘刺伤了他的手，他还是爬；遇上陡崖，一不小心跌了下去，他昏了过去，可是醒来以后，他还是向前爬。遇到附近有敌人活动，他就伏在石缝或草丛里，等敌人走后，再往前爬。

他爬得是那么慢，爬一会歇一歇，汗珠不住的从额上流下。小村离小山只有里多路，他竟爬了一个下午；由于伤口的疼痛，他有好几次昏迷过去。

太阳已经下山了。他蹲在草丛里，看准村后面有个小树林，一个高大的秫秸垛立在树林之间，彭林就向秫秸堆爬去。

天黑以后，月亮从东方升起，这时彭林这个连的连长派了几个精干的战士泅过沂河,来到小山上找彭林和这个班的战士,派来的战士在山头上找到战士们的尸体,含着泪水把他们掩埋了。可是他们找遍了小山,却找不到彭排长的尸体。看看天色不早,战士们就又泅过河去。

原来,当战士们四下寻找彭林的时候,他已昏倒在秫秸堆里很久了。

这一夜彭林躺在秫秸垛里,忍受着干渴和伤口的疼痛。他身上的血将要流尽了,他多么想喝一点水啊!他想借着夜色爬出去,去找个人家要点水喝,或者在附近找个水汪,喝几口脏水也是好的。可是他已经爬不动,伤口的剧痛使他的身子象钉在那里一样,他用尽全力却不能移动一步。他身上负了三处重伤,天热,伤口在腐烂,他痛得身上的每条神经都象在冒着火。他痛得在地上翻滚着,用手撕地上的草,挖着地面,坚硬的地面被他挖成了深坑,手指都挖出血了,他还在挖下去……最后他浑身无力了,他的生命在渐渐消逝,连翻身的力气都没有了。他昏迷的次数越来越多,也越来越长,直到天亮时,他躺在那里一点也不动弹了。

三

朝阳在小树林的枝叶上染着金黄的色彩,地上披着露水的青草叶上的阳光闪得更加灿烂。

这时候,红嫂正拿着小铁铲和一只提篮,在小树林边上的田野里挖野菜。她虽然只有二十五六岁年纪,可是她的头上却蒙了一块黑色的破头巾。她身上那件有不少补钉的深灰色上衣,又脏又破,一直拖到膝盖。至于脸上呢?已失去了青春的红润,它被一层油黑的灰渍遮盖住了。从她的服饰和脸色上看,很少人会认为她是个青年妇女。昨天上午解放军从这里渡沂河,一个战士从远处向她问路,竟喊了她声"大娘"。

红嫂是不是没有衣服穿呢?再困难她也还有几件替换的干净衣服,她也不是一向这么脏。平日她也是挺爱清洁的。只是这个时候不对啊!听!

庄子里鸡飞猪叫，还乡团和蒋匪军，又在捉老百姓的家畜，打算做早饭了，在这些野兽群里，正经的女人还有什么心思来打扮呢？

现在红嫂一听到庄里的猪鸡的叫唤，就紧紧的皱起了眉头。她丈夫是个中农，家里本来有够吃的粮食，可是叫蒋匪军和还乡团都抢光了，逼得她不得不出来挖野菜糊口。敌人不仅抢粮食，宰杀老百姓的猪羊，而且还灭绝人性的屠杀村干部、革命家属和基本群众。一想到这些，红嫂的眼睛里就冒出泪水，她心里想：这些吃人的野兽总不会有好下场的。

红嫂的娘家在河东的王家庄，那里是革命老根据地，她是一个贫农的女儿，红嫂的少女生活，是在翻天覆地的斗争中度过的。她参加过减租减息、反奸诉苦的群众运动，斗争过地主，受了一辈子苦的父亲翻身了。随着经济的翻身，文化也翻身了，妇女也得到解放。她参加了识字班，又是秧歌队中扭得最活跃、最惹人注目的一个。她们常常慰劳自己的部队，部队的同志也常住在她家，她感到这都是些多么好的战士啊！战士们都很喜欢她，这些年轻战士不仅待人亲热，而且常给她讲革命的道理，她的思想愈提高，就愈热爱着这些战士了。因此，每当部队离开的时候，她就送出好远，常常难过的落下了眼泪。

当时她是庄里的一个出色的姑娘，一些青年小伙子都在偷偷的爱着她，可是她却嫁了河西的吴二。因为他们是由父母作主自小定的亲。这段婚姻也是经过一番曲折的，当这个姑娘听说对方是个中农，两人又没见过面，就坚决不同意，要退婚。后来吴二常来走动，并表示进步，红嫂的父母看到吴二这个青年倒还老实，虽然是个中农，可不是个斗争对象，因此还是把女儿嫁给他了。

红嫂过门后，心里却是挺苦闷的。虽然婆家的生活还算富裕，吴二对她也很忠实，但是她总感到这个家庭落后。当时这里的革命群众运动开展得比河东晚些，村子里正在发动群众斗争地主。红嫂常给丈夫讲些革命道理，启发他的觉悟，督促他积极参加群众斗争。吴二听了，虽然也频频点头认为很对，可是真正到了斗争会上，他却坐在沸腾的人群后边抽闷烟，不敢对地主说一句话。说实在的，吴二也对眼前的地主不满，不过，他却没有贫雇农所具有的阶级仇恨心。

他对地主恨不起来，并不是因为自己没吃过地主的亏，要知道在旧社会里，中农也是常受地主的气的。只是眼前的生活还过得去，多一事不如少一事的思想在支配着吴二，因此，他在红嫂面前虽然一再表示决心，可是在所有的群众斗争会上，他都沉默寡言，就怕一步走错，大祸临头。为这事红嫂常和吴二争吵不休。

红嫂自己呢？她要参加庄里的群众斗争，总是受到公公婆婆的拦阻。他们说："咱家生活还过得去，你要怎样都可以，就是不能抛头露面，惹事生非。"每逢庄上开什么会了，公婆就想尽办法，故意用家事把她拖在家里，不让出门。而丈夫呢？看到红嫂为不能参加会而生气时，就显得非常温顺，来向红嫂诉说衷肠。他保证永远对红嫂好，不闹别扭。可是红嫂所关心的并不是自己，她所需要的也不是象吴二这样的爱情。她感到吴二对自己虽然情感深厚，但是在这情感的深处，却缺乏崇高的东西。每逢这个时候，红嫂常常向吴二发脾气，斥责他落后不知长进。吴二呢？为了怕红嫂和他决裂，就一再保证以后要进步。红嫂一再等待，但是却一再落空……

就这样红嫂和吴二生活了五六年，以后她的公婆相继死去，就他们两口过日子，现在已生了一男一女，男孩子四五岁了，而怀里的女儿只有六个月。

在这一段别人看来幸福，而在她内心却感到空虚的家庭生活里，红嫂经常回忆起那充满欢乐的少女生活：想到那轰轰烈烈的群众翻身斗争；想到那些和自己一道干各种革命工作的姑娘们；想到那些为人民解放事业而日夜奔忙的男女工作同志；想到那些曾经住到自己家里的革命部队的指导员、班长和战士……这都是一些多么好的人啊！他们有的为人民忠心耿耿的工作，有的为人民而勇敢战斗……每当这时候，她脑子里就浮现出许多亲切的革命同志的形象。就是这些人拨开了她的眼睛，点燃了她青春的火焰，使她迈开大步向前急奔。可是一意识到自己现在的生活环境，她就难过起来了。有时她擦着泪水低低的对自己说："我现在落后了，想起来可真对不起这些好同志啊！我什么时候再能和过去一样随着革命的同志一道前进呢！"

蒋匪军向山东解放区进攻了，全沂蒙山区的人民，为了保卫已经到手的翻身果实，紧张的动员起来，和自己的军队一道英勇地迎击着反动派的进攻。我们的主力外线出击，消灭敌人去了，这里就要为敌人占领，敌人要来了，这一带村庄的村干部带领着民兵到山里打游击去了，村里的基本群众和干部家属，也转移到山里。当时吴二背着儿子，红嫂怀抱着刚生下来的婴儿，也转移了。可是由于孩子赘手，又没有东西吃，更主要是吴二对敌人还存有幻想。因此，转了几天，吴二就硬逼着红嫂带孩子回家来了。

红嫂一回到庄子里，庄子已被还乡团糟蹋得不象样子了，这些野兽们到处抢掠，她家的粮食都被抢光了；地主还乡团提着枪整天在抓村干部和基本群众，有些人没走脱，被他们逮住，非刑拷打以后，有的拉到广场上杀了；有的偷偷的填到井里，地主还乡团把村庄闹得暗无天日。

当地主还乡团一看吴二回来了，就瞪着布满红丝的眼睛笑着说："吴二，你跑什么呢！过去你没斗争过我们，没有分过地，现在没你的事，你好好在家过日子就行了。"

吴二听了，感激的点头哈腰。可是红嫂的心却象刀绞一样。是的，面对敌人残酷的屠杀，她心中充满了怒火！眼望着站在眼前的敌人，她真想咬他们几口才解恨，而今，还乡团却对他们宽恕，这种宽恕比拷打她还更加难受。

如果说，红嫂在平常的日子，还经常想着少女时代的斗争生活，还怀念着那些难忘的革命同志和战士们的亲切形象，那么在这敌人占领下，人民充满苦难的时候，她就更加感到过去生活的可贵，更加感到那些同志的可亲可爱了。一想到这些坚强的革命同志和勇敢的解放军战士，她就鼓起了勇气，有了信心。红嫂完全相信：他们会打回来，狠狠打击和消灭这里的敌人的；胜利的日子一定会到来的。不是么？前几天，西边山里炮声响得多激烈啊！整整响了一天一夜。风传咱们的部队在孟良崮歼灭了好几万国民党匪军，昨天清晨部队从西边过来，这里的还乡团都吓跑了。红嫂看到自己的部队到了，感到太高兴了。她看到战士们疲劳的样子，心里说不出的疼爱。没有船过河，这怎么能行？红嫂就把自己心爱的红木柜搬出来，交给战士当船用。临走，她又把仅有的几个鸡蛋，塞进战士的口袋里，战士推让不要，这可把红嫂急坏了。她急得眼睛里含着泪水，对战士说：

"同志，你拿着路上吃，只要你狠狠的打蒋匪军就行了。"

如果在平时，红嫂和自己的部队离别还感到难舍得落下眼泪，那么在这敌我斗争尖锐的时刻，在这人民暂时遭到敌人摧残，而她又昼夜盼望部队到来的时刻，眼望着部队的离去，她就更加难过了。红嫂是多么希望战士能够在自己面前多留一刻啊！

从昨天清晨起，北边小山就响起了掩护部队渡河的枪声，战斗多激烈啊！红嫂望着烟尘弥漫的小山头，她的心随着激烈的枪声，怦怦的跳个不停。她在为自己部队渡河担心，她在为坚守山头的战士的安全担心。听说自己的部队安全的渡过河了，她的心才放下来。不过她又听说山头上牺牲了一些战士，她又感到难过。

家里没有一点粮食了，她不得不一早起来到坡里挖野菜吃。她一边挖菜，一边想着往事，一想到过去，她的心情就激动得厉害。

天已东南晌了，好不容易的挖了一篮子野菜，她该回去做午饭了。同时感到奶子也有点发胀，该给婴儿喂奶了。红嫂挎着提篮，往庄里走去。她来到小树林边，忽然看见树林中秫秸堆附近有几簇肥嫩的野菜，就走进小树林去，当她走到秫秸堆后边，正要弯腰挖菜时，突然啊呀的惊叫了一声，手中的提篮落到地上了。

原来，红嫂在秫秸垛里看到了一个负伤的解放军同志。彭林这时正静悄悄的躺在里边。

开始，红嫂怔了一下，当她一认出这是一个自己部队的革命战士以后，红嫂感到一阵惊喜。她也想到四周的危险，她向四下看看，见附近没有敌人时，她就弯下腰去，以耳语般的温和的声音叫着：

"同……志！……"

"同志！同……志！……"

当她向彭林喊了几声，没有听到一点回声后，她突然惊慌起来：难道他已经死了吗？一想到这里，红嫂的心怦怦的跳起来，眼睛里也涌出了泪水。她马上俯下身去，用手摸摸彭林的嘴唇和胸口，这两个地方还微微有点热气，红嫂的紧张心情才稍微松弛下来。不过这热气太微弱啊！而这微弱的热气也正在渐渐消失。

红嫂看着彭林没有血色的面孔，觉得他流的血太多了，军衣整个的被血糊成饼饼了。她看着伤员的嘴唇，象烤焦了的树皮，他多么需要一点热汤水的滋润啊！

是啊！应该赶快弄点汤水来给伤员喝，也许这碗汤水就能够挽留住革命战士的生命。可是上哪去弄汤水呢？回家去烧吧？家里连一粒米都没有了，用什么做？同时，红嫂感到伤员胸口的热气马上就要消失，回家做也实在是来不及啊！也许她把做好的热汤端来时，战士已经不在人间了。

红嫂坐在伤员的身边发急，急得她象坐在针毡上那样痛苦，怎么来挽救身边的战士？就是现在有人从她身上挖一块肉给战士吃了，能把战士救活，她也会甘心乐意的。

这时，着急的红嫂的手突然碰到自己隆起的胸部，婴儿半天没有吃奶了，她感到乳房胀得发痛，一意识到这一点，红嫂为抢救伤员而布满焦急和愁闷的脸上，豁然开朗。可是随着意识到的那件事，她的脸刷的红了，象一块红布样的一直红到耳根，她的脸上象有把火在呼呼的燃烧。她感到自己的耳朵有点烫人。

是啊！她毕竟是一个年轻的少妇啊！而躺在她面前的又是个男的青年

战士……一想到将要到来的情景，红嫂的心里象无数头小鹿在乱撞。

可是眼前的事实又是多么急人啊！现在最重要、最严肃的问题，不是其他，而是救命。一刻也不容迟缓的挽救一个革命同志的生命。

红嫂的面孔红一阵、又白一阵，最后她下定了决心，毫不迟疑的靠近了彭林，把彭林的头轻轻搬起，把它放在自己的腿上，她迅速的打开了衣襟，把上身向彭林的头部俯下去……

阳光从秫秸堆的隙缝里透射进来，它照着红嫂的脸，她的面孔上的红云褪去了，现在显得那么庄严、神圣和崇高。

…………

彭林排长现在是整个处在昏迷状态，而且已经昏迷很久了。他身上的血几乎流尽了，象渗完水的干涸的泥塘，他所有的神经已经停止了活动，他什么也不知道，什么也感觉不出来。就在这时候，一股甜美的液体，顺着他的干涩的喉管流下，流入早已空空的胃里，然后液体化成养份注到他的身上。他象一叶已经干枯得卷曲了的树叶，营养的支流循着它的网状的脉络，输送到它的全身，树叶又渐渐的舒展开来。他嘴里和胸部的热气不再消失了，不仅稳固下来，而且逐渐的向四下扩展。随着液体的流动，这种热力也慢慢的向四肢散发，原来将要僵硬的肢体，稍微有些松软了，彭林的额头的青筋在轻轻的跳动。虽然这样，可是整个的说来，他还是处于沉睡似的昏迷状态。

又是一股甜美的液体注入彭林的体内。卷曲的树叶又舒展开了。

当第三次的液体，流下他的喉管不久，彭林的身子突的抖动了一下，他苏醒过来了。彭林的眼睛睁开了，他看见眼前的情景，为之一愣。他迷惑了一瞬，当他向上望着俯首盯着自己的红嫂的微红、庄重和充满仁爱的面孔时，他才意识到刚才发生了什么事。这是可能的么？但是出现在眼前的就是事实，人民是怎样的对待自己，她是用什么样的感情，什么样的行动来挽救自己的生命啊！这种难以比拟的爱，激动了他作为一个革命战士的正直的心，他的感激之情象飓风下的海洋那样沸腾，这时红嫂正想把他的头往近处移动，彭林用力的向外挪开了，他激动得浑身抖动，他低低的叫了声"大嫂……"就再也说不下去了。泪水流下来。

红嫂一看到伤员睁开眼睛了，能说话了，她那沉郁的脸上，象透过了云层的阳光，一下子亮了，好象费尽全身的力量总算完成了一桩心愿似的，她欣喜得眼睛里也冒出了泪水，深深的舒了口气说：

"啊呀！同志，你总算活过来了！可把人急坏了！"

伤员活了，现在是一个年轻的革命战士在自己眼前，她下意识的马上扣住前胸衣襟的钮扣，一想到刚才的事，一朵红云又出现在她的脸上。

红嫂把彭林移到身边的碎草上，彭林的头枕在一个枕头上，身上盖上了一条薄被，这些东西都是她在彭林昏迷中为他安置的。不仅这样，她还替彭林洗过伤口并包扎好了。

这时躺在碎草上的彭林，心情还没有平静下来，一想到刚才的事，他就又激动起来，他眼睛里又涌出新的泪水，他望着红嫂大声的叫着：

"大嫂，你是怎样救了我啊！"

说着他就把头伏在枕头上哭泣起来，这时红嫂对彭林低声而温和的说：

"小声点！这里还有敌人啊！"接着她又说下去："同志不要这样说，你为革命流血牺牲，我帮助点又算什么呢！"

四

三天过去了。在红嫂的救护下，彭林的伤势渐渐好转。

红嫂每天悄悄的来到这个小树林里的秫秸堆里，给彭林送饭，家里没有米面，她就向逃回村的人家去借一点，做给彭林吃。而这一切，又是在神不知鬼不觉中秘密的干的，她不仅要照顾伤员吃喝、为他洗伤口、敷些简单的草药，更重要的是她还为着彭林的安全担心，因为这庄里驻满了吃人的豺狼啊。一次她看见有几个敌人走过了小树林,她急得一颗心好象要从嘴里跳出来了。

还有繁重的家事呢!她还得照顾两个孩子和丈夫。地主还乡团又经常来要粮、催款、找麻烦,这些事是应该由她的丈夫吴二来应付的。吴二常常被敌人强拉去修工事,因此一切里里外外的家事,就都压到红嫂身上了,仅仅几天工夫,红嫂就渐渐消瘦下来。

从发现彭林排长那一天起,红嫂就考虑着,这事是不是告诉吴二?她心里想,如果有了丈夫的帮助,这事就好办得多了。她知道村支书带着民兵,在附近山里活动,要是叫吴二偷偷的出去送信,支书会派人把伤员抬走。可是为这件事,红嫂再三考虑,最后的结论,还是确定不告诉丈夫。她知道自己的丈夫是落后的,他胆小怕事,告诉他,他不但不能帮助自己,相反会被吓坏,因为这件事一被还乡团发觉,严重的后果是可以想象到的,就是红嫂强逼着丈夫勉强去作,由于他的动摇,万一遇到危急的情况,也会坏了大事。红嫂决定不告诉丈夫了,可是这样困难就更多了,她一方面要提防敌人,同时还要背着自己的丈夫。

吴二这几天,也感到红嫂瘦了些。由于奶水不够吃,婴儿常常在红嫂的怀抱中哭,哭得吴二心里发焦,他走到红嫂面前,关怀的问:

"孩子吃不饱么?"

红嫂望着桌上的野菜说:"吃这些东西能有奶么?"其实红嫂的奶何尝不够呢?她是把它分给更需要滋养的另一个人吃了。当彭林苏醒过来以后,虽然坚决的谢绝了她的帮助,可是她还是在端去的米汤里,偷偷的挤上一些奶汁,来增强彭林的营养。不过,现在红嫂把缺奶的原因,推到野菜上去了。

吴二望着桌上的野菜,认为红嫂的话是对的,他为家里的生活而愁闷,他蹲在墙角一袋袋的抽起烟来。

说起奶不够吃的事,这也是红嫂的一段愁肠。每天吃糠咽菜,奶水本来就不多,现在要分给两个人吃,这怎么够吃呢?当孩子饿得嗷嗷啼哭的时候，每一声哭叫都搅乱着她作为母亲的心！要知道这是她亲生的婴儿啊！她情不自禁的把奶头塞进孩子的小嘴里，哭声马上停住了。可是彭林的形象很快的又浮现在她的眼前，他是个多么勇敢的革命同志啊！他为革命、为人民而战斗，现在倒下了，奄奄一息的躺在那里。她能不管么？他多么需要一点滋补呀！而这滋补实际上就等于对他将要逝去的生命的挽救。一想到这里，红嫂就又把奶头从婴儿的嘴里拔出来，随之而来的，又是一阵待哺的婴儿的哭声，哭声从细到粗，从粗到沙哑，它使母亲听起来，心里感到发痛、发慌。有时候，红嫂把奶头向孩子的小嘴塞进、拔出，拔出又塞进，反复好几次。怎么办呢？给婴儿？还是给战士？红嫂为难的几乎要落泪，她的心要碎了。

在为难的心情下，红嫂突然想起在自己的少女时代，一个住在她家的连队指导员说过：干革命工作要有牺牲精神。现在红嫂完全体会到这牺牲的意义了。是的，要革命，就得有牺牲，没有彭林一个班的壮烈牺牲，部队能够渡过沂河么？不舍掉婴儿的奶水，能够救活眼前的革命同志么？红嫂一意识到这一点，她为难的心情减轻了。孩子的哭声在她听来虽然还是有点难过，可是她的心已不象刚才那样过于发慌了。她的心情稍微平静下来，因为照顾什么人的问题，对她说来已经解决。她用点稀汤哄一下孩子，把奶水挤进一碗盛有较稠一点的饭粥里拌和了一下，就毅然的端到秫秸堆里，喂彭林去了。

当红嫂回来的时候，吴二正抱着哭叫的孩子，在屋里打转转。他一见红嫂，就为孩子央求着：

"再喂喂孩子吧！"

红嫂拍拍已瘪下去的胸脯，对吴二说：

"我哪有奶给他吃呢！"

吴二虽然还是个不到三十岁的农民，可是看上去，却显得老的多。他老的象征并不是额上多长了几道皱纹，而是过早的消失了青年人蓬蓬勃勃的朝气,还有他沉默寡言的性格。他平日很少言笑,只是伴随着黄牛在自己的几亩薄田上拼命劳动,只希望日子能过得殷实富裕,虽然他把气力都用尽了,可是生活总是不如意。看!日子刚过得差不多了,又来了国民党蒋匪军,地主还乡团把他多年的积蓄,抢得精光。每逢遇到困难的时候,他就蹲在墙角抽闷烟,他用的烟管又是上年纪人爱用的那种长杆子,从远处看上去,活象一个老人在埋头抽烟解闷。

吴二知道目前的困境是谁造成的,从家里粮食被抢这一点上说,他是深深痛恨地主还乡团,可是还乡团来拉他去干活,他还得忍气吞声的去干。不是真的逼得他不能活,他总是逆来顺受。吴二有个特点就是遇事总喜欢和别人比,他感到现在自己的生活虽然困难,但比起那些逃难到山沟里的贫雇农,他认为还是好的。他目睹了敌人对村干部和革命家属的屠杀,他也感到还乡团丧尽天良,但是他对自己没有遭到横祸,又暗自庆幸。他不想革命,他也不当反革命。前些时,地主还乡团对他说:"吴二!你干了吧,保你有吃有喝!"他借口家事,还是婉言拒绝了。总之遇事他总站得远远的,生怕血溅到身上。现在他唯一的希望,就是战事早些结束,他好再在自己的土地上拼命,他要向上爬,能使自己的日子一天天富裕起来。

吴二正在墙角抽烟时,院子里传来一阵母鸡咯咯的叫声,他愁闷的脸上稍微轻快些,就站起来,走到院子里,他知道这是母鸡在下蛋了,他家原来养有五只母鸡,有三只叫蒋匪军和还乡团捉去吃了,现在还有两只。吴二从鸡窝里掏出了两个鸡蛋,又回到屋里,把它放在红嫂的面前。吴二说:

"你把它做做吃了吧!"他想红嫂吃下去,奶水也许会多一点。红嫂看见鸡蛋欣喜的说:

"这太好了!"

这时院子里传来杂乱的脚步声,红嫂一听这声音就皱起了眉头,她向丈夫递了个眼色,吴二就走到院子里去。一个满脸横肉的还乡团小队长,腰里别着匣子枪,喝得醉醺醺的摇晃着身子走进来。吴二忙给对方拿个凳

子在屋门口坐下。这还乡团小队长,一看院子里的母鸡还在咯咯的叫,就笑着对吴二说:

"你还喂着母鸡啊?喂几只?"

吴二说:"喂五只,现在只剩两只了。"

还乡团小队长说:"怎么?是我的弟兄们吃了么?他们嘴馋一点,可是我却没有吃你的鸡啊!"

吴二说:"队长,你是不会随便吃俺老百姓的鸡的。"

小队长摇摇头,哈哈的怪笑起来,他说:"不一定,不一定,我要想吃的话,你还不慰劳一下么?你们为什么过去慰劳八路呢?"说到这里,还乡团小队长就把头探进屋里,又笑望着红嫂说:

"小大嫂!你说我说的对么?"

红嫂正在屋里埋头给孩子喂奶,她没有答话,只是厌恶的把头转向一边去。还乡团小队长碰了个没趣,把头又转回来,恶毒的扫了吴二一眼。

吴二一听他谈到八路的事了,就没敢再说什么,蹲在那里埋头抽烟。

这还乡团小队长,姓刁,外号叫刁鬼,过去是地主的狗腿子。土改斗争时,他和地主一道逃跑投敌,现在又随着国民党蒋匪军"还乡"了。他们回到庄子里,就找贫雇农"倒算",把过去分他们的土地、家具,都强逼着要回来。他们每天拷打村里的基本群众,屠杀干部及革命家属,每当地主还乡团进行这些罪恶勾当的时候,刁鬼总是最凶狠的一个。他亲手屠杀我们的村干部,他手上沾了多少革命者的鲜血啊!由于他反共有力,就在还乡团里当上了小队长。今天刁鬼到吴二家里,一进门就谈鸡,其实他何尝是为鸡而来的?不是,他是为了红嫂。红嫂虽然穿得很破,满脸尘污,但是刁鬼知道她是以这来掩盖自己的美貌的。近来他常常到吴二家里来,心里打着坏主意,在红嫂身边转动。红嫂早看出了这一点,每当他闯进屋里的时候,她就抱着婴孩,拉着儿子到院子里去,或者走向有人的地方,躲着这个魔鬼,因此刁鬼总没能上手。

从表面上看，红嫂好象怕刁鬼才躲着他，在内心里红嫂却燃着一股难以压制的怒火，她从不看他一眼，一看到刁鬼就象吃到苍蝇一样感到恶心。她心想这个魔鬼吮喝了我们多少革命群众和革命干部的血啊！她恨不得把他一口咬死，才感到痛快。

刁鬼今天来看红嫂，又碰上个没趣，他把恼怒移到吴二身上，临走他对吴二说：

"你小心点，我们知道你在八路剧团里干过……"

吴二是个死心眼的人，他没有看出刁鬼到他家的恶毒意图。刁鬼临走的威胁，他倒听出来了。吴二还以为是没有痛快的答应把鸡慰劳对方，才惹得刁鬼生了气。吴二倒真的为这件事犯愁了。

这天晚上，吴二忧心忡忡的对红嫂说："五只鸡叫他们吃了三只了！还想在这两只上打主意。"

红嫂为自己丈夫的迟钝，又好气又好笑，她说："他不是想吃你的鸡，你放心好了！"

吴二不以为然的说："一定是，他一进门就说到鸡身上去，他准是又想吃咱的鸡了！"吴二说着蹲在灯下，吧吧的抽着烟，在打主意。吴二沉默了一会，突然狠狠的在地上砸着烟袋锅，他已拿定主意了，自言自语道：

"想吃鸡？哪有这样好事，有鸡自己还不知道吃么？"

说罢，吴二就到院子里去了。他摸黑来到鸡窝那里，他决心把鸡杀了自己吃，免得叫还乡团拿去，落个一场空。可是他又是多么心爱这一对老母鸡呀！它们还正在下蛋呢！母鸡是农家的"宝"，谁能舍得杀了吃呢？不过，吴二想到叫还乡团捉去，自己连根鸡毛也捞不着了，还是吃了合算。他把手伸进鸡窝，由于心疼，手都有点颤抖了。但是他还是狠着心把两只母鸡掏出来。

吴二是含着泪水，把两只母鸡杀死的。

他提着死鸡走进来，红嫂一见他手中的鸡就说："你真把它杀了么？"

吴二说："谁不知道鸡好吃！快去烧水吧！"

夫妻二人忙起来，烧水退毛，把鸡切成碎块，放在锅里就炖起来了，到夜深人静时，屋里飘散着将熟的鸡肉的香味。开始杀鸡时，吴二是心疼的，现在嗅着鸡肉香，望着红嫂欢快的神情，他也满腹的高兴。因为他总算为妻子做了件合她心意的事，平时夫妻之间虽然有点口角，妻子总嫌他落后，但从心的深处说，他还是很爱红嫂的。吴二借着烧柴的火光，欣喜的对红嫂说：

"你吃了这些鸡汤，奶会多了！"

母鸡炖熟以后，吴二就盛了一碗鸡汤，递给红嫂说：

"你快把它喝下去！"

红嫂喝了几口，就放下说："留着明天慢慢的喝吧！"她也切了些鸡肉给吴二吃，吴二吃上几口也放下了，他舍不得吃，他觉得还是留给红嫂吃吧！看，她比过去瘦多了呀！她多么需要这鸡汤的营养啊！

是的，从现在红嫂的身体情况来说，她确实需要鸡的滋养。可是当丈夫把鸡汤端到她的口边时，她想到的不是自己，而是彭林，她想鸡汤对伤员来说，就更加需要了。因此，她只喝了两口就不喝了。她说留着明天喝，只是一个借口，她是要留给彭林喝咧，她并不是在喝鸡汤时才想到这一点，就是在吴二要杀鸡时，红嫂没有拦阻，以及刚才炖鸡时吴二看到妻子脸上的欢快神情，都是因为她想到了伤员的原故。说实在的，要不是红嫂生活在这样的环境里，如果她在少女时代的娘家，有十只母鸡，她也早杀给彭林吃了。

第二天一早，红嫂抽了点空，给彭林端去了一大碗连汤带肉的鸡汤，里边还合泡了两只鸡蛋。彭林已经能够倚着枕头坐起来了，他望着眼前的鸡汤对红嫂说：

"你生活这样困难，怎么好把母鸡杀掉呢？"

红嫂说："快吃吧！你不吃还乡团也要吃掉！"说着红嫂又去为他的

伤口换药了。

彭林端着鸡汤,望着红嫂的枯黄的脸色,他感到红嫂愈来愈消瘦了。一想到她的艰难危险的处境,彭林就很难过,他把鸡汤又递给红嫂说:

"红嫂!你瘦多了!这鸡汤还是给你喝吧!"

红嫂说:"同志!我喝过了。你不喝可叫人心急!快喝下去!"在红嫂的督促下,彭林只得喝鸡汤。他一边喝一边说:

"红嫂!你为我担惊受累,看把你折磨成什么样子了!"

红嫂说:"同志!不要说这样话吧!一看敌人的烧杀罪行,我就感到对你的照顾太不够。条件不允许啊!只得这样委曲你了!"

"委曲?"彭林激动的说,"你把心都掏出来了,我还感到委曲?红嫂,你不能这样说!我不叫你这么说!"说到这里彭林说不下去了,他停了一下,竭力使自己镇静下来,然后用泪湿的眼睛望着红嫂又说下去:

"你!对我有多么深厚的恩情啊!一想到这一点,我就再待不下去,我要回到部队,恨不得马上到战场上去和敌人战斗,心里才轻快些!"

红嫂安慰他说:"你的伤还没有好,要回部队也得把伤养好才行呀!"

彭林说:"基本上已经好了,看!我已经能够自己坐起来了,你不在这儿的时候,我试着爬行,可以在这秫秸堆转几十个圈子了。"说到这里,彭林带着肯定的口气说:

"我想今晚就爬着走!去找队伍!"

红嫂吃惊的说:"这怎么能行呢?你不能这样作!"红嫂也带着肯定的口气对彭林说。

彭林说:"我在这里急得心里真象火烧似的,我真不忍再这样牵累你了。我真想去战斗!我走了,你总还可以轻快些。我到了部队,就能够早一些参加战斗!"

红嫂听了彭林的想法,感到一阵阵不安,她也有些激动,激动得脸都红了。她用严正的口气对彭林说:

"同志！这样太危险了。附近到处是敌人，你能爬到什么地方去？再说你的伤又这么严重，爬到半道，就是遇不上敌人，你也会把伤口累发。要是你再昏倒在荒野上，有谁照顾你呢？"想到这一切可怕的情景，红嫂急得眼睛里冒出泪水。她又说下去：

"同志！你无论如何不能这样，我既然接待下你，我要对革命负责，你就得听我的话！要是你坚决要走的话，那就是你感到我照顾你不够好，你对我有意见！"说罢，泪水从她的脸上流下来。

彭林听了红嫂的最后两句话，他的心真象针刺一样痛，他马上对红嫂说：

"红嫂！你怎么说这样的话呢？你想到哪里去了？你救了我，又待我比亲人还亲，我怎么对你有意见？"彭林着急的简直再不能平静的躺下去，不把这事说明，他就不会感到片刻安宁。

红嫂说："如果真是这样，那你就打消刚才的想法，你不走，我就不这样想了。"

刚才还是情感沸腾、象要马上投入战斗的勇士一样的彭林，现在听了红嫂的话，又象一个听话的孩子似的驯服的连连点头说：

"红嫂，我听你的话，我不走了！"

这时红嫂沉重的心情才轻松下来。她又平静的对彭林说：

"你安心在这里休养吧！也许很快就能出去的。这几天，我在回村的可靠的基本群众里，悄悄的打听村支书的去处，现在已经有个眉目了，我已给支书捎口信去了。我虽嫁给了一个落后的中农，可是平日支书还是了解我的。王支书带着一部分武工队在南山上活动，说不定他会派人告诉我联络地点的！"

彭林高兴的说："真是这样么？这太好了，能够同当地的武工队联系上，就等于找到了自己的部队！"

"那么，你安下心了？"

"安心了！"

由于红嫂介绍村支书时，谈到了自己的丈夫，彭林想起了红嫂曾经向他提过吴二，他就问红嫂：

"吴大哥还不知道这事么？"

"不知道！"

"你告诉他吧！大概不会有什么问题，中农也是团结和教育的对象啊！有了他的帮助，你也可以减轻些劳累啊！"

红嫂说："我也曾这样想过，可是经过反复考虑，我感到他动摇怕事，还是不告诉他为好。"

彭林听了红嫂的话，他憨直的脾气又有点发作了，他不以为然的说："你把他叫来，我给他谈谈，他还能多么落后啊！我就不信不能把他说服过来。你这样救护革命同志，谁能不为你的行动感动呢？你快把他请来，我来给他打通思想！"

红嫂听了彭林的话，感到他的看法有些简单，他是以革命部队里的同志关系来看待这个问题的，她着急的对彭林说：

"同志！你可不能见他，我也不让他来见你，我和他生活这些年了，对他还不了解么？我们虽是夫妻，可是在政治上却很不一致。"说到这里红嫂带着沉痛的声调又补充了一句："他不但怕事，又很封建！"

彭林一听"封建"两字，才恍然省悟过来，要是吴二有什么误解，这该有多糟！这一点，一向直爽的他，从来没有想到。现在一意识到这个问题，他就想更快的离开这里。可是，刚才红嫂对他恳切的挽留的话，又在他耳边作响，只得把将要沸腾的情绪压了下去，好在红嫂很快可以和武工队取上联系，就没有再向红嫂提出要走的话；同时，他感到红嫂已把话说到那一步了，他不忍再叫红嫂难过。

红嫂给彭林包扎好，最后又叮咛了几句，要他千万不要乱动，彭林再一次答应了，她才悄悄的回到自己的家里。

五

这天晚上,吴二回家来,看看盆里的鸡汤喝得差不多了,感到一阵阵高兴,他认为红嫂和孩子由于鸡汤的滋补,身体暂时会好一些。可是当他一看到红嫂怀里的孩子,还是饿得哇哇啼哭,吴二就有点奇怪和不解。他来到红嫂跟前,看着孩子吸不到奶水,对红嫂说:

"怎么,还没有奶水?难道鸡汤你没有喝么?"

这时,红嫂正坐在那里发愁,担心彭林是否会背着自己偷偷溜走。现在听了丈夫充满怀疑、有点带气的话,就心烦的答道:

"不喝!我还把它泼到地上么?"

"喝了怎么还不下奶呢?"

"……"

红嫂没有理会吴二进一步的追问,夫妻之间,陷入了一阵沉默。红嫂搂着孩子坐在那里发呆,吴二拿着烟袋蹲在旁边抽烟。两人好久都没有说话。

这时,红嫂感到有一种难言的委曲情绪,在冲激着她。要知道有多少事在绞着她的心啊!而且这些事情又都集中在一起了。为了掩护彭林,她要千方百计的逃过敌人的眼睛,更头痛的是她还得应付着刁鬼的不时纠缠;而彭林呢?她不仅要好好的照顾他,为他的伤势担忧,使人不安的是彭林现在又有了偷偷溜走的念头。为了对革命负责,她还得为彭林的安全操心;而自己的丈夫呢,不但不能为她分忧(她又是多么需要一个助手的帮助啊),现在竟也来向她进攻了。红嫂一想到这一切,真象万箭穿心,她真想痛快的哭一场,心里才感到舒畅些!可是她是个倔强的女人,她硬将涌出的泪水压下去,使它往肚子里咽。但是吴二在抽闷烟的过程中,不时用狐疑的眼光察看妻子的脸色。他愈看愈觉得有问题,仿佛感到有什么不祥的事情将要降落到头上似的,心里在纳闷、狐疑和难受。从鸡汤和奶水这件事引起他的疑问那一瞬起,他就觉得事情有点不妙,要知道一个所谓"老实人",平日沉默寡言,这并不等于他不感触和思考问题,一旦有些事使他怀疑了,他会比平常人想得还要多。现在吴二的脑子里就千头万绪,他想鸡汤那么多,怎么一下就去了一大半?喝了这么多,怎么还是没有奶?莫不是她把它送人了?在这到处是敌人的情况下,她能送给谁?一有了这些疑问,他就又联想到红嫂近日的情绪,现在他似乎才感到这些天,红嫂的神色有些不安,经常象有什么心事似的。而这些细节只有夫妻之间才能细微的察觉到。同时他又感到红嫂常常出去,她过去一向是不出门的,尤其是还乡团进庄以后,她很少到外边去。而这些时怎么老离开家呢?……

吴二一想到这些可疑的情况,他的头脑就发胀了,呼吸也有些急促。他胸中象投进了无数块石头,他感到胸口憋得慌,也赘得厉害,要不解开这个疑团,他简直就透不过气,要憋死了。

这时候,吴二微微的抬起胀得发红的脸,但他的眼睛并没去看红嫂,为了使自己胸中透口气,他咽了几口唾沫,最后鼓足了最大的勇气,以极悲切的声音对红嫂说:

"小孩娘,我再受不住了,你快说说吧!你到底背着我作了什么事?"

这时,深受委曲的红嫂,调转头来,她以严峻的眼色直盯着吴二的面孔,并用异常严正的口气说:

"你尽管放心,我不会背着你作什么坏事情!"

这句话并没有使吴二透过气来。可是吴二也没有再问下去,接着就去睡觉了,两人一夜也没有说一句话,屋里充满着压人的沉闷气氛。

第二天,红嫂意识到吴二已在注意她的行动了。她本来一天给彭林送三次饭的,可是今天她怎么也抽不出身来,按时的把东西给彭林送去。只在天将晌午时,才在吴二不注意的时候,匆匆的给彭林送去点东西,她把东西一放下,没敢给彭林换药,就匆促的走了。

中午吃饭时，吴二说还乡团要他去做工，吃过饭不一会就出门了。红嫂知道每逢做工时，吴二要到吃晚饭，甚至天黑时才能回来。她把剩余的鸡汤做好，又去送给彭林了。虽然她已知吴二不会马上回来，可是红嫂还是很警惕的在门边和小树林周围望了一会。她这次来又是扮着挖野菜的样子，挎着篮子。送给彭林的鸡汤，就是藏在篮子里的。遇到有人时，她就弯腰往地上挖菜；一看四下没有人的时候，她就装着有事的样子，走进小树丛，一闪眼工夫就没进秫秸堆后边不见了。

可是，这一切都叫吴二看到眼里了。

原来吴二说到还乡团那里去做工，是一种借口，他在外边转了一圈就回来了，他没回到自己的家，而在一个靠近庄后的空园里把自己隐蔽起来。他隔着短墙后的树丛，可以看到家里和庄后的一切。当红嫂离开家门，到村后田野上去的时候，吴二看得清清楚楚，妻子是拿着小铁铲挎着篮子的。他心想她去挖野菜做晚饭了。这时吴二看到红嫂瘦弱的身影，心里突然涌现一种怜悯的情绪，因为从心里说他是深爱自己的妻子的，他甚至有点责怪自己了。自己是不是错怪红嫂了？可是再仔细看看红嫂的行动，又使他怀疑起来，她怎么老向四处张望呢？有人在附近经过时，她就弯身挖野菜，当人过去时，她又站起身来看，她怎么往小树林那边去了？看样是去解手的，可是她挎篮子的样子多么异样啊？！本来刚出来，是挖不了多少野菜的，但她挎篮子的姿势，象篮里装着什么东西似的；她到秫秸堆后边了，应该把篮子放下才对呀！怎么提着篮子过去了？

吴二心跳不止，他怀着焦急的心情想，她要是马上从秫秸堆后边出来，就真的是解手了。可是等了好一会，还没有出来。吴二急了，他就跳过短墙，向那边走去了。

在走向小树林的路上。开始，吴二心情紧张，走得是很急促的。可是走了一会，随着心情的变换，他的脚步又慢下来了。现在他的心情很矛盾，一方面他要追根问底，把事弄个水落石出；同时他也不希望有什么不幸的事情发生。他但愿这是自己的多心，要是事实证明自己是错了，就是向红嫂赔情，他也甘心情愿。可是万一有什么他不愿意看到的事情发生呢？这种怀疑还是把他一步步引到秫秸堆近边。他不愿见的事情终于发生了。

吴二一走到秫秸堆后边，彭林和红嫂就出现在他的面前，他激动得眼前一阵发黑，他用了好大的气力才把自己支持住，没有倒下去。

这时彭林正端着红嫂送来的鸡汤在吃，红嫂坐在他的近边准备为他解绷带。吴二的眼睛虽然发黑，可是彭林穿着解放军服装的年轻身影，和军衣上的血迹他是看清楚了。要是在另一种情况下，对方不是一个解放军的伤员，而是一个普通的小伙子，那么吴二就会不顾一切的猛扑过来，紧扼住对方的喉管，恨不得一下掐死他。现在他虽然也很激动，可是他却强制住自己，这几年他虽然不够进步，可是八路军的政策纪律，以及战士们处处爱护群众利益的行动，他不仅知道，而且很敬重，这在理智上阻止了他的轻举妄动。可是眼前的事实，到底是一对青年男女秘密的坐在一起呀！而这个女人又正是自己心爱的妻子，一种封建的意识在冲激着他，冲激得他简直难以忍受。

吴二的突然的到来，使红嫂吃了一惊。可是当她一意识到自己正直的行动，就很快的镇定下来，在她吃惊的那一瞬间脱口而出的问了一句：

"你怎么来了？……"

但是当她镇定下来以后，就改口说："好！你来了也好！"

彭林一听红嫂的口气，就知道是她的丈夫吴二来了。他欣喜的说："吴大哥么？我正要找你呢！快请进来坐坐！……"说着他就给吴二挪位置，可是当他再抬起头来时，吴二已经不在了，吴二一句话没说，就气呼呼的走了。

吴二在回去的路上，象喝多了酒似的，头发胀，心在跳，耳目晕眩。他又象被一只巨手抓住，在半空里抡了几圈似的，感到天旋地转。他好容易才回到自己的家。他一屁股坐下来，双手支着头颈，在急剧的喘息着。这时，他的眼前又出现了红嫂和彭林坐在秫秸堆里的情景。一想到这些，他的心就象被撕碎了一样,他浑身躁得要命,象一点火就要爆炸似的。

这时候,外边大门响了,红嫂回来了,她知道一场风波就要到来,她把大门拴上了,走进屋里。

吴二一看到红嫂,眼睛就红了,他胸中的怒火象要一下子向红嫂身上喷射过来似的,突的站起来,向红嫂猛冲过去。他一伸手就抓住红嫂前胸的衣襟,来势是那么凶猛,抓的是那样的紧,象要把红嫂一下提起来似的。随着他的粗野的动作,吴二怒吼似的叫着:

"好啊!你竟给我干出这样的好事!"

只见红嫂把端正的脸一仰,在吴二面前,她显得多么端庄、严峻,她的眼光象闪电一样射到吴二的脸上,这眼光里充满着正直、坦率。她把右手臂往上一扬,吧的一声,吴二抓过来的手象遇到一根铁棍的迎击,一下子被格出好远。这有力的迎击,使吴二竟往后跟跄了几步。她怒斥着吴二:

"是的!我干了好事!决不是你头脑里乱想的什么坏事!你要干什么?"

吴二怒冲冲的又冲上来,近于叫骂的说:

"你和人……"

没等吴二说出污蔑的话,红嫂就把话接过去,她说:

"你说清楚些!我不是和别人,我是和自己的同志在一起!……"

吴二恶毒的说:"在一起干什么?"

红嫂愤愤的说:"你的眼睛瞎了么?你没看见他满身血迹躺在地上?告诉你说,是我把他救活了!我既然救了他,就要掩护他,给他吃喝。是我叫他喝了你的鸡汤!就是这么回事!"

红嫂这一席话说得是声色俱厉的,可是叫正在火头上的吴二听来,象迎头浇了一盆凉水,火焰虽然没有完全熄灭,可是再也烧不起来了。因为吴二是知道红嫂从少女时代就是很进步的,要是她遇到负伤的革命军人,就会千方百计的救助,这一点他完全理解。吴二心想红嫂说的也对啊,他刚才不明明看见是个伤员么？他一时感情冲动，头昏脑胀，竟没注意这些事。他感到伤员流血过多，红嫂省下鸡汤给他吃，也是合情合理的。想到这里，吴二渐渐平静下来，他现在的心情是这样：彭林是个负伤的革命同志，这一点算弄清楚了，但是他感到彭林毕竟是个青年，而自己的妻子也还年轻，由她陪着他，心头总有些不舒服。可是整个说来，他已真相大白了，他的满腹怒火消退了。吴二没话讲了，就从腰里拔出烟袋抽起来，怒火随着他喷出的烟雾，渐渐的消散，他带有和解的口气，对红嫂说：

"你怎么不早告诉我呢？"

红嫂没好气的对吴二说："谁叫我有一个落后的丈夫呢？看！我为一桩正经事，累成这样，我还不能告诉他，求他一点帮助。"说着这话，红嫂感到一阵心酸，可是她强制住自己，不让泪水流出来。

这一下可打中吴二的要害了，使他一句话也说不出来。这时，吴二已完全平静下来，他甚至在悔恨刚才太不冷静了。

吴二含着负疚的心情蹲在那里抽烟，红嫂又说话了：

"伤员的事情，你已经知道了，咱可得说明白。你帮助不帮助这倒算不了什么，可是，你可不能坏事。如果由于你的动摇，伤员叫敌人捕去杀害了，那么，咱们就不是夫妻，因为这是你在我们中间划了一条界线，那就是革命和反革命的界线。那时，我们就各干各的。敌人一定会对付我。说实在的，要是伤员丢了，我也没脸再见革命同志，我也决不会平白就此了事，我将和他们拼了。到时候，你也脱不了身，敌人也不会饶恕你的！那一切都完了！"

红嫂这些话，原是警告吴二不要作坏事的，但是在吴二听来，却有点毛骨悚然。他刚才的情绪是集中在红嫂和彭林的关系上，现在这个疙瘩解开了，他稍微感到轻松，可是随着红嫂的警告，吴二的心头又结上一个大的疙瘩。他一想到杀人不眨眼的还乡团，还在村子里横行，吴二的心就发冷，他的四肢也颤抖起来。要叫还乡团知道了这件事，那么，家里的大大小小都会被杀光。吴二越想越感到恐怖，他的心又被紧紧的揪住了。

怎么办呢？去向敌人报告，解脱自己么？吴二还不会这样干，他也没有这种胆量。平时他虽然不敢革命，可是他也不敢去干反革命。他现在的注意力完全集中在这件事情的严重后果上了，越想越怕人。如果说他平日胆小得连树叶落下来都怕砸破自己的头，那么遇到这种关系到全家性命的事情，他当然是焦灼不安了。他决心要摆脱眼前的处境。他突然走到红嫂的面前说：

"这件事算过去了！以后再不去提他吧！"

红嫂说："伤员呢？"

吴二说："他爱到哪儿去，就到哪儿去。你已经照顾了他，我们现在也该为自己想一想了。今后再不能管他的事了！"

红嫂用眼睛鄙弃的看了吴二一眼，冷冷的说："你可以不管，我可不能丢掉革命同志！我要对他负责到底！"

吴二怒叫着说："咱们全家人的性命，你还要不要呀？！"

红嫂说："我可不象你这样贪生怕死！"说了这话，她顿了一阵，又对吴二说："那么这样好了，如果敌人发现，由我一人承担，绝不连累你就是！这样你可放心了吧？！"

吴二无言答对的又蹲回原处抽起烟来。

谈话就这样结束了，到了吃饭的时候，红嫂照例的为彭林准备了一份饭菜，吴二既然已经知道这事了，她也就没有必要再瞒着他，她端着饭菜就往外走，吴二一下站起来，冲到门口拦住了她：

"你去干什么？"

红嫂理直气壮的回答："我要去给伤员送饭！"

吴二肯定的说："你不能去！"

红嫂说："这是我的事，你管不着！"说着把吴二的手甩开，就走出去了。

吴二看着红嫂走了，站在门内愣了一阵，他愈想愈觉得危险，他又追出门去，可是到了外边，红嫂早已走进小树林没在秫秸堆里了。

他又走到空园子的短墙边，这是他发现红嫂踪迹的地方。现在他又蹲在短墙后边，在着急的抓着头皮。他又焦躁、又烦闷。他本来还想冲到秫秸堆那里去的，可是到了那里准会又大闹一场，一想到这一点，吴二就感到心跳了。他不能这样作，要是一闹，那么真会被敌人发现了。敌人一发现，不仅伤员，就连红嫂和他也都得完蛋，一想到这些，吴二就没敢莽撞的行动，他长久的待在那里。这次他却不是监视红嫂，而成为给红嫂望风，因为这关系到包括他在内的整个家庭的安全啊！

他不时的向四下里望着敌人的行动。这时候，吴二倒有点为红嫂的安全担起心来。

直到红嫂从小树林里出来了，他才放了心，走出了短墙，和红嫂一道回家去了。红嫂看到吴二并没有到秫秸堆那里去闹，而是隐蔽在空园里，她猜想吴二可能在为自己放哨，丈夫既然有了转变，她的内心里也微微有点高兴，因此一进门，她就以有趣的口吻对吴二说：

"刚才没有把你吓坏吧！"

吴二说："我的心象油煎似的，你还有心开玩笑哩！"

六

吴二所谈的象油煎的难过心情，是千真万确的。尖锐的阶级斗争，真象沸腾滚动的热油，他的心在热油里翻上滚下，它不但不能有一刻安静，而每一次滚动，都给他带来难言的痛苦。

吴二正坐在院子里，为伤员的事提心吊胆，这时候，还乡团小队长刁鬼又进来了。

刁鬼这次的到来，虽然还是喝得醉醺醺的，可是已没有上次那样的和气了。他的脸上充满了怒气，手中提着匣枪，由于酒的燃烧，刁鬼的双眼象血样的红，使吴二看起来就更感到可怕。

刁鬼的来势汹汹，是因为这些天，他对红嫂打的坏主意不仅落空，还遭到很大的没趣，因此恼羞成怒。同时前天他想吃吴二的鸡，吴二不但不主动的慰劳他，相反的却偷偷杀掉自己吃了，这真是故意给他难堪。他想今天来威胁一下吴二，必要时把吴二抓起来惩治一番，还乡团要说抓谁，那还不是手到擒来？他想要是去了吴二，红嫂就容易到手了。一个女人家，他怎么也能对付得了。刁鬼打定了这个凶狠的主意，就扑上了吴二的家门。一进大门，便用枪指着站在院子里的吴二叫道：

"吴二，你犯案了！"

吴二胆战心惊的说："什么？！我犯了啥案！"这对吴二简直是晴天霹雳。他心里暗暗叫苦：我的天啊！难道事情被他们知道了么？

刁鬼说："你别装糊涂，啥事你自己心里明白，你和国军有二心，有人告发你，说你通八路！"

一听说"通八路"，吴二的脸刷的白了。他虽然强制着自己，可是手脚却还是不住的颤抖。他的心跳得很厉害，几乎要撞破胸膛，蹦跳出来了。他心想这下可完了！他知道还乡团要是抓住通八路的人，是别想活命的。他当时虽然有些心虚，可是还是分辩着：

"刁队长！别开玩笑啊！我怎么能通八路呢！我是老实人，你可不能这样说！"

"怎么？我倒说错了？"说着刁鬼冲上去，朝着吴二的脸上啪啪揍了两个耳光，接着怒气冲冲的骂道：

"快说实话！我已有了确实证据，你还要我拿出来么？可是我说出来你就完了，快说！"

"我……"吴二摸着自己滚烫的腮帮嗫嚅的说不下去。

"快说！你自己说出来，罪过还轻一些！不然，马上把你抓走，到那时你后悔也晚了！……"

"我……说……什么呢？……"

正在这紧要的关头，红嫂从屋里走出来了。

原来红嫂刚才正坐在屋子里。刁鬼一进门对吴二的发作和威胁，她听得清清楚楚。开始她也感到有些震惊，可是听了几句，她又平静下来了。根据各方面的情况来判断，她认为这只是一种威胁。不是么？要是刁鬼知道通八路的事，应该找她，不是找吴二啊！如果真的他拿着证据了，他还费这些口舌么？他早把人抓去了。一想到这些，红嫂倒放了心。

至于刁鬼为什么来威胁吴二，红嫂回想了一下近几天的事，她心里也有几分明白，对于刁鬼的报复，红嫂心里象镜子一样明亮。现在摆在眼前的最严重的问题是吴二，他是经受不住刁鬼的吓唬和讹诈的，在刁鬼威逼下的吴二，显得是那么惊慌失措，张口结舌，这就不能不使红嫂感到心焦。是啊！要是在刁鬼的逼迫下，愚笨的吴二吐出了真情，那就坏了大事了。想到这里，红嫂再也坐不下去了，她平日虽然是那么的厌恶刁鬼，甚至看到他就恨得牙痛，可是现在她却不能再这样坐下去了，为了不至于因吴二的不坚定而遭到严重恶果，她要出面来为丈夫招架一番了：红嫂把孩子放到床上，整了整自己的衣襟，走出屋门来。

红嫂一见刁鬼，就故作满面春光的样子，笑着走上去，对这还乡团小队长说：

"刁队长，你今天怎么这么大的火气啊？"

刁鬼回头一看红嫂，想到她连日不理睬自己的情景，就愤愤的说：

"火气？你今天才知道我有这么大的火气啊？"

红嫂望了丈夫一眼，又对刁鬼笑着说："俺小孩爹为了什么事得罪了你这个大队长了呀？！"

刁鬼说："他通八路！"

听了刁鬼的话，红嫂不以为然的哈哈的笑起来。她对刁鬼说："刁队长！你可不要这样开玩笑啊！俺小孩爹可是个老实庄稼人！他老实得活象一个木头疙瘩，他可不会通什么八路！要是真的那样，我们还敢回来么？我看一定是小孩爹有什么事得罪了队长了！要是他得罪你了，你可得多包涵一些！"

刁鬼说："你这小大嫂，也真会说话！"听口气他的火气已经下降了。

红嫂就又乘虚而入的说下去："可不是么？这些天刁队长常来我家，我和孩子他爹没有很好的招待啊！孩子他爹吧，人太老实，不会说话；我呢，为家里的吃穿每天累得愁眉苦脸，对刁队长也显得不够热惰。前天晚上杀鸡，我还想到了这一点，说刁队长看样想吃鸡，还是留给他一只吧，可是这些天粮食不够，孩子嘴馋就都吃了！你看这有多不好，刁队长可不能生俺的气啊！以后有好吃的东西，我们一定给你留下来！"

刁鬼听了红嫂这一席话，他感到很有情意，怒气已经消散了，可是一进门来发的这阵雷霆，怎么个消法，也该找个台阶下来呀！刁鬼就又对吴二恶狠狠的扫了一眼说：

"你真是块木头疙瘩，要不通八路才怪！看！这小大嫂说得才象话！就是我没吃鸡，也象吃了一样好受！要不是小大嫂为你求情，我就马上把你抓走！"

红嫂听到刁鬼松口了，就马上给吴二使了个眼色，说："孩子他爹！刁队长原谅你了，你应该谢谢才对啊！"

这下才提醒了正在发呆的吴二。原来当他正处在危险的时刻，红嫂出来解围了，眼看着刁鬼的气慢慢的消下去，他才感到一些轻松。现在听了红嫂的提示，他马上向刁鬼点头哈腰：

"谢谢队长！"

可是狡猾的刁鬼，并不到此为止，他真正的卑鄙的意图还没有达到啊！他怎么能轻易放过吴二，这时他就转面对红嫂狞笑着，向她进逼过来。

刁鬼说："看样，你真的有心想招待我一下了！"

红嫂说："可惜鸡都吃光了，不然，请你到我家吃顿饭该多好啊！"

刁鬼说："不一定吃鸡，只要你真心待客，什么都好办！你请我吃饭么？"

"只要刁队长不嫌我们的饭不好，那当然欢迎了！"

刁鬼的眼睛盯着红嫂不放的说："什么时候？"

"你说呢？"

"今天晚饭怎么样？"

一想到晚饭后，比眼前更严重的情况需要自己对付时，红嫂的眉头微微一皱，可是接着又想到，自己对付敌人总比吴二强些。为了使自己的丈夫马上摆脱敌人，她舒展了眉头，爽朗的回答：

"好！请到我家吃晚饭！"

刁鬼感到自己的恶毒愿望有着落了，也就爽快的对吴二说：

"为了你的老婆，我饶你这一次！晚上见！"

说着刁鬼就走了，可是走到大门边，他又回转来，对着吴二说：

"应该说明白，我可不愿意和你这块木头一道吃晚饭，因为我一看到你就要生气，你晚饭时要走得远一点！"

吴二连连允诺，刁鬼就走出去了。

刁鬼走了，吴二的一颗紧张的心，才落下来。可是一想刁鬼要来吃晚饭，他就有点为红嫂犯愁。他对红嫂说：

"家里空空的！你能做什么给他吃啊！"

红嫂听了吴二这句话，苦笑的摇了摇头，并长长的叹了一口气，她真为丈夫的迟钝而深深的叹息了。她冷冷的说：

"你的脑袋真是木头做的么？！"

红嫂怕把将要到来的事情说穿，吓住了吴二，相反会更坏了事情，她就不再申斥丈夫的迟钝，只淡淡的说：

"总可以对付过去的！不过你可不要远离！"

吴二点头同意，现在他倒愿意听从红嫂调遣了。

这时，门外有一个穷苦的老大娘在喊红嫂了："红嫂！你出来一下！"

红嫂马上跑到门外，老大娘向红嫂低低的说了些什么就走了。红嫂带着欣喜的神情走回屋里。

看看天色已是下午三点钟，离吃晚饭还有几个钟头，红嫂拿起铁铲和提篮走出屋门，她对吴二说：

"你在家帮助照料下孩子，快该做晚饭了，我出去挖些野菜，一会就回来。"

红嫂走进小树林，只微微向秫秸堆那里探望了一下，并没有停留，就向北边的山坡上走去……

红嫂回来后，简单的做了晚饭，天已黑下来了，吴二看着这些饭菜担心的说：

"他吃这种饭能高兴么？"

"哪有好东西给他吃，爱不爱吃都是这样！你快去躲起来吧！"

红嫂指着院里靠东墙的几束秫秸，吴二就躲到秫秸后边的黑影里去了。

不一会，刁鬼果然来了，只是这次喝得更醉了，他腰里别着匣枪，晃晃荡荡的走进屋来，他一看灯光下的红嫂，就哈哈的笑着走上来。

"小娘们！你长得多漂亮，今天你可到我手了！"

红嫂一边往后退着，一边怒视着对方，"快离开！离我远一点！"

刁鬼狞笑着说："漂亮的小娘们！我想你已经很久了，你还要我离开远一点！……"说着就张开双手去抱红嫂，红嫂猛力把他的手甩开，退到灶边，愤怒的说：

"坏蛋！你离不离开？"

刁鬼说："你已经在我的手心里了，你这回可逃不掉了！"说罢又向红嫂身上扑去。只见红嫂的右手往身后一摸，抓过来一把早已准备好的菜刀，刀光一闪向刁鬼头上劈来。刁鬼一看不妙，就一下抓住了红嫂持刀的手腕，忙用另一只手去掏枪，可是，这只掏枪的手被红嫂一把抓住了。两人就扭在一起。由于刁鬼力大，他一下把红嫂摔倒在地。而红嫂却始终没有松手，狠狠的抓住敌人的手腕，虽然刁鬼摔倒了她，可是她却一口咬住敌人的左肩。两人完全滚在一起了。

红嫂在未咬住敌人以前，她向门外的吴二喊了一声："快来！"吴二就气呼呼的冲进来了。

刚才刁鬼一进屋，对红嫂无耻的叫喊，吴二听得清清楚楚，直到这时，他才明白刁鬼要吃晚饭的真正用意，原来对自己的妻子动了邪念的，却是这个还乡团的恶棍。吴二气得浑身发抖，眼看着刁鬼要污辱自己的妻子，他象发怒的狮子一样，猛冲进屋子里。这时候，一向懦怯的吴二的眼睛里冒出炽烈的怒火。红嫂一看丈夫进来了，松开了敌人肩头，对吴二提示着："快！拿东西打！"

吴二从门后拉过一个大镢头，拼全力向还乡团小队长的头上砸下来，刁鬼的脑袋象重击之下的西瓜一样迸裂开。直到这时，红嫂才摆脱了死去的敌人，站了起来。

敌人打死了，吴二倒害怕起来，他没主意的对红嫂说："怎么办啊？"

红嫂果决的说："赶快抱孩子离开这里！"

就在这紧急的时刻，突然听见外边扑通扑通响了两声，接着院子里有脚步声传进来。这一来，把吴二可吓坏了，可糟了！一定是敌人来了，他拉着红嫂的衣襟在叫着：

"走不出去了，怎么办啊？！"

红嫂瞪了他一眼说："坚强些！"

吴二感到敌人的血已经溅到身上了，逃也逃不脱，他咬着牙说："咱就拼了吧！"说着，就提着镢头躲向门后，准备和进来的敌人搏斗。可是已经来不及了，有三个提着匣枪的人影来到了屋里，吴二正要扑上去，却突然愣住了，原来是村支书带了两个武工队员来到他们的家里，红嫂和吴二的心一下放下来，两人亲热的拥到支书的面前。

王支书是个沉着稳重的中年人，他一看见敌人的尸体，和吴二手中带血的镢头，就欣喜的对吴二说：

"老弟，你干的很好！对敌人只能这样！只有把他消灭，才能得到安宁！"接着他叫随身的武工队员留在院里警戒，就坐下来。他又说下去：

"今天下午，我和红嫂取得了联系，知道这里有一个伤员同志，我们约定天黑后，来把伤员抬走。伤员已经抬走了。听红嫂说今晚有个还乡团要来你们这里捣乱，我们想来把他搞掉，看！来晚了一步，你们自己倒先把他收拾了。我们来的另一个目的，是想动员你们搬出去。"说到这里，支书以爱抚的眼光望了红嫂一眼，对吴二说："我们感到红嫂热爱革命同志的行动是值得敬重的：她有革命觉悟，可以称得起革命的好女儿，她走是没有问题的。而你呢！看样子，你也不大需要再打通思想了！"

吴二坚决的向王支书表示："我一定要跟着你走！支书！不要嫌我落后，你发给我一支枪吧！"

支书笑指着刁鬼的尸体说："还用发么？你已经用自己的战斗行动缴获了一支了！"

这一下才提醒了吴二，他忙从刁鬼的身上摘下一支匣枪。

不一会，红嫂抱着婴儿，吴二背着大孩子，他们跟着支书和武工队员，乘着夜色，悄悄的溜出了村庄。当他们刚一出庄时，被敌人的岗哨发现了。敌人向他们射击，支书带着武工队员，在后边掩护着，子弹发出尖利的呼啸，在夜空里划出一道道火红的线条，他们很快的没进充满夜色的山区地带。

七

由于少校的包裹，使我想起的这段曲折动人的故事结束了。我耳边又听到轰轰隆隆的京沪快车的行进声。我躺在睡铺上想睡一下，可是故事带给我的兴奋，却使我长久的不能平静下来。

这时候，红嫂的形象不时的又出现在我的眼前。她是个多么可爱的令人崇敬的沂蒙山的青年妇女啊！我这次到沂蒙山区去，不仅要见到过去在艰苦的战斗年月里，一道和敌人战斗并在斗争中救助过我的亲人，我还能看见红嫂！一想到将要见到这个可亲可敬的英雄妇女了，我怎能不兴奋呢！

一个星期后，我在沂水西部的山区会到了红嫂。她已是三十七八岁的中年妇人了，可是岁月并没大使她变老。看起来红嫂还是那么年轻，身体也比过去强壮多了。她的从前额分向两鬓的短发和往日一样垂到耳下，她端庄的脸上，沉思的神情消逝了，现在看起来，她爽朗多了。是的，她现在是一个全县闻名的劳动模范，我去时她正领导着几个姑娘在猪圈里给小猪喂饲料呢！她在姑娘群里笑得是多么欢快。

红嫂一看到我，就高兴的跑过来握住了我的手，热情的说："同志！你还想到我们么？你从哪里来呀？"

"我们怎么能忘了老区的人民呢！一些老同志聚到一起，常谈咱们的沂蒙山，想念这里的亲人。"

接着我告诉她我从上海来，彭林少校还托我给她带来了东西。我提到彭林后特别注意红嫂的表情。记得我离开彭林所在的医院第一次来拜访她时，一提到救助彭林的事，她还脸红！

"我早已知道你要来了，他已有信来。我盼你盼有两天了！老同志了，多年不见，确实也怪想念的！"

她说话的神情是自然的，爽朗的，往日的羞涩不见了。因为在社会主义社会里，大家都提高了。过去红嫂救少校的好人好事，隐蔽了很久，因为在当时大多数人还有封建思想，是不宜宣传的，而现在时代变了，谈出来有什么不好呢？听到的人都会很感动的。

红嫂领我到她家里，她家原来的三间北屋翻新了，又添了两间东屋。屋里很整洁，当门挂着毛主席像，伟人像两边的墙壁上挂着表扬红嫂的工作成绩的奖状和奖旗，还有一些在县和专区开模范会的合照。

我和红嫂一进家门，就有两个五岁和七岁的小姑娘向红嫂围上来。一看她们的小脸蛋,我就知道这是红嫂的女儿。原来这两个是红嫂救护彭林以后生的,故事里的怀抱婴儿现在已经上了小学,脖子上挂上红领巾了,而那个大孩子呢?现在在县里上中学。

不一会,吴二从田野赶回来了。一见面当然又是一番亲热和问候。他现在是公社里一个生产小队的副队长,听说干的还不错。当我一提到过去的事,吴二就满脸羞愧的说:

"同志!那时候,我真太落后了!"

红嫂笑着说:"你现在也还赶不上先进工作者啊!"

吴二说:"在党的教育下,我会慢慢赶上去的!"他郑重的回答了红嫂的话后,又对我说:

"同志!说实在的,过去没有孩子娘对我的帮助,我吴二现在还不知成个什么样子哩?!就是现在,她也经常的批评我,这倒不是说她是村的党支部委员,不听她的话不行,而是她批评的都很对啊!我这人的根底太浅了,旧的思想习惯常常不知不觉的就冒出来,象小树一样,不经常剪枝,叫它蔓长起来可不能结好果!你想想看,孩子娘拉着我进步,我可不能后退,我要按党所指的方向往前奔!"

我听着吴二的话,频频点头。从他的谈话里我也了解到,解放后,红嫂不仅在社会主义建设方面成绩卓著,而且也推动着自己的家庭前进,尤其是不懈的帮助自己的丈夫进步。

这时,我将彭林少校约红嫂到上海去的愿望转达了。红嫂说少校信上也提到这个事,她满口答应了。她想等农活稍闲时,准备去一趟。一想到以后我能够在上海和少校一道接待红嫂,我感到非常兴奋。

我在红嫂家里住了两天。读者一定会羡慕我的幸运。是的,能够和这样使人敬爱的英雄人物在一起,我是感到很幸福的啊!

1961 年 4 月 25 日完成于沂水东岭

沂蒙山的故事

河里的鱼儿啊,

没有水就没有家。

——摘自沂蒙山民歌

一 东岭上

这年夏天,我来到久别的沂水。

当我一登上紧靠城关的东岭,向西了望,隔着滚滚奔腾、闪烁着金色阳光的沂河,看到朵朵白云下,沂蒙山起伏的山峦和奇巍的群峰时,我整个身心都在兴奋和激荡。象走遍天涯,到处征战的归来的战士,突然望到自己经常梦想的心爱的故土,眼前的一草一木都能触动自己情感的沸腾一样,我的心激动得怦怦的跳起来。

古老的沂蒙山啊!离开你已经十多年了。在过去艰苦的战斗年月,在党的领导下,我们投进你的怀抱,和这里的人民一道,为了开辟和巩固这块根据地而坚持斗争。当时革命的力量还比较幼小,人数不多,武器不全,我们要和敌、伪、顽各方面的强大敌人,进行着艰苦卓绝的战斗。敌人为了要摧毁这个抗日时期山东革命的摇篮，曾对这个山区反复"清剿"、"扫荡"，进行着残酷的"铁壁合围"和"三光"（烧光、杀光和抢光）政策。最艰苦的年头，要算一九四一年的敌人冬季大"扫荡"了。那时候，这里所有的山谷都响着枪声，所有的山村都燃着熊熊的火光，在那数不清的山头和山坡上，到处都洒着战士和人民的鲜血。

巍峨的沂蒙山啊！你是知道革命战士是怎样的坚贞不屈，前仆后继的坚持战斗的；这里的人民是怎样的以崇高的阶级友爱和自我牺牲精神去救护革命同志，又是怎样的以果敢的战斗行动配合自己的部队打击和消灭敌人的。敌人把村庄烧光了，他们又盖起来；再一次"扫荡"，又烧掉了，再盖起来。就这样一次次烧光，一次次又盖起来，有的村庄反复的被烧过六七次，可是人民在党的领导下还是坚决的和敌人战斗。山区的人民就是这样在战火中锻炼和成长起来的。是的，我们革命战士在这里忍受了难言的艰苦和困难，可是我们也和山区的人民一道，终于把疯狂的敌人在这里消灭。抗日战争与解放战争期间，这里就有过著名的葛庄战役、孟良崮战役和莱芜战役。我们的部队在山区人民的配合和支持下，把成千上万，甚至十几万的鬼子和蒋匪帮埋葬在这里。

随着革命斗争的胜利和发展，我们四出作战。离开了心爱的沂蒙山，投入解放全国的战斗了。我们虽然离开了你——沂蒙山，可是你雄伟的山影却常在我们脑际浮动。我们没有忘记在那艰苦的年月里，你对我们的哺乳，我们常想着山区人民对我们海样深的恩情，和最无畏的支持。想到在极端困苦的条件下，我们和山区人民用鲜血凝成的战斗友谊，对残酷的敌人展开反复搏斗的动人场面。当我们一想到这些情景时，我们就鼓起了更大的勇气，加快了前进的步伐，手中的武器握得更紧，更勇猛的扑向敌人，从胜利走向更大的胜利。就是在全国解放以后的和平建设时期，你挺秀的峰峦，也常在我们脑子里出现啊！我们也常常谈到你，因为在艰苦斗争中结成的情谊，是最珍贵而难忘的。当然，有些同志在解放全国的新的战斗中牺牲了，但是我们活下来的同志，又是多么怀念着这里的人民，想再来瞻望一下你巍峨的山影啊！可是由于革命工作忙，路途远，一时达不到愿望，只能从心的深处向你致意，在想象里重温你的亲切面貌。

党中央和毛主席早料到这一点了。全国解放后，毛主席派出了老区访问团，来到了沂蒙山区。这表明了党和毛主席对老根据地人民的热情关怀，这也表达了多少曾经战斗在这里的党的儿女对沂蒙山区的深厚情谊啊！

现在我有机会重返到久别而渴望会见的沂蒙山了。我怎不激动得心怦怦的跳动呢？当我用由于过度兴奋而有点湿润的眼睛，再一次眺望着沂蒙山的山峦时，我才感觉到古老的沂蒙山已经变得更年轻、更美丽了。它一向光秃的山上已披上了新装，上边长满了葱绿的马尾松和成行的果树。往日里山沟里是缺水的，而现在的群山之间，大大小小的水库，象镜子一样闪着金光。就拿我脚下的这个东岭来说，也确实远非昔比了。

这东岭在旧社会里，是个乱葬岗，平时杂草萋萋，荒冢累累，野狗日夜在这里奔逐。战争年代，鬼子在这山岭顶上修起了碉堡，成为敌人盘踞的据点，从此群众就叫这个岭为"伤心岭"，因为敌人常把革命同志和从山区根据地抓来的革命群众，在这里杀害。每当人们听到黑暗的夜里传来凄厉的枪声和革命同志就义前雄壮的口号声时，人们就在夜色里，望着这个东岭伤心的落下泪来。一九四四年，我们的部队来到了，在这小岭上和敌人展开了激烈的战斗，最后把敌人全部消灭，解放了沂水县城，平毁了岭顶上的碉堡。为了生产救灾，战士们就在这刚埋葬过敌人的岭上，开荒种地。全国解放后的一个春天，为了绿化这个小山岭，党政军民齐动手种上了各种果树。看！现在出现在我周围的，是一眼看不透的苹果林。绿色的果树整个的把小岭遮盖起来。苹果树已有碗口粗了，繁茂的枝叶已扩展有半间屋那样的空间，翠绿的枝叶间，硕大的果实累累，成堆、成串、拳头大的苹果，青嫩的表皮上蒙有一层白霜，果子结得不但肥大，而且稠密，稠密得使人担心枝条是否能支撑住。大概农场已预料到这个问题，每棵树干上绑了一条大杉木杆,杉木杆上拴有很多草绳子,用绳子把负担过重的果枝吊起来,以减轻枝条的负荷。纵然这样,我还是看到一根果枝被压折了,苹果跌落得满地都是。

这是个多么美、又多么好的果园啊!通向果林的小道两旁,有成簇的各色各样的鲜花。蝴蝶在花上飞舞,鸟儿在果枝上歌唱,空气间飘荡着浓郁的花香和甜蜜的水果香味。这时,从岭下边机关托儿所传来孩子们欢快的歌声,歌声在果树上空缭绕。果林间的小道上有一对对青年男女,不时发出幸福的欢笑。小岭周围的景色太迷人了,听说现在人们给东岭起了个新名字:叫"幸福岭",这是一点也不过分的!

沂蒙山的确变年轻了。这个小山岭是它的支脉,从小岭的情景来看,它有着多么显著的变化啊!是的,过去的沂蒙山充满苦难,山区的人民在党的领导下,为了摆脱这种苦难的命运,他们和敌人进行着艰苦斗争。在这洒满鲜血的地方,是应该建设得这样美好,甚至比现在更加美好才对。我一边感慨着,一边望着小岭的顶部,在那过去敌人筑碉堡的地方,盖有几间瓦房,现在已成为这幸福果园的办公室了。我慢慢的向那里走去。

办公室的周围种有各种花木,环境非常幽静。一个梳辫子的姑娘,正在左边猪圈旁喂猪,一群杂色的小肥猪,摇动着小尾巴围着食槽吱呀乱叫。姑娘拿着一根长柄大铁勺子,从大缸里舀出猪饲料,倒进食槽里。小猪争先恐后的挤上去,把嘴伸向猪槽,哧哧的吃起来。我走上前去,看看这舀猪饲料的工具,并不是一般用的铁勺,它原来是一个安了一根长柄的破旧的日本鬼子的钢盔。看!我们沂蒙山区的人民,多有气魄,过去他们和自己的部队,在这里消灭敌人。现在,这件从战斗中缴获下来的战利品——日本法西斯的头盔,在姑娘手中竟当作喂猪的工具了。

我在东岭上待了好久。这里的一切,都使我不能平静,不知不觉已经过去两个多钟头,天已傍晚,我慢慢的向岭下走去。当我以告别的眼色,向西望去的时候,我又被夕阳下的沂蒙山的景色惊住了。

在西边深红和绛紫色的天幕下，起伏的沂蒙山峦，象披上淡红色的轻纱。滚滚奔流的沂河水面上，闪着琥珀的光彩，河西岸青嫩、茁壮的苗禾，象撒上了一层薄薄的红粉。眼前是一幅多么壮丽的沂蒙山区的迷人景色啊！

我怀着急切的心情准备在今晚赶完要办的事情，决定明天就到沂蒙山里去，去探望一下在极度危急的情况下救助过我的房东张大娘，去看看舍己救同志的区委武书记，还有那个带着我们——和掩护部队失掉联络的二三百人，从星罗棋布的敌据点里安全突围的向导老孙同志。

一想到这些人，我的情感就又沸腾起来。当天晚上，我把工作做完，想早点躺下休息，准备早起出发。可是躺下后，我想起了这些久所渴望，急于想见的人们，他们亲切而熟悉的面影，他们崇高而勇敢的行动，一幕幕的在我脑际出现，使我好久不能入睡。

二　风雪之夜

第二天我搭公共汽车到沂蒙山里去。

汽车过了沂河大桥，在河西岸较为平坦的田野上奔驰了不久，就进入了一条漫长的山峪。公路两旁是陡峭的高山，山脚下是层层的梯田；路的左下方是一条小河，流水在乱石缝里奔腾着。在行进中，小河始终伴随着我们，行驶的汽车的嗡嗡声和流水的淙淙声，交织成一组欢乐的进行曲。

汽车里旅客很拥挤，天气又热。在一般情况下，处在这种场合，我一定感到发闷，甚至要解开胸衣的钮扣，挥动着扇子，才觉得轻快些。可是，现在完全不是这样，我浑身感到振奋，从心的深处发出一种难以形容的轻松和愉快。我不但不觉得拥挤，我看看身边的每个山区旅客的面容，都感到亲切和可爱。窗外的沂蒙山的景色在吸引着我，看着周围的一切，是多么熟悉啊！我睁大了眼睛贪婪的望着车窗外渐渐往后退去的山景，连一条小河，一个山沟，一条羊肠小道也不放过。

看，这条小山道，我们在反"扫荡"时走过，那是个漆黑的夜晚，我们手拉手的摸索着从这里上山，一翻过那条山梁，就进入遍长马尾松的深山沟里去了。看，这条在乱石间奔流的小河，在战争年月的战斗空隙里，我们曾在河边欢乐的歌唱、洗澡和洗过军衣。当战斗到来的时候，我们在激烈的枪声中，又几度跋涉过这条山间小河啊！看，我又被坐落在一条小山沟里的山村吸引住，这个山村的名字我忘记了，可是我在这庄上住过。我一眼就看到那爬满石墙的眉豆蔓，心形的绿叶把石墙整个给覆盖了，一串串紫色的、白色的小花在阳光里盛开，在微风里颤动。葫芦藤带着肥大的叶子沿着石墙攀上草屋顶，把拳头大的、表皮还有一层白嫩毛的果实，一个个大小不一的安放在屋顶的茅草上；农家院子里有个木桩搭起的凉棚，上顶整个被芭蕉扇一样的大方瓜叶遮住，瓶形的方瓜从凉棚的空隙里一个个垂下来，在空中摇摆着。这一切景物，对我这久离山区的人看来，是多么亲切啊！这些景物，在过去的很长时间里，我一闭上眼睛，它就浮现在我的脑子里，因为在艰苦的战斗年月，我在这景物中生活过，它对我太熟悉了。现在看起来，怎能不使我心动呢？

一看到我曾经住过的山村，我就想到那些热情接待过自己的老房东。在游击战争时期，我们每天和敌人转山头，今天住山前，明天住山后，山区村庄没住过的就很少。这样一来我认识的老房东也很多了。这些房东待我都很好，可是对我印象最深的要算是现在要去探望的张大娘了。她住在赤石崮南面一条山峪里。汽车再过两站，我就下车，因为从那里到老大娘家里只有十多里山路。

汽车在这崎岖的山路上吃力的爬行，马达的嗡嗡声听起来也特别沉重。在这沉重的汽车行进的嗡嗡声中，我想着即将见到的张大娘，回忆起烽火连天的战争年月里和张大娘的一段难忘的战斗生活。

那时的张大娘有五十多岁了，细高个儿，身上虽然穿着粗布衣服，甚至打着补钉，可是倒挺干净。她头上一年四季都蒙着一块黑头巾，稍微有点消瘦的脸上，经常有着笑容，每当她看到我们的时候，都显得那么慈祥。我从来没见过她对谁发过脾气，她待我象自己的孩子一样。

记得当我住在张大娘家里的时候，天不亮，我就听到窗前有节奏的脚步声，和呼呼的石磨的旋转声。我知道这是张大娘和她的女儿在推煎饼糊了，我就马上穿起衣服，来帮大娘推磨。我们还替大娘挑水，垫猪栏。一切家里的活我们都抢着帮她干。而大娘呢，经常拿些好吃的东西来给我们吃，如煮熟的热地瓜呀，炒花生啊，新烙的又脆又香的煎饼啊。当时我们部队的生活很苦，平时吃糠咽菜，看到这些东西，当然觉得很好吃。可是我们的纪律是不允许吃老百姓的东西的，因此我们总是推让着不吃，这可把老大娘急坏了。要是你不吃她送来的东西，她可真的要生气了，没有办法，我们只得把东西留下，想以后再送还给她。可是张大娘早看透这一点了。她守在我们身边，要看着我们把东西吃下去。直到我们把她送来的东西，都送进肚里以后，张大娘脸上才布满了笑容。

我们要走了。张大娘总是送出庄去，拉着我们的手含着泪水说："早点再回来呀！可不要让你大娘老盼着！"我们已走很远了，大娘还站在那里望着我们。

一遇到附近有战斗了。随着激烈的枪声，张大娘的心就跳个不停。她坐立不安，饭也吃不下去了。常常暗暗的为我们的安全祈祷。直到我们又来了，她的一颗悬挂着我们的心，才落下来。老人来到我们每个人的面前，都亲热的抚摸一阵，一边抚摸着，一边说：

"我的好孩子，可又见到你们了！"

那是一九四一年的冬天，五万多鬼子，对沂蒙山南部进行疯狂的"扫荡"，这也是抗战以来敌人对这个地区最残酷的一次大"扫荡"。这次"扫荡"，敌人用的是"铁壁合围"和"拉网"战术。在方圆一百多里的山区内，敌人控制了所有的山头、道路和村庄。就是说敌人分布的密度象网，包围的紧度象铁壁一样，企图一鼓将我军消灭。当然，这次反"扫荡"我们的伤亡是不小的，可是敌人并没有达到预定的恶毒企图。

这时候，我正带着一个工作队，在紫荆关附近作备战和群众工作，我们正处在敌人包围的核心。敌人的包围圈渐渐的缩小，最后敌人向我们住的山村围攻上来了。我们就在稠密的枪声里突围。我们工作队有十五六个人，只有三四支枪。和大批的敌人顶着打是不行的，我们就冲出庄去，在密集的敌人的追击中，我们冲上一座小山；小山被敌人占领了，我们又被山顶的敌人压下来。我就带着工作队从山半腰向东插去，山右侧是一条通紫荆关的大道，敌人的大队正在这条路上来来往往。我们瞅了一个空隙，就冲下山坡，奔向大道，向东边的大山冲上去。

当时我认为这条大道可能是敌人封锁包围的边界。一冲过这条路，就出了包围圈到达安全地带了。这时候，我们翻越过了一座小山，又跑过了大路两旁的两个山坡，同志们都很疲劳了，汗水顺着脸颊直往下流，棉袄也湿透了，两条腿累得象两根木棍似的迈不开脚步，可是我还是鼓励大家坚持往山上爬。大家帮着身体弱的同志背背包，继续上山。这个大山顶上有一块很大的石头，我指着那块石头说："到那里就好了，我们在石头下边休息！"

我们在艰难的爬山过程中，虽然最后摆脱了敌人，可是敌人还用火力追击着我们。敌人的机枪从后边的山坡上直向我们扫射，由于距离远，并没有打着我们。我走过一个小软枣林，树上的软枣已经发黑熟透了。一阵机枪子弹扫过来，被扫断的长满果实的软枣枝，哗啦啦落了一地。我当时真口渴得很，就弯腰捡起一枝，一边走，一边用嘴咬着那带点涩味的果实。

我们十几个人，拉了有半里路长，因为有些同志的确累得走不动了。走的虽然慢，可是我们还是迈着艰难的步子，一步步向上爬。山顶大石头渐渐近了，我认为到了石头前边，满可以痛快的休息一下了。我们刚在石头下边集拢着坐下来，想喘息一会，突然有种音响使我抬起头来。我往石头上一看，一排步枪和机枪正支在上边，黑色的枪口伸向我们。我大叫：

"走！"话音刚一出口，一阵激烈的弹雨，向我们头上泼下来，紧接着成群的鬼子端着步枪，号叫着从石头两边向我们冲来，我们一下被敌人压下了山坡。

在这里，我们亲爱的年轻战友，有着红红的脸庞，爱唱歌、喜欢写火热的诗句的小石牺牲了；聪明而活跃的小王被敌人抓去了；还有几个同志负伤或者在危急情况下跳崖跌伤了。

我在半山腰，把队伍又集合起来。这时，山上的敌人开始向山下追我们，山下的敌人又往山上搜索。为了摆脱敌人，我们分散的从山半腰绕向山背后，在一片乱石和红草丛里隐蔽起来。

这时，满山遍野的敌人，在搜捕我们。有的汉奸还到处叱呼着："看见你了！快出来吧！"可是我们还是隐蔽在草丛里不动。因为我们只有两三支枪，除了敌人来到跟前，发现了我们，才和敌人搏斗外，这时是不应该公开暴露，和众多的敌人硬干的。我们当时的任务，就是很好的隐蔽自己，巧妙的躲过敌人。安全的突出"铁壁合围"就是胜利。因此，我们在草丛中，悄悄的撕碎了文件，把它埋藏起来，静等天黑了再突围。因为天一黑，敌人分布的再稠密，我们也能借着夜色的掩护，利用复杂的地形冲出去的。

天已过午了，分散的躺在红草丛里的我们，已经饿了。突围时本来每人都带着点干粮，可是刚才在石头下遭到敌人突然袭击时，大都丢掉了。只有我和老鲁还有一点，大家都分吃了。当时的心情是这样：一顿半顿不吃饭，还不打紧，主要是赶快天黑，到那时就好活动了，可以摸到熟悉的村庄去找点东西吃。我们心急的盼着太阳快些落山，瞪眼看着红草棵的细长影子的移动。它移动得多慢呀！心越急，越感到时间过得慢。

躺在草丛里，作点什么呢？什么事也没有，唯一的事就是警惕周围的动静。我的背倚在一块岩石上，隔着几株稀疏的红草，眼望着前边的山峪，简直象在"检阅"着敌人。

正前方大路上，敌人大队人马在往西走，右边是通紫荆关的路，也有成队的敌人行进；右边的山口上敌人重兵把守着，连珠般的机枪声不时从那边传来；我们头上边的山顶也驻有敌人，我们刚刚摆脱了他们转移下来；山脚下又有敌人的散兵在搜索着，汉奸不住的在瞎叫喊，想欺哄隐藏的人快出来。看到这四周的情况，我才感到我们并没有突出敌人的包围圈，我们还是处在敌人的重重包围里边。

在这种情况下，我感到隐蔽在这里不动，是完全正确的。如果一走动，暴露了目标，四下的敌人就向我们包围上来，到那时我们一个人也跑不了。我们所在的地形也很好，后边是个绝壁，上边的敌人下不来；我们前边几步远又是一个陡崖，敌人走到跟前也看不到我们。要看到我们，只有在几里外的远处山坡上才行，可是距离那么远，就是要看也看不清楚的，同时我们还有红草遮掩着呢！我们只有在这里等天黑，静等着太阳更快的向西移动。

红草的影子渐渐转向东边了，并慢慢的拉长了。太阳终于被我们一分一秒的盼下山了。暮霭笼罩着山峦，天空的星星亮了，黑夜来临了。

隐蔽在红草里的同志们都坐起来，在夜色里就是站起来也没有什么，敌人是看不见的。我们一动也不动的躺了大半天，现在应该站起来，活动活动轻松一下。可是大家并没有这样，只是集拢在一起默默相对，心事重重，谁也不说话。因为我们队伍已不是原来的数目，我们失去了两个战友。

我们决定再往东突围。往东突，得走东边的山口，可是白天听到那里的机枪很紧，山口一定被敌人严密封锁，不好通过。我们确定从身后的高山的一个鞍部翻过到山前去，从那边再往东冲。

我们站在山坡上，看看山峪里敌人控制的村庄，火光直往上冒。敌人不仅在驻村里砸碎老百姓的桌椅门窗点起火来，而且在所有的山头上也点起火。我们沿着一条小山沟向山鞍部爬去，山凹处两边的制高点有火光，那里有敌人把守，可是火光照不多远，我们还是在夜色茫茫中翻过了鞍部，敌人只向我们打了一阵乱枪，并没有下来。

一翻过山，便是一条山谷，山下边有个村庄，村里有熊熊的火光，我们没有过去，就顺着山腰绕过。这时我们实在饿了。我们在山半腰里遇到两户农家，房子已被鬼子烧了，只剩下两个黑屋框，除了砸碎的锅碗、水缸和家具而外，什么也没有。屋框里的灰烬有的还在冒烟。我们用棍子向冒烟的灰烬拨着，本来是想取暖的，却拨出了一个烧得半熟的大方瓜，方瓜的上部有些地方被火烧焦了，但大部分还是完好的。我们的肚子饿得咕咕响，这个大方瓜倒是一顿上好的晚餐。可是大家看着方瓜，谁也不说话。因为我们是革命战士，毛主席手订的三大纪律八项注意，我们记得很熟，它是铁的纪律，我们时时刻刻都要自觉的遵守着。我们怎好不经主人的同意，随便拿老百姓的东西呢？我充分了解每个同志的这种心情，根据目前的特殊情况，我和大家研究了一下，决定这样作：给方瓜的主人打个借条，塞在墙洞里，俟战后主人回来，可以拿着条子去人民政府换粮食。我摸着黑，用铅笔在一张纸上写好了，并在借条上注明了方瓜约计的重量，写上了部队的代号。然后把它塞进一个容易找到的墙洞里。

一切办理停当，我就动手按人数用刀子把方瓜切成十多块。每人分到象巴掌大小的一块。这一小块半生不熟的方瓜，既没用水煮，又没放油盐，可是当时吃起来够有多么香甜啊！

吃罢方瓜，我们就沿着山半腰，向东突围。既不能走庄，又不能走路，半夜里在高低不平的山坡乱转，有时还迷失方向，一夜是走不多远的。走了一夜，天亮看看，才走了有十多里路。

天亮以后，看看这条山峪和昨天的山后的情况一样，所有的山头、村庄和道路都有敌人，敌人到处在搜山，枪声在四处响着。我们还是处在敌人的包围圈里。根据昨天的经验，在这种情况下我们是不能走动的，我们又找到一条僻静的小沟，在一片红草丛中隐蔽起来。

我们又在看着红草影子的移动，盼着天黑。

这天夜里，我们继续向东突围。这次我们必须通过一个敌人把守的山口，没有其他的路好走，只得从这里经过。这时我们遇上了十几个掉了队的战士，我们商量着，坚决冲过去。激烈的战斗在山口上展开。我们十多个人虽然只有三支枪，可是每人还有两个手榴弹。我们在战斗中把手榴弹抛向敌群，敌人的火力虽猛，可是在黑夜里是很难射中目标的。我们终于冲过去了，可是我们行列里又失去了三个同志。

我们就这样向外冲，一直突了一个星期，每夜都要和敌人打几次交道，向东冲出了一百多里路，还是没有冲出敌人的包围圈。这时候，我们只剩下七八个同志了。

在突围过程中，最艰苦和困难的当然是对付那些万恶的敌人，但是还远远不止这一点，使我们感到艰苦困难的还有饥饿和严寒。七八天来，有时我们一天能吃到一顿地瓜，有时一两天都捞不着饭吃，饿得直不起腰，浑身没有力气。而天气呢，当时正是数九严冬，已经下过第二次雪了，我们还穿着夏天发的单裤。因为在"扫荡"开始时棉裤还没来得及发下来，被服厂被敌人发现，一把火烧掉了。我们每天爬山和敌人兜圈子，新棉军衣上身，有些地方已经磨破，露出了棉絮，穿了一夏天的单军裤就更不用说了。大都露着后腚和膝盖，鞋子早已破得露出脚丫子，后脚跟冻裂的口子，象小孩嘴一样，直往外淌血。有的人鞋子跑掉了，就赤着脚在雪地和尖石的山路上奔波。

我们这时候，每个人的样子，都是又黑又瘦，从"扫荡"开始那天，我们就没洗过脸，不是不愿洗，而是没有工夫去洗脸。衣服破破烂烂，肚子空空的，每个人不论白天或夜晚，都在寒风中发抖。所谓"饥寒交迫"这句话，当时我们体会最深，肚子越饿身上就觉得越冷，天越冷，肚子就更需要东西了。

最使我难忘的，就是十多天后，我们在一个风雪交加的夜里的山村宿营。

这天夜里，北风呼啸着，夜空又飞舞着雪花。我们七八个人摸进一个小山庄，这是我们开始反"扫荡"以来，第一次进庄子没有碰到敌人。每个人都感到很高兴，认为今天可以在庄里过一个舒服的夜晚了，大家可以安静的好好的睡上一觉。

摆在我们面前的是一个什么样的村庄啊！它仅仅是十多个黑色的屋框，因为半月前，敌人就把这个村庄烧光了。庄里不但没有一个人影，就连一声狗叫都没有。这并不是说敌人把庄上的人都杀光了，不是，在"扫荡"前我们作备战工作时，为了避免敌人的摧残和屠杀，曾动员群众坚壁清野，要人们带着粮食藏在秘密的山洞里，这时村里的人大概都潜伏在山洞里过夜了。

我们并没有被山村冷落的景象，打掉过夜的兴头。因为这毕竟是个村庄呀！我就和几个同志在一个屋框里，打扫着地上的积雪，扫出一块地方，然后到村边近处找到一些干豆叶，抱些来铺在雪窝里的地上，留一个岗哨警戒，我们就都躺下去。这时只有我和老鲁同志还有一件短棉大衣，我把这两件大衣盖在七八个人的身上。

我满以为这样可以很好的过夜了。可是这怎么可能呢！

刺骨的寒风呼呼的刮着，四堵墙是挡不住它的，寒风常从窗洞和没遮盖的屋框上边窜进来。冰凉的飞雪打在脸上，有时寒风会把墙上的积雪吹下来，我们的脸上身上就都落上了雪。下边虽然铺有豆叶，可是上边却只盖着两件棉大衣呀！两件大衣盖着七八个人，怎么能盖得过来呢？躺下不一会，同志们就都呻吟起来。要知道在这冰天雪地的寒夜，穿着露肉的单裤，睡在雪窝里，是不能安静地入睡的。

负伤的同志一边呻吟一边低低叫着我："队长，我的伤口痛得厉害！"有的说："我的腿扭筋了，不能动弹了！"另一个说："队长，我的整个下身都在发麻，发木！"

从我亲身的感受，我了解每个同志的话都是真实的。因为我们不仅遭到严寒的侵袭，而又受着饥饿的折磨。要知道我们已经两天多没有吃饭了！受伤的同志没有上过一次药，血一直在流着。看样，这夜是睡不好了，我怎么来安慰这些同志呢？怎么才能安静地度过这个难挨的夜晚呢？我陷入了一阵阵沉思。

这时候，我想到了党，我仿佛看到了在党领导下奋勇前进的战斗人群，红旗在人群的头顶飘动！是的，当时我确实看到鲜红的旗子在迎风招展，我看到它就在这屋框上空，迎着寒风飘扬。在红旗呼啦啦的飘动声中，我又听到战无不胜的雄壮的军歌。我是不是把寒风的呼啸当成军歌声了？不，绝对不是，真正是我们的军歌，鼓舞我们勇往直前的军歌，比起这雄壮的歌声，这呼啸的寒风就显得太渺小，微不足道了。一想到这里我浑身象增长了无穷的力量，当时我很激动，我忽的坐起来，对着躺在身边正在呻吟的同志低声而有力的说：

"同志们，我刚才听到咱们的军歌声了，看到党的红旗了。听！在这寒风里军歌多么嘹亮，看！在这飞雪的黑屋框上空红旗是多么有力的飘动啊……"

同志们的呻吟声突然停止了，大家不约而同的也都忽的坐起来，黑屋框里显得特别沉静。同志们静望着飞舞雪花的夜空，耳听着呼呼的寒风的吼叫，静静的堕入沉思。我感到现在同志们和我一样，心目中都有着红旗的飘动和雄伟的军歌的飞扬。

这时候我打破了黑屋框里的沉寂，对同志们说："既然睡不着觉，我们还是坐着谈谈吧！"同志们都象开讨论会时那样，在豆叶上坐成一个圆圈。不过大家都没有说话，只是在夜色里望着我，似乎在说："队长，你谈谈吧！我们都听着！"

我说话了："我们不要谈得过多，只谈艰苦两个字就行了。这艰苦意味着什么？"

同志们脸上都布上了严肃的神情。我当时很激动，激动得说话时，嘴唇都有点哆嗦。我记不清原句了，可是大意是这样的：

"同志们，我们是革命战士，难道还不知道什么是艰苦么？是的，大家是知道的。平时我们以全副感情唱出的军歌声中,有'艰苦奋斗,英勇牺牲'的字句,这里提到艰苦;我们在群众大会上也曾热烈的高呼过'不怕艰苦,克服困难'的口号,这又说到艰苦;在小组会上,我们常常激昂慷慨的发言:'坚决完成党的任务,决不在艰苦困难面前低头!'看!还是这个字眼!可是在那些时候,提到的艰苦和困难,还是抽象的,现在是具体化了,就是我们要把这雄壮的歌声、响亮的口号和奋激的言词用坚韧不拔的决心和果敢的战斗行动来加以实践……"

说到这里,我看看每个人的面孔,大家脸上不但布满了严肃,而且显得镇定,有的腰杆也挺起来了。我感到往日同志们表示决心的革命热情,又汇成了巨大的力量,回到了每个同志的身上,人人都振奋起来。我又说下去:

"具体地说,军歌、口号和发言要求我们克服的是种什么样的艰苦困难呢?根据目前我们的情况来说,要克服的就是我们在敌人的重重包围下,突围了七八天,一再失掉战友,还是冲不出去的这种艰苦;就是在这冰天雪地的严寒季节,还穿着单裤,迎着北风,睡在雪窝里的这种艰苦;就是两三天不吃饭,还和敌人转圈子的这种艰苦;就是两件短大衣盖不住七八个人的这种艰苦……"说到这里,我的语气变得愤激了,我望着大家的脸孔说:

"同志们,摆在我们面前的艰苦和困难就是这样。它是严重的,难道我们就被它压倒,我们钢铁的决心能被它压碎么?……"

同志们不等我的话说完,就异口同声、低低而坚决的说:

"不,绝不能!"

我听了同志们的表示,很受感动,我心里说"问题已经解决了",因此,我对大家说:"不用再讨论了,大家还是睡觉吧!因为明天还要应付敌人的'围剿'呢!"

睡觉前我考虑到刚才睡的顺序,也许不够适当。我就叫大家都站起来,重新排列睡的次序。我叫过一个，在豆叶上躺下；再叫过一个，叫两个靠得紧一些；然后再叫两个来，躺在这两个的两边，以后再从两边排列下去。这样作的原因，主要是想使伤员和非党同志睡在中间，党员在外边睡。当时我认为"共产党员都有吃苦在前，享乐在后"的品质，在目前情况下，睡在中间虽然也冷，可是两边有人夹着总还比较暖和些，上边虽然只盖着两件小大衣，可是睡在中间的人总可以分摊得多一些。我这样安排以后，就拿起两件短大衣站在睡下去的同志们面前说：

"同志们，这么多人，这两件大衣是盖不过来的。我盖在什么地方，最好不要动它，因为你一动，别人就盖不着了。"

说罢，我就把两件大衣平摊在七个人的身上。

这一夜，我们睡得怎么样呢？睡得很好。除了微微的鼾声而外，其他一点音响都没有。盖在上边的两件大衣，还是一开始盖上去的原样，整整一夜，一点也没有挪动。

我躺在豆叶上，心里在想：刚才我们同志的呻吟和叫唤，在这饥寒交迫的情况下，其实也是很自然的，因为他们都是人而不是木头啊！可是在这一般人难以忍受的痛苦中，当他们一想到党，意识到自己是一个革命战士的时候，他们就会愉快的承受加在自己身上的难言的艰苦和困难。看！现在我们的战士，不是已经睡熟了么？有的还发出轻微的鼾声呢。

这时，北风吹得更紧，墙上的积雪又吹落到我们的脸上。面对着这冷酷的风雪，我心里说："任你怎么刮吧，党所领导的革命战士绝不向你低头。因为我们每个人都有一颗热爱党的心，有股炽烈的革命热情在燃烧，它能把冰雪溶化。"

第二天晚上，我们又往东突围。天亮前，我们到达了赤石崮附近，在一个山坡上隐蔽起来。在晨曦中，我从红草丛里了望着北边山上的雄伟的赤石崮，朝阳已给它涂上橙黄的色彩，它显得更壮丽了。

沂蒙山区有很多这样的崮。崮是指的大山上的隆起部分，如果把大山比作一个口朝下放着的大碗的话，那么崮就是圆而陡直的碗底托。崮身都是岩石的，周围是十来丈高的峭崖绝壁，难得有路通上去，就是有的话，也是难走的。现在出现在我眼前的这个崮，由于上边的岩石微微有点发红，因此人们叫它"赤石崮"。

我望着迎着朝阳屹立的赤石崮，心里感到一阵阵的轻快。这并不是因为这一带没有敌人了，我们比较安全了，不是这样，这里到处还是敌人，我们还在敌人的包围圈里。我轻快的是隔着赤石崮的这条山峪，有一个我所熟悉的村庄，这山村里住着一位象母亲一样待我的张大娘。

趴在半山腰的草丛里的我，用亲切的眼光望着山峪里的村庄。村子在一条小河的旁边，大部分居民住在河北岸，可是河南边的山脚下，也住着七八户人家。这里有各种果树，风景很幽美，过去我们就在这河南边住过，那时候是春天，我们就在百花盛开的果树林里歌唱，我们常到河边洗衣洗澡。这里的人民对我们又是多么亲热啊！

现在正是晨曦初露，要是在平时，我们住在这里，我将又听到张大娘在窗前推磨的声音。那有节奏的脚步声和石磨呼呼的旋转声，仿佛又在我耳边响动了。

张大娘不仅喜欢我，也喜欢小石，记得在今年春天，为了庆祝红五月，小石写了一个歌子，他常站在树林里歌唱着：

　　五月啊，五月！
　　祖国的大地开遍了鲜花，
　　…………

小石的清脆的歌声在春天的树林里回旋。可是现在他的歌声停止了，永远也听不到了，因为在我们第一天的突围中，他年轻的身体就倒了下去。要是叫常在战斗的枪声中为我们的安全祈祷的张大娘知道了，她一定象丧失了儿子一样难过的，想到这里，我感到一阵阵沉闷。

从小石，我又想到其他正躺在我附近的七八个战友，他们已经是近三天没有吃饭了，大家都显得那么瘦弱。虽然人们都以坚强的意志支持着自己，可是无情的饥饿和严寒，越来越沉重的压下来，再搞不到一点东西吃，我担心有的同志会病倒了。我决定等天黑后，到山下边的小村子里去找张大娘，要她帮助我们弄点吃的。

我一想到要见到张大娘，心里就感到一阵阵轻松，是的，只要能见到她老人家，她准会帮我们解决困难的。可是当我再向山峪的村庄望去时，我的心情又沉重起来。

山峪里的河边大路上，有大队的敌人来来往往，河北岸的村子里烟雾腾腾，村边有黄色的人影在蠕动。河南岸要是住着敌人，我就找不到张大娘了。一则不好靠近村庄，再则就是摸进去，张大娘也不会在家，也许她早躲进山洞里去了。

我又仔细地看看河南边的小村子，那里静悄悄的，附近并没有看见敌人。我心里说：但愿那里没有住着敌人吧！现在我又以焦急的心情，看着红草影子的移动，盼着太阳早点落山。

从早晨盼到中午，从中午又盼到傍晚，太阳终于落山了。夜幕降临了，除了村庄里和山头上，敌人烧起的熊熊火光而外，整个山峪里是看不透的黑夜。我把队伍集中起来，在小沟里等着，自己提着匣枪，就沿着小沟向山坡下边走去了。

我们离河南边的几户人家，只有一里多路。我虽然摸黑走，由于路熟悉，不一会就来到这个小村边。我把身子伏在地上，悄悄的向村边爬去。正爬行着，我突然被一种声音惊住了。我听到小村里传出一阵阵杂乱的音响。我停在一堆乱石后边，端着手中的枪，静听着。

我又听到村后河边有鬼子的号叫，和钉子鞋踏石子的声音，村子里的门在急剧的响着，紧接着是一阵阵慌乱的脚步声，一眨眼工夫，我看到几个老年人的身影，离开了自己的家舍，向这边跑来。天虽然很黑，可是我一眼就看见老年人中间有我要找的张大娘，她手臂里夹着一个小包，急匆匆跑过来。当她一跑到我的身边，我一下子就站起来了。

张大娘冷不防的突然看见从地上跳起来一个人，吓得往后退了几步，正想转个方向逃走，我低低的叫了声："大娘，不要怕，是我！"她老人家才站下来。

我一走上她的跟前，她才认出了我。大娘看见我以后，就一把拉住我，急急的说："赶快走！鬼子过河了，你怎么还在这里！"大娘对我的安全担心起来了。

我只得顺从的跟着她向外走。这时大娘稍微镇定下来，她一边走着，一边关心的问我：

"你吃过饭了吗？"

没等我回话，她就从掖下掏出唯一的一迭煎饼，塞到我的手里。这一迭有四五张，的确够一个人饱餐一顿的。我听到大娘的问话，这时候，就不能客气了。我对她老人家说：

"大娘，不但我没有吃，还有七个同志，三天都没有吃一点东西了！"

"啊！"大娘一听我的话，就啊的一声站下来。然后怜爱的说："我的好孩子，你们可受苦了！"她看了一眼我手中的煎饼，低低的说："这怎么够呢？"

说到这里，她愣了一下，脸上充满痛苦和严峻的神情，她突然果决的说：

"孩子！你在这里等着！我转眼就回来！"

说着张大娘一转身就又向小村里跑去了。我正想要拦阻她，一把没抓住，她已跑出好远了。鬼子已经进了庄，这不是硬向鬼子怀里钻吗？太危险了，我追了几步，没有追上，她一眨眼工夫，就隐没在小村的树丛里不见了。

我望着她闯进敌人占据的小村，那里传来鬼子的嗥叫。有的地方火光在起了。村子里有着噼噼啪啪的家具破碎的音响。鬼子大概在劈门板、桌椅烧火了。我望着渐渐烧起来的火光,在为大娘的安全担心。我的心象被那熊熊烧起来的烈火燎着一样难受,我一分一秒的在心里叫着:

"我的好大娘,你快出来呀!快点出来吧!"

突然尖厉刺耳的枪声响了,我看到张大娘细长的身影在火光照亮的树丛里一闪,飞一样向这边跑来。村里的火还没有烧大,她很快的冲出了烈火照亮的光圈,跑进夜色里。鬼子追到村边,还在不住的用步枪向她射击着。子弹嗖嗖的从我头顶的低空掠过,我急得心在跳,汗水顺着脸颊直往下流。我忘记了一切,就朝大娘迎过去。大娘跑到离我几步远的地方,扑通一声栽到地上。我的心象一下子抛到冷水里,急赶几步上去,把大娘扶起来。大娘一站起来,虽然累得直喘气,可是她还是笑望着我的脸,安慰着我说:

"孩子,不要担心,他们没有打着我!"

幸好子弹没有打着大娘,她是被石头绊倒了。可是额和手被石头撞伤了,血从大娘的额角和手背上流下来。

直到这时,我才看到大娘流着血的手里挎着一大篮子煮熟了的冷地瓜,足有十多斤重。我双手接过地瓜,眼泪哗哗的流下来。

这时,几个敌人向这边搜索,最后张大娘用慈爱的手抚摸着我说:"孩子,快走吧!你们可得要小心啊!"

我说:"你也快躲起来吧!"

就这样,我和张大娘分了手,回到半山腰的僻静小沟里,把那迭煎饼和一篮子地瓜,送到面黄肌瘦饿得眼睛发花的同志们面前。

三　路遇

一阵汽车的激烈颠簸,把我往日的回忆打断,我又返回到现实中来。原来是行驶的汽车,在过一条小河。汽车吃力的喘息着向前爬行,汽车车轮在乱石上一起一落,使车身颠得厉害。记忆中的张大娘的形象,虽然暂时从我的脑际消逝了,可是,我的嘴里仿佛刚吃过张大娘送的地瓜,还有着又香又甜的余味。

结束了刚才一段艰苦生活的回忆,在汽车的行进中,我心里想:全国解放以后,我们过去在这沂蒙山区斗争与生活过的同志和战友,都到大城市去了。革命事业向前发展,人民的生活普遍提高了。就拿自己来说,在大城市里也曾几度进出于富丽堂皇的大饭店啊!是的,那里的酒宴是美味、丰盛的。可是要是和张大娘那一篮子地瓜相比,珍贵的决不是现在的酒宴,而是那一些冷地瓜。因为老大娘是冒着生命的危险,把它送给我们,而这些地瓜对当时在饥寒交迫情况下的我们来说,几乎等于救了我们的命。张大娘对我们的救助,已远远超过了地瓜本身的价值;这顿冷地瓜的贵重,是任何山珍海味也不能比拟的。地瓜对当时的我们是太宝贵了,可是更宝贵的却是张大娘那颗疼爱革命战士的火热的心,那崇高的忘我的革命热情。

想到这一些,我再抬头望望车外,沂蒙山的景色就更显得美丽了。对这山区的一草一木,我都是以充满感情的眼色望着它们,这就是很自然的事了。

当我在观望着窗外的山景时,我突然发现前排靠窗坐着一个青年,也是目不转睛的望着窗外的自然景色。他的眼神和我一样的充满着情感。他有十七八岁的年纪,头发是城市盛行的青年式,脸庞红红的,有一对极聪慧的眼睛;上身穿一件短袖大翻领的白汗衫,下边是浅灰色西装裤,脚上穿一双白球鞋。身边有一大包礼品,肩上斜挎一个帆布挂包。从服装和神情看,他是大城市来的人,很可能是个高中学生。他不是本地人是肯定的,从他的年龄来看,在艰苦的战斗年月,他年纪还很小,甚至刚下生。他绝不会象我一样,有着在战火中和沂蒙山结成的深厚的情谊。也许他的什么人在这里工作,他来探望亲人?可是他对沂蒙山怎么也会这样有兴趣有感情呢?

前面快要到站了，到这一站我就下车，下车后到赤石崮西边那条山峪，只有十来里路了。用不着两个小时，我就可以见到我的张大娘了。我在整理行装准备下车，已不再去注意青年人了。

汽车停下后，我拿着随身的东西，走向车门时，这个青年人竟走在我的前面，第一个先跳下去了。原来他也在这一站下车。

这个处在深山沟里的汽车站并不大，在绿树丛中有一家大众饭店，两家小旅馆和几家人家，此外，在树荫下还摆有一些卖土产的山货摊。

一个六十多岁的庄稼人，戴着一顶破苇笠，上身穿着的粗布自上衣敞着怀，露出还很健壮的紫铜色的胸膛。老人满脸惊喜的，向刚才我猜疑的青年人奔来，他一边跑着，一边喊着：

"蒙生！我在这里！"

这个叫蒙生的青年人一看到老人，高兴得有点发狂似的迎上去。一到老人面前，没来得及放下手里的东西，就用两条手臂把老人亲热的抱住，激动的说：

"爷爷，你好吗？"

"好，我很好！"老人爱抚的摸着青年的头，用慈祥的眼睛再一次打量着青年人，笑着说：

"蒙生，看你长这么高了！"

蒙生说："是呀，前年你到南京去的时候，我才和你的肩膀头一样高，看！现在我快和你老人家一样高了！"

老人说："时间过得真快呀！一转眼又是两年没有见到你爹爹了！你爹爹、妈妈身体都好吗？"

蒙生说："都很好，爹妈叫我问你好。他们很想念你！常常谈到你，谈到沂蒙山，谈到这里的人们，就是工作忙，离不开，他们也多想来这里看看你啊！"

老人感慨的说："我们也很想念你的爹爹、妈妈，还有那些过去在这里住过和敌人战斗,保卫咱们山区的同志们!"

青年把一大包礼品交给老人说:"爷爷!这是爹妈捎给你的。"

老人说:"人来了就很好,还捎东西干什么。"

青年说:"这东西倒是次要的,爹爹妈妈还给你捎了一张照片。"说着他就从挂包里,取出一张六寸放大照片送到老人手里。

老人看着照片,笑嘻嘻的说:"还是那个样。捎这照片,可真中了我的意,想他们了,就拿起来看看。"说着老人把照片小心地放进上衣口袋里,就对青年人说:

"咱们走吧,再有七八里路,就到家了。"

老人要替年轻人背挎包,可是青年怎么也不肯。爷俩就向西边的一条山道走去了。

我完全被刚才老人和青年人的热情会见所感动了。不禁又想起了我久所渴望而马上就要见到的张大娘。当我和大娘见面时,会是怎样一种情景啊!想到这里我的心又激动得跳起来了。我在解放以后,由于忘掉了张大娘的名字,一直没有给大娘写一封问候的信。只是一九五〇年在济南时,我遇到一个在这山区工作的干部,我买了点礼物,交他带给张大娘。以后我调动工作到南方去了,从此就和大娘失掉了联系。虽然我们并没有忘记张大娘,还经常谈到她,想着她,可是一封信都没写。

我离开了汽车站,向赤石崮那条山峪走去。从这里看赤石崮是西南方向,而西南有座大山,没有道路走。我只得走西路,走出几里路,再往西南折过去。这样一来,我就和老人、青年在一条山路上走了。

这爷俩是什么关系啊?从他们刚才的谈话中听起来,象是祖父和孙子,可是又有点不象,因为在他们之间仿佛还有点客气的味道。一种好奇心促使着我,同时这个生长在沂蒙山区的老人,对曾经在这里度过艰苦斗争的我,看起来也非常亲切。因此我紧赶了几步,就和他们走在一起。我问老人:

"大爷,你是哪庄的呀?"

老人向西指指说："赤石崮后边的红花峪。"

这个庄我住过，离我要去的地方，只隔一条山梁，一个山前，一个山后，赤石崮就屹立在中间的山梁上。两个庄子相隔七八里路。接着我就指着走在老人身边的年轻人说：

"这年轻人是你老人家的孙子吗？"

老人笑着说："可以这样说。"

我问青年："那么你就是红花峪的人了？"

青年肯定的说："是呀，我家是红花峪，我是在那里诞生的呵！"

我问青年："你爹爹在哪里工作？"

青年人说："在部队里。"

老人一听我问年轻人的爸爸，就从口袋里掏出那张照片，送到我的面前："你看，这就是他的爹爹和妈妈。"

我看着照片上一男一女两个军人，男的是少将，女的是中校军衔，心里压不住的兴奋起来。想不到我们沂蒙山区里也出了将军。我把照片送还老人，然后以称赞的口气说：

"你的儿子可真好呀！他很久没有来家了吧？"

老人说："他爸爸可真象我的儿子，可是他却不是咱沂蒙山区人！他家是江西。"

怎么？儿子家是沂蒙山区，而父亲却是江西人？我倒有点糊涂了。大概老人看出了这一点，他就继续对我说：

"是这样，他的爸爸过去在我们沂蒙山区打仗，他是这个军分区的参谋长。部队常住在我们庄上，他就住在我家里。他妈妈当时是部队卫生所的所长。这一年，啊，是一九四一年，日本鬼子大'扫荡'，他妈妈怀孕，不能跟部队行动，就隐蔽在我家里。这孩子就是在那炮火连天的战争年月里生下来的。"

我啊了一声，才明白过来了。我对老人说：

"这孩子，他一定是生在你家了？"

老人说："不，生在家里倒好了。那时候鬼子到处'清剿'，可不能在家里，这孩子是生在山洞里呀！鬼子满山遍野的'清剿'，在山洞周围乱转，多危险呀！可是我们把他娘俩藏得严密，总算平安的度过了那次'扫荡'。因为他是在这里生人，就起名叫'蒙生'。"说到这里，老人指着身旁的蒙生说：

"看，蒙生已经长这么大了！"

我感慨的转头望着蒙生说："你可是在战斗中生长的呀！"

青年兴奋的说："我生长在这沂蒙山，我爱这沂蒙山。看，这沂蒙山多么美丽呀！"

老人说："沂蒙山现在是美了，可是过去却是穷山恶水，人们吃糠咽菜，田地荒芜了，四处讨饭。共产党毛主席领导我们打败敌人，现在又领导我们战胜贫困，建设山区。你看，满山都是花果树，山果吃不了，就支援大城市。你看山区的庄稼长得有多好！我们现在已试种了稻子，也吃上大米了。这是亘古没有的新鲜事。过去山区一到夏天，洪水为害，冬天又缺水吃，现在党领导我们治山治水，修了很多大水库。洪水不能为害了。田地还可得到灌溉，这有多好！我这大年纪了，过去一辈子没吃过鲜鱼，现在我们水库养的鲜鱼，一尾有好几斤重。前些日子从溢洪道流出几条鱼，在水渠里游来游去。几个青年看见了，他们不会捕鱼，就用刨地的镢头，把鱼砸昏，才捞出来。大鱼足有二尺长。……"

老人一路给青年人谈着沂蒙山的变化，青年人也全神贯注的倾听着。不时的随着老人的指点，望着他的诞生地的动人的一切。不知不觉中，已经到了前边的岔道了。我得向西南的山道走了，我和老人家认识虽然不到半个小时，可是我从心里竟热爱着这个老人了。由于我也很想看一看年轻人的诞生地，在分手时，我对老人说：

"大爷，在过去的战斗年月里，我也在这里待过，等两天我到红花峪来看你好吗？"

老人一听说我在这山区战斗过，就更显得亲热了。他握着我的手说："那更是自己人了，你可得到我这里来呀！你到红花峪一问保管员王二伯，人们就会把你带到我的家里。你不来我会生你气的！"

就这样，我和老年人、年轻人分手了。

我遥望着离去的老年人和年轻人的背影，他们虽然已经远去了，可是我的心里还不能平静下来。想到在战斗时期，我们革命的同志，有多少孩子在这战斗的山区里诞生和成长啊！那个时候，我们有许多女同志，也和男同志一样，在极度艰苦的沂蒙山区里生活、工作和战斗。遇到敌人的残酷"扫荡"，她们由于身体条件的限制，或者由于有病、怀孕，不能随部队活动，就常常隐蔽在群众家里。把短头发上梳上一个假发髻，在手脸上抹上黑灰，装扮成老大娘的女儿或者媳妇，以躲过敌人的搜捕。群众都是冒着生命的危险，掩护着她们。她们生孩子了。在战斗紧张活动频繁的部队里，带孩子是不行的，她们就把孩子寄养在群众家里。人民象对待自己亲生儿女一样，甚至比亲生儿女还要亲热的照顾、保护和抚养，让革命的子女成长起来。全国解放以后，有许多革命同志到老根据地来找他们的孩子。孩子虽然被领去了，可是曾在这里被抚养、成长的他们，却永远把沂蒙山当成自己可爱的故乡。看，蒙生是怀着多么大的热情来到这个诞生地啊！

这一些，都是我在西南的山道上走着时想到的。前边有一个很陡的山坡，我吃力的向上爬着。由于山路难走，我不再想什么了。爬上山坡，我已累得满身是汗了。可是当我举目向西望去的时候，我突然一点也不感到热和累了。象一阵清风向我心的深处吹着，我浑身感到凉爽、轻快，我的身心都充满难以形容的欢乐与愉快，因为我看到赤石崮了。我真想对着它那雄伟的身影，高亢的歌唱一番，心里才感到痛快。

看，那屹立在山顶上的赤石崮，迎着夏日的阳光，显得多么威武而灿烂啊！它的躯体还是和战争年月里一样雄壮，只是已不象往日那样光秃了，在赭色的岩石缝里长着挺秀的绿色树丛，崮下边往日是一片枯草的山坡，现在山坡上生满了马尾松林，赤石崮象整个被葱绿的树丛托着，看来比过去更加壮丽了。

在赤石崮前面的那条山峪里，小河在两排漫长的果树林带之间畅流着，阳光在流动的河面上撒着数不清的金色的银色的碎片。多么美丽啊！我看到河南岸的一团树丛了，看见了在绿树丛间分散的茅屋。一见这个小村，我的心激动得又跳起来。因为在这山村里住着我急于要见的张大娘啊！

张大娘慈祥的面影又浮现在我的脑际，想到那一个惊人的夜晚，张大娘冒险取地瓜的情景；想到大娘额头上和手上的血；想到在那敌人搜索的危急情况下，大娘首先想到的不是她，而是我和我们的同志。她督促我快走，赶快摆脱搜过来的敌人。大娘的声音又在我耳边响了：

"孩子，快走吧！可得要小心啊！"

一想到张大娘，我就加快了脚步，急切的向山坡下走去。下了这个山坡，就进了赤石崮前面的那条山峪。我恨不得生上翅膀，一下飞到大娘的跟前，向我心爱的张大娘，致以衷心的问候。

我虽然在山峪里匆匆的走着。可是张大娘的形象却一刻也没有离开我的脑际。仿佛走得离她越近了，心情就越发急，也想得更厉害。我想的张大娘的样子，当然还是以前的模样，我数了数指头，离开她已经十多年了。她还是这个样子么？不会的，那时她老人家五十多岁，现在是六十多岁了，可能老一点了。从她的年纪我又想到别后的解放战争。在三年解放战争时期，沂蒙山也是蒋匪重点进攻的地区。蒋匪在这里摧残的比鬼子还厉害。想到这些，我就有点惴惴不安了。张大娘还健在么？

"不会有什么，大娘一定会好好的！"

我打消了刚才不应有的想法，对这样好的老大娘，我怎么可以胡思乱想呢？我又在深深的责怪自己了。

已到河边了，河水有半尺深。我坐下来，脱掉鞋袜，准备过河。由于心情的激动，我脱鞋袜的手都有点微微的颤抖。我双手提着鞋袜，把腿插进水里，向河南岸走去。

四　张大娘家里

过了小河，一踏上南岸，我就进入这个小村了。

我亲切的望着周围的一切，一切都和我想象中的小村不同，它变得和过去不一样了。小村的房屋增多了。有的原来只是两间北屋，现在又盖上几间西屋，而且房子又是新的样式。小村里的地形也变了。原来这里是一个小土丘，现在土丘不见了，这里成了一座果园。我记得小丘的北边有个脏水坑，现在这儿出现了一个很大的满栽荷花的养鱼池。原来张大娘在敌人射击声中，给我送地瓜时那个矮树丛呢？我走到那边，这里没有什么我想象中的树丛，现在这里生长着一排排碗口粗的白杨。我摸着高高的白杨树身，突然醒悟过来，已经十多年了呀！在这漫长的时间里，小树丛也该长成大树了。虽然周围有这么多变化，可是我凭着隐隐约约的记忆，还是找到张大娘的家门。

张大娘家的大门还是原来那样，只是门楼上的草换成新的了。石垒的院墙上依然爬满了眉豆藤，墙顶整个的被眉豆叶覆盖着，绿叶上边也有着一串串紫红色贝壳形的小花。门前的那棵楸树，原来只有茶杯那么细，现在竟有水桶一般粗了，笔直地伸向上空。

大门开着，我也没有打招呼，实际上我急于要见张大娘的心情，也顾不得这些，就走进院子里。院里静悄悄的，东墙根有棵大桃树，象鸡蛋一样大的长着嫩毛的桃子，结满了一树，桃子密得把枝子都压弯了。北屋和西屋的房门都虚掩着。我看着自己曾经住过的北屋，现在已经翻新了，窗前那棵石榴树还在，可那盘石磨却不见了。现在已经公社化了，人们都到食堂去吃饭了，这推煎饼糊的石磨，也许已经搬到食堂。没有这盘磨，院子显得更宽敞了。

张大娘到哪里去了呢？我把挂包和带的一些礼品放在桃树下，坐在一个石凳上。不一会，夕阳斜照着的大门一闪，一个细长的身影进来了。

看！这不是张大娘么？她头上还是扎着黑头巾，她的脸上皱纹虽然多了几条，可还不显得老。一看到她，我就忽的站起来。紧张的心怦怦的跳着，我向大娘迎上去。

张大娘一进门，开始没有看见我，以后看见了，却没有认出我。她问我："是哪里来的同志呀！你是县上来的么？"

直到我走到她老人家跟前，紧紧的握着她的手，激动的喊了一声："大娘！"她还在打量着我："你是谁呀！"张大娘慈爱的眼睛又在我脸上端详着。

我说："我的好大娘！你还没认出我来么？"

张大娘在我脸上看了一阵，眼睛里突然迸出惊喜的火花，随着火花的迸发，她叫道：

"啊呀！我的好孩子！原来是你啊！"

说着，她老人家慈爱的眼睛里的泪水流出来，她一把把我拉到身边，我抱住了大娘的肩膀，她的手抚着我的头，我的眼泪流到大娘的肩上。

大娘又把我的头搬到脸前，看了再看，她说：

"孩子！你们还没忘记你大娘么？"

我说："大娘！我们怎么能忘掉你呢！我们经常在想你，谈你对我们的爱护！只是现在路远了，工作忙，没能来看你，大娘！你原谅我们么？"

大娘说："可不要这样说，革命工作没大有闲的时候，打完仗了，还得加紧建设啊！这点我明白，前些时毛主席派慰问团来看我们了。"

我说："一想到在艰苦的战斗年月里，你对我们象母亲一般的照顾，我们就得更好的工作，大娘对我们太好了！"

大娘说："在战争时候，你们可真叫我挂心啊！现在和平建设了，我可放心了。不过，有时还是老想着你们！"

我说:"我们也想念着你老人家啊!"

这时张大娘把泪湿的眼睛擦了擦,欢快的对我说:"现在见面了,不该泪水涟涟的,应该高兴些!"说到这里她在责备自己了:

"看,你来半天了,还站在这里,该坐下休息休息了。你在这里等着,你大爷在南山坡上锄地,我去叫他回来给你燎茶喝。"

说着张大娘就出去了。不一会,她和张大爷一道回来。见了张大爷又是一番亲热。张大爷是个非常老实的庄稼汉,往日笨重的庄稼活,把他累得直不起腰,可他总是一句话不说,常蹲在地边抽闷烟。现在看起来张大爷有点老了,他已留着苍白的胡子,可是身体倒比过去壮实得多。他老人家虽然性情沉默,可是现在见到我,却问长问短喋喋不休。显然老人也为这久别的会见而兴奋起来了。

我们一边喝着茶,一边谈着家常,当然也谈到过去的艰苦战斗年月的生活。谈到现在我们几个同志在什么地方工作,当大爷大娘听到我们有的在北京,有的在上海等大城市工作的时候,张大娘喜欢的合不拢嘴;可是当我谈到小石等几个同志在抗日战争与解放战争中光荣牺牲时,大爷和大娘的眼睛又冒出了泪水。

大娘对我说:"现在可得好好的建设社会主义啊!今天的幸福生活,得来的是多么不容易啊!"

晚饭的饭菜很好,张大娘还嫌不够,又炒了一盘鸡蛋。并要张大爷明早去东庄赶集,买点菜回来包饺子给我吃。我准备明天和大爷一道去赶集,一方面我想在集上给两位老人家买点东西,同时也真想再看看农村集市的样子。这些年生活在城市里,要买什么出门就是商店,而在这过去的山村里,要买东西得到集上去呀!五天一个集,到时候远近山村的人们都到这里集中。往日里,我也曾赶过不少山村的集市啊!

晚上,大娘为我铺好床铺,说我在路上累了,要我早早休息。当我躺下来后,她老人家还象母亲一样坐在我的身边。这时候我感到象到了自己家里一样温暖，我受到了慈母一样的爱抚。比起那些由于工作忙，不能来看张大娘的同志，我是多么幸福啊！

第二天一早，我和张大爷到东庄赶集去了。我们提着肉、菜，我还特地买了瓶酒，还有一些其他的东西回来了。大娘已捎信，叫她出嫁的女儿回娘家。她的女儿是我们突围的第二年出嫁的，我在大娘家住时，她还是个羞涩的少女，她经常帮大娘在我住房的窗前推磨。现在站在我面前的，却是一位有着三个孩子的妇人了。这山村里有个风俗，就是有亲人回家了，要去接亲戚回来团聚。大娘的女儿见了我的面，象对待自己的亲兄长一样，亲热地向我问候。

小村里也由于我的到来，显得活跃起来。常常有人到张大娘家来看我，象张大娘家有了喜事。她是没有儿子的，现在真的有个远在外边的儿子回来了。

下午，我和大娘在包饺子。开始大娘怕我累，又说我包不好，要我休息。我说："打过游击的人，都会包饺子！"就洗了手和大娘一道包起来，张大爷烧着火，我们说说笑笑的，象要过年似的欢乐。

这时，我看到一个四十多岁穿庄稼服装的人，走进院子，他个子不太高，脸庞微黑，右脸颊上有条长长的伤疤。他手里提着两条大鲜鱼，径直的走进了屋子。他一见大娘，就亲热的说：

"娘！咱家来客了么？我给你老人家送两条鱼来！"

我一听他的"客"和"鱼"的口音，就听出对方是个山西人。因为抗战初期，我在山西打了一年游击，那里的口音我是能够听出的。可是这个外乡人怎么一进门就叫"娘"呢？可能是他叫溜了嘴，也许是我听错了，莫非他原是叫的大娘，我没听出那个"大"字？

张大娘一见这个山西人，就笑眯眯的说："大祥！快进来坐坐吧，等会一块吃饺子。"接着她就拉我向山西人介绍说："这是你的一个兄弟！过去在咱家住，和你一样，受了多少苦啊！现在又来看老娘了！"说着，张大娘用责怪的眼睛又对山西人说：

"大祥！你来好了，还花钱买这东西干啥？"

叫大祥的山西人笑着说："娘！好久没来孝顺你老人家了，我今天到集上看见有鲜鱼，就给你买了两条。刚才听说咱家来客了，这正好，你也好待客呀！"

这次，我可听清楚了，原来还是叫的"娘"，而且大娘和他都说这里是"咱家"。这是怎么回事呢？我就指着大祥问大娘：

"他是你老人家的……"我还没说完，大娘就接过去：

"他是我半路上拾来的儿！叫赵大祥！"

赵大祥知道我正在为他母子的关系怀疑，也就指着大娘对我说：

"她老人家就是我的娘！在打鬼子的时候，她把我从死里救活了，从那天起，我就把她当作生身的娘，作她的儿子了！你还不明白么？"

"啊！……"我省悟的点了点头。我正要想往下问，这时煮熟的饺子已经端上来，我们就一块吃起水饺来了。

晚饭后，我们都坐在桃树下乘凉，这时月光溶溶，微风拂面，身上感到说不出的清爽。就在这时候，赵大祥和我谈起他怎样把老大娘当作娘的一段故事。

五　山西人

那是在一九四一年鬼子大"扫荡"的第二年。

这年夏天我军在沂蒙山区，对敌人展开了攻势，拔除了一些敌人据点，消灭了近千敌伪军。敌人暴怒了。到秋天，又集中了强大的兵力，对沂蒙山区进行秋季"扫荡"。

这一天我军在赤石崮东南边的一个大山上，和敌人展开了激烈的战斗。由于战斗的需要，团部派赵大祥到赤石崮北边山上去，和一营取联系。当时赵大祥是团部的侦察员，他别着短枪，就在大白天，到一营的驻地去。

从激战的大山到一营住的北山，正经过大娘这个小村。就在小村的南山坡上，也就是我们曾经在那里隐蔽过的那个山半腰上，他和三个敌人遭遇了。

他在一块大石头后，勇敢的和敌人战斗，两个敌人被他的短枪打倒了。枪里的子弹打光了。一个敌人端着刺刀向他扑来，他一闪身子躲过刺过来的刺刀，一下抓住敌人的步枪，和敌人拧在一起作拼死的搏斗。敌人咬破了他的手，可是他终于夺过了敌人的枪，把这个敌人刺死。这一切正在张大娘隐藏的山洞旁边进行。赵大祥和敌人战斗的情景大娘都看在眼里，大娘心里说："这是个多么勇敢的战士呀！"她看见三个敌人都被他打死了，就暗暗的祈祷着："赶快跑吧！"可是已经跑不及了。

这时，从旁边又冲过来一个敌人，赵大祥就和这个鬼子拼起刺刀来，你穿过来，我穿过去，两把刺刀在阳光下闪着寒光。两人一直拼了半个小时，可是谁也没有把对方拼倒。

张大娘离这场厮杀有多近啊！只有几步远，连刺刀的闪光都在晃着她的眼睛，赵大祥和鬼子搏斗时的急促的呼吸，她都可以听得到。当时她有多么着急啊！她虽然身在洞里，可是却象参加战斗一样紧张，在暗暗的为赵大祥使力。她听到鬼子的呼吸更急促了，她看到鬼子的脸上汗水直往下流，老大娘在想："鬼子一定拼不过咱们的战士！看！鬼子已经不行了！"张大娘由着急而变为高兴。

赵大祥和鬼子整整拼杀了两个小时，从太阳偏西一直拼到太阳落山，在他们搏斗的一块梯田上的秋庄稼，都被战斗的脚步踏平了，拼杀得多么激烈啊，两个人的刺刀完全别在一起了，刺刀都弯曲了，整个的扭在一起了，可是最后赵大祥终于把鬼子刺倒了。张大娘脸上布满了欢欣的笑容。

可是张大娘的脸色马上又变白了。

一闪眼工夫，有六七个鬼子端着刺刀，把赵大祥团团包围。他已经和鬼子激战了两三个钟头，四个鬼子被他杀死，他也有点精疲力尽了。现在又有这么多敌人把他包围，他再投入新的更为激烈的搏斗，他一把刺刀要对付六七把刺刀，他的渐渐消失的体力在敌我力量过于悬殊的情况下，支持不住了。在山洞里的张大娘的啊呀声中，赵大祥被鬼子刺倒了。鬼子又向他身上刺了几下，就抬着他们的四个尸体走了。

天黑下来了。鬼子退到河北岸的村子里去。张大娘就悄悄的拨开石洞口的矮树丛，爬出洞来。她浑身颤抖的来到勇士的身边。这时赵大祥静静的躺在血泊里，老大娘落下了眼泪，低低的说：

"多么勇敢的战士啊！要是他还活着该多好呀！唉！他牺牲了！"

张大娘在赵大祥身边沉默地站了一会。擦干了眼泪，向小村走去。她本来是去家里取些吃的东西的，她想在回来时带一把铁锹，准备好好的把这个勇敢的战士埋葬，这样好的战士，难道能叫他露尸田野么？不能这样，她应该把他很好的埋葬。

张大娘回到自己的家里。家里被鬼子汉奸糟蹋得不象样子，门板被摘去了，木箱被砸得粉碎，院子里到处是鸡毛，因为鬼子常来捉大娘的鸡吃，张大娘的四只心爱的母鸡都叫鬼子吃光了。吃的东西藏得严密些，总算没有叫敌人找到。她拿出些吃的东西，扛着一个铁锹，就走出村子。这时，另外也有两个老人到家里取东西，和老大娘走在一起。张大娘向南山坡走着，忽然看到月光下一个黑影向这边爬来，随着黑影的移动，还传出一阵阵的呻吟。开始，三个老人还没有注意，可是当他们看见时，黑影已经爬到跟前了。只见这黑影突然从地上站了起来，这人满脸满身都是血淋淋的。在这黑天半夜里，看到这样恐怖的形象，另外两个迷信的老人害怕了，吓得拔腿就向远处跑去。可是张大娘却站在那里没有动。当这人出现的那一瞬间，她也吓了一跳，可是仔细一看，原来这就是刚才和鬼子英勇搏斗，刺死了四个敌人，后来又叫鬼子刺倒的那个战士。现在这个战士向大娘低低的请求着：

"大……娘……！我……渴得……厉害，给我点……水喝吧！"

说着赵大祥已经站不住，又要倒下去，张大娘急忙上前扶住了他，嘴里喃喃的说：

"我的可怜的儿！跟我走吧，我给你烧水！"

大娘就扶着赵大祥，往小村走去。

原来刚才张大娘离开赵大祥以后，不一会，赵大祥渐渐的苏醒过来了。因为在白天他看到了这山坡附近有个小村，他就吃力的向村边爬来，现在才遇上老大娘。要知道他身上负了几处重伤，爬这半里山路是多艰难啊！张大娘扶着他走，由于他流血过多，浑身没有一丝力气，在走的过程里，他几乎整个的把身子倚在老人的身上。

张大娘把赵大祥带到家里，让他躺在屋里一堆碎草上，因为大娘的木床被敌人劈碎烧了。赵大祥倚着墙坐着。张大娘怕河北边村子的敌人看见灯光，所以没敢点灯。这时候，赵大祥干渴得再也忍受不住，就爬向水缸，想舀一勺水喝，可是被大娘拦住了。

赵大祥央告着说："好大娘！我……真渴，让我……喝一点……"

张大娘说："好孩子！负伤人不能喝凉水呀！再忍一会，我给你烧水喝！"

张大娘靠墙根给赵大祥燎水，借着火光，她就给赵大祥包扎，看到赵大祥的伤口，大娘心痛得又落泪了！她一边包扎一边低低的说：

"我的好儿，你的伤可不轻啊！"

水烧开了。张大娘用小勺子，一口口的喂到赵大祥的嘴里。喝过水后，赵大祥稍微平静一些。可是肚子饿了。大娘又用这剩下的半壶开水，倒在小锅里，给他烧了两碗鸡蛋面汤，喂着赵大祥吃了。这时天已经快亮了。

再不能在村子里待下去了。因为鬼子就住在河那边啊，说不定天一亮鬼子就会到这里来的。

赵大祥说："好大娘！找个地方，把我藏起来吧！"

张大娘说："有你大娘在，就有你在，我会把你藏起来的！"

张大娘收拾好东西。她挎了一筐干草，带了一些吃的，就扶着赵大祥，出了村子。到了南山坡的山洞里，大娘把干草铺在地上，叫赵大祥躺下，自己蹲在洞口守望着。洞口有几块乱石和草丛遮着，敌人是不容易找到的。

藏是藏好了，可是赵大祥的伤也得治呀！他是已经死去又苏醒过来的人，伤太重了，不马上治疗，很快也会完了的。张大娘蹲在洞口边，听着赵大祥被伤口疼痛折磨的断断续续的呻吟声，在皱着眉头打主意。

"治疗就得用药啊！往哪里弄药呢？只能用土法来治了！"大娘想着，决定到村子里，或山坡上去找些草药。

这次敌人"扫荡"，鬼子对待老百姓又变了花样。过去的"三光"政策使他们见不到一个老百姓，因为他们未进庄，老百姓早跑光了，秘密的躲进山洞里。这次鬼子又换了"怀柔"政策，叫老百姓不要跑，回到家里不加杀害，企图把村干部和党员诱回以后，再动手逮捕。有些老百姓是回来了，可是都是些老头、老妈妈，他们是回来看守家门的，而青年和干部、党员都没回来。鬼子为了欺骗群众，对回家的老人，故意显出和气的样子。

大娘为了给赵大祥弄草药，这天白天，她回到自己的家里，当她正在忙着找药材时，一群鬼子和汉奸来了。鬼子一进门，看到地上还有昨晚赵大祥留下的血迹，就怀疑起张大娘。汉奸问张大娘：

"你家藏有八路的伤兵！"

鬼子用刺刀对着张大娘的前胸，咕噜了一阵，汉奸在旁边说：

"太君说，快把八路伤兵交出来。不然就要把你刺死！"

张大娘胸前的衣服，已经触到鬼子的刺刀尖了，刺刀再往前一点，就插到大娘的皮肉里了。张大娘面对着寒光逼人的刺刀，虽然心里感到一阵阵发凉，可是她连眼睛也不眨地对鬼子说：

"我没见什么八路伤兵！"

汉奸说："这血是从哪里来的呢？"

大娘说："这是前天你们来捉我的鸡，杀鸡能不流血么？"

鬼子听过汉奸的翻译，把刺刀缩回了。因为这个鬼子前几天确实来捉过鸡的,有一次捉不住,他就用枪把母鸡打死了。可是鬼子和汉奸还是有点不相信。汉奸就用枪托、棍子向张大娘身上打起来。

棍子从东边打过来,张大娘倒向西边;棍子又从西边打过来,大娘又倒向东边。最后大娘站不住了,跌倒在地上。汉奸又用棍子从上边打下来,每打一下,大娘就叫唤一声,一下下象红烙铁烙在身上一样疼痛。可是任汉奸怎样打她,她咬住牙只有一句话:

"我不知道什么伤兵!"

张大娘的家离赵大祥藏身的山洞,只有半里路远。鬼子、汉奸拷打大娘的声音,赵大祥听得清清楚楚,大娘的每一声喊叫,都在撕着他的心,象敌人的棍子打在自己身上一样。

拷打声停了,再听不到张大娘的叫声了。大娘怎样了呢?赵大祥完全忘记了伤口的痛苦,他在为大娘的安全担心。他的心感到极度的紧张和不安,不安得甚至呼吸都窒息了。他一度又昏迷过去。当他一恢复知觉,就向洞口爬去。张大娘怎么样了啊?

洞口的草丛一动,张大娘侧身进来了。她和出洞时完全两样了!她浑身上下都是泥和血,衣服被撕破了,血从撕破的衣服里流出来,脸上是一道道的紫色血痕。赵大祥是个多么倔强的人啊,下午他和那么多鬼子拼,没有皱过一下眉头,可是现在一看到遍体鳞伤的张大娘,就一下扑到她的怀里呜呜的哭起来。象刚才敌人拷打大娘时,给他带来的不安和痛苦,一下都随着这泪水倾泻出来了,他一边哭着,一边说:

"大娘,你为我受苦了!"

笑容从大娘满布伤痕的脸上浮现出来。她爱抚着赵大祥的头,低低的说:

"孩子,只要你好好的就行了!"

说罢,她就把赵大祥扶到草铺上躺下,为大祥敷药。原来,她被拷打后,等敌人走远了,她从地上爬起来就又去找药。现在她是带着草药回洞的。

155

张大娘天天给赵大祥的伤口上敷着草药。她把收藏的所有的细粮，都拿出来给赵大祥吃了。

秋天的天气还是有一阵热的，洞里又不通风，显得闷热。赵大祥的伤口溃烂了，张大娘就用草药煮的水为他洗伤口，为了免于招苍蝇，她用蓖麻叶子贴住伤口，洞子里空气很不好，可是老大娘寸步不离的守在赵大祥身边。赵大祥由于伤重不能移动，大小便都是由大娘端出去。到洞外很远的地方，悄悄埋掉。每逢到这时候，赵大祥就感到很不安，张大娘劝他不要激动，要他静心休养。她安慰赵大祥说：

"只要你伤好了，大娘也就安心了。"

可是赵大祥的伤太重了，他经常被伤口的疼痛折磨得昏过去。大娘看着昏迷不醒的赵大祥，就落下了眼泪。当他苏醒过来了，大娘的脸上才浮上笑容。就这样，在大娘耐心和亲切的、无微不至的照顾下，赵大祥的身体一天天好起来。

时间过去了半个月，赵大祥已经可以坐起来了。

因为有几处伤太重，又伤着了骨头，光用草药是不行的，必须到医院去动手术才行。张大娘这天在小村边遇到几个邻舍，她从他们口中知道在赤石崮北边几个山峪里，有个咱们的地下医院。鬼子刚"扫荡"时，小村里还有人往那里抬送过伤员。

张大娘决定到那山峪里的村庄去一趟，可是群众已经空舍清野。不仅群众都躲进山沟，就是伤员也都象赵大祥一样被秘密的藏到山洞里了，就是去了，怕也找不到人的。可是为了赵大祥的伤能早日治好，她还是鼓着希望到那边去了。

白天，满山遍野是进行"清剿"的鬼子，她是不好通过的。因此张大娘决定夜里摸过去。她想，夜里既可以躲过鬼子，同时也容易找到咱们自己人，因为在"扫荡"期间，咱们的部队多半是夜间活动的。到那里也许能够碰上自己的部队或医院的人员。

这天夜里，天漆黑，张大娘给赵大祥上好了药，就出了洞，向北山找医院去了。她悄悄的涉过了小村后的河流，向北山坡上爬去。由于夜黑，路难走，她经常被石头绊倒。有时跌下了石崖，手被石头碰破了，身子被刺棘刺伤了。她顾不得这些，站起来，就又吃力的向北山上爬去。只有屹立在夜色里的赤石崮，才知道张大娘是怎样顽强的在漆黑的山路上跌爬着，最后她终于爬上赤石崮左边的一溜山岭，再一下坡就是那条山峪了。她摸着黑，好不容易来到山峪里的山村。一看山村，她的心冷了。

这个村子，大部分房子被鬼子烧了，只剩下了一个个空的屋框，四下一点动静都没有。被敌人摧残后的山村是这么冷清，眼前的一切证实了她来前的预料，在这里确实找不到一个人。

张大娘知道，山村的人们都躲进山洞了。她坐在山坡上，忍受着秋夜的风寒，静静观察和倾听着周围的动静。要是她一听到周围的地方有些什么声响，她就向那里摸去，想找到一个藏人的山洞，问问这里是否住有咱们的医院。她在夜的山坡上爬来爬去，膝盖处裤子都磨破了，可是一个山洞都没有找到。到处都静悄悄的，只有秋虫在夜的暗处吱吱的奏着低微的音乐。

天快亮了。张大娘得往回走了，因为天亮以后就不能通过山峪了。要是她被阻留在这里，就是敌人不杀害她，一想到赵大祥一整天没有饭吃，伤口没有换药，可要把她老人家急坏了。

她摸着黑，翻过山梁，来到了自己的山峪。涉过村后的河流，又回到南山坡的山洞里去了。她一夜没有合眼，累得浑身酸痛，一进洞口，大娘就跌倒了。这时赵大祥已经睡熟了。大娘休息了一会，就带着满身疲困，又挣扎起来去给赵大祥准备早饭了。

白天侍候了赵大祥一天，晚上，张大娘又翻过了赤石崮左边的大山岭，到那条山峪的夜的山坡上，在观察和等待着。她想，要是这里住有咱们的伤员，咱们的人就不会不到这里来，她坚持的在这里等着。

张大娘又等了一晚，还是没有看到自己人，闷闷的又回到自己的山洞里。

第三夜，张大娘又去了。这一夜她累得实在支持不住了，就坐在山坡上的一块石头上，垂着头打盹。这时一阵悉悉索索碎石的撞击声，把她从蒙眬中惊醒，她马上把身体伏在两块大石头的缝隙里，向身后发出声响的山坡上望去。

张大娘看着山脊梁上，迎着布满秋星的天幕上有几个人影在蠕动着。仿佛看到黑影里还有一副担架，大娘兴奋得心都跳起来。她心里说："这一定是自己人了！要是敌人，还能这样悄悄地抬着人走么？而且这里也没有路呀！"

黑影渐渐走近了，她看得更清楚了，担架后边的人有的还提着一些什么，只见一个黑影向担架上弯弯腰，低低而亲切的声音传来：

"同志，忍着点，马上就到了。到山洞里，就动手给你上药！"

一听到这声音，是自己人已毫无问题了，张大娘忽的从石缝里站起来，就向那几个黑影跑过去。

突然黑影都不见了，他们都伏在地上了。紧接着一阵拉枪栓声，有人在低低的但是却很严厉的问：

"谁？站住！要开枪了！"

张大娘并没有听话，她没有站住，还是向前跑，因为她生怕失掉这个机会，就再也找不到自己人了。不过她一边跑，一边低低的答话：

"同志，不要开枪！是我，我是你们的大娘！"

伏在地上的人们一听是个老大娘的声音，才放了心，把伸出的枪缩回去了，又都慢慢的站起来。

张大娘跑到一个同志的面前，一下抓住这个同志的手，急促的说：

"同志，在那边，还有你们的一个同志，伤很重！我把他藏了半个月，快跟我去抬来治治吧！"为了怕对方不相信自己的话，她又叨叨的说下去，"这战士可勇敢啦！我在山洞里瞪着眼看他和鬼子拼了两个钟头的刺刀，刺死四五个鬼子，多好的一个同志啊！可得给他治好，为这事我在这等你们三夜了！"

领队人看到老大娘诚挚而又激动的神情和叙述，感到这是不会有虚假的，就答应了她的要求，派了两个战士，一副担架，跟着老大娘走了。

赵大祥看到自己的部队派人来抬他进医院，他是高兴的，可是要离开山洞和张大娘了，他又不禁难过起来。在这山洞的半个月，他是在极端艰苦中度过的，这里的一切是多么的难忘啊！但最难忘的是张大娘，她老人家忍受着难言的痛苦，冒着生命的危险，不仅用着草药为他治疗，更重要的是用她那崇高的热爱革命战士的慈母的心，在温暖着他，把他从生命危殆中挽救过来。现在要分开了。赵大祥难离难舍的拉着张大娘的手，激动得说不出话来。

张大娘安慰赵大祥说："好孩子，到医院去安心治疗，伤好了，咱娘儿们还能见面。"

赵大祥刚上担架，就一下扑到张大娘的面前，激动的说：

"大娘，我会来的。你把我从垂死中救活，你就是我再生的娘，从今后我就是你的儿，我伤好以后就来看你。"

几个月以后，赵大祥的伤治好了。在战斗的空隙，他提着些礼物来看张大娘，一进门就叫"娘"，真象亲生的母子会见那样亲热。张大娘又勉励赵大祥好好干革命，在战斗中要勇敢的消灭敌人，完成任务，同时，也要随时注意自己的安全。

日本鬼子投降以后，由于赵大祥负伤过重，身体很虚弱，领导决定他复员到地方上作工作。他就在沂蒙山一带住下来。本来他要到张大娘这里来的，紧接着解放战争开始了，蒋匪又向沂蒙山区作重点进攻，山区的战斗很激烈。由于敌人的封锁，张大娘和赵大祥远隔在两个地区，虽然不能住在一起，可是赵大祥总是想着张大娘。

这时候，赵大祥和当地的一个姑娘结了婚，解放战争结束了，他已经有了个儿子，起名叫"胜利"。这一天，赵大祥对着孩子和妻子说：

"咱们收拾一下，回家去和咱们的老娘一道住吧！"

妻子说:"要回山西么?你不是说过自小失去父母,家里没有什么亲人了?"

赵大祥说:"在这东边的山区里,还有咱们一个老娘,她待我比亲生母还要亲。"

第二天,赵大祥就和他的妻子、孩子,到张大娘这个小村安家落户了。守在张大娘的身边,参加沂蒙山区的社会主义建设了。

现在赵大祥是村里的党支部委员,领导一个生产小队,这个队的生产一向是全大队的红旗。眼前他已是三个孩子的爸爸了。张大娘对待他的三个孩子比自己的亲生孙子还要亲些。

…………

赵大祥谈完了上边的一段故事,夏夜已经很深了。这时满天的星斗闪烁着,显得分外的明亮。夜的远处的树丛里,传来了几声鸟儿的低声咕叫,大概它们已睡醒了一觉,和伙伴在幸福的窃窃私语。夜很静,一阵微风掠过,扑搭一声轻响,一枚成熟的桃子坠地了。

刚谈完故事的赵大祥,黑脸上有着一种兴奋的神情,他以亲切的眼色看了一会张大娘,关怀的说:

"娘,夜深风凉,该再穿一件褂子了,别叫冻着!"接着他又笑望着我说:

"老弟,你听了我的故事,就不会奇怪我刚才为什么一进门把她老人家称作'娘'了吧?"说到这里,他又兴奋的说:"现在沂蒙山区就是我的家,我要守着老娘,在这里参加山区的建设!"

张大娘也笑着说:"半路上拾了这么个大儿可真孝顺啊!他现在干农业也很有劲啊!"

我激动的对老大娘说:"你老人家太好了,你真是我们革命战士的好母亲。能和你常在一起,真是幸福。"

张大娘笑着说:"这也是你们好啊,你们辛辛苦苦的干革命,大娘还不应该照顾一下么?"

直到这时，我才发觉我的周围人数增多了，围绕着张大娘整整坐了一圈人。我看到这里不仅有大娘的女儿和她的外孙，我又看到一个中年妇女带着三个孩子也坐在大娘的身边。原来在听故事的过程中，赵大祥的妻子带着孩子也进来了，他们也很有兴趣的听着丈夫和爸爸在战斗年月里和张大娘的一段故事。

我望着这桃树下的人群，感到这是多么幸福的一个新的家庭啊！我现在仿佛也是这个家庭的一员。为此，我感到温暖和幸福。我再一次亲切的看着张大娘的脸孔，她虽然还很健壮，可是毕竟是六十多岁的人了。我关切的对老人说：

"大娘，你也该好好休息一下了！"

没有等大娘回话，赵大祥就插进来说："休息？我也常劝她：年纪大了，要多休息，她才不休息哩。我们支部劝她进敬老院，她可怎么也不去。她要求到幼儿园去了。老弟，她老人家把幼儿园搞得真出色，孩子们一见到她，就象一群喜鹊一样，叫着'奶奶'！"

张大娘说："想想过去的艰苦日子，现在就得更加劲建设，把咱沂蒙山区建设得好好的。现在大家在党的领导下，干得热火朝天，我能闲着么？要叫我闲着，我可受不住。人老了，不能干重活，干点轻活总可以啊，青壮年在农业第一线猛干，老年人在家帮着看看孩子还不是本分么？"

我说："大娘，你在艰苦的战斗年月，以高度的热爱照顾我们的革命战士，在这社会主义建设时期，你又以高度的热情来培养后一代了。"

张大娘说："一切都是党的领导和培养呵！"

六 解救

我在张大娘家里住了两天，这当然是我最愉快的两天。可是由于工作关系，我不能在这里久留，在第三天的清晨，我就向大娘告别上道了。在走前我把她的名字（过去我们只管叫她"大娘"，是不晓得她的名字的），还有地址都记下来，准备以后通信；同时我也为她和赵大祥拍了几张照片，回去分送给我的老战友。因为他们由于工作忙，不能象我这样来亲自拜访张大娘，可是他们心里又是多么想见见她老人家的面呀！

张大娘和赵大祥一直把我送到村后的河边。我已经过河到北岸了，张大娘和赵大祥还在河边，遥遥的向我招手。我已走远了，大娘还在远远的喊："还要来啊！"

我站在山坡上，也向大娘喊着："大娘再见，以后我还来看你！"

我向大娘挥挥手，就沿着崎岖的山道向着山上走去。当我再依恋的回头看时，小河已被浓郁的树丛遮住。张大娘和赵大祥的身影也没在绿树丛里了。一看不到心爱的大娘，我的鼻子不觉一阵阵酸起来。

我又向山上爬去。这时右前方的山头上，巍峨的赤石崮正浴着朝阳，赤石崮向西边伸展的一条横山梁挡在我面前。我要翻过这座大山，才能看到对面那条山峪，这就是赵大祥曾经在那里养过伤的地方，同时也是我来时路上遇到的一个将军的儿子诞生的地方。那个被年轻人称作爷爷的老大爷和我约会好了，我得到那里看看这个热情爽朗的老人，看看那个青年人的诞生地，顺便问问曾经救过我们的一个武书记住的庄子。武书记就住在这一带山村，说不定他们会知道的。

一离开老大娘，随着我心情的怅惘，两腿也走得吃力了，不象来时那样带劲了。因为我是多么留恋这个曾经斗争过的地方，又是多么不愿意离开救过我们的张大娘呵！

这条山路也很难走，又狭又陡，一不小心就会跌到悬崖底下。我小心的慢慢的走了一会，已经气喘吁吁，汗从脸上流下来。我不由得想起了赵大祥谈的张大娘救他的故事。大娘为了把她曾经救活过的赵大祥送到自己的医院，作进一步的治疗，在那敌人"扫荡"，到处布满惊恐的夜晚，一连三天晚上，走这难行的山路，去找自己的部队。天又黑，路又这么难走，她老人家是怎样三次翻过这座高山呵！为了救活自己的革命战士，她既冒着生命的危险，又付出多么大的艰辛呵！

　　我好不容易爬上了大山的背脊，再有几里路，就到了我要去的山村。由于对这边山峪的难舍心情，我就在一棵松树下的石头上坐下来。想再好好的看一看这条住着心爱的张大娘的山峪。

　　我坐在松树的荫凉里，俯瞰着刚刚走过来的山峪，闪着阳光的小河在绿色的果林中间静静的流着，河两岸是一眼望不到边的成行的果林。这里有苹果、桃子、梨、柿子、胡桃……各种果树上都结满丰硕的果实。在山坡上有着一层层一块块的梯田，梯田里长着粗壮的秋庄稼；没有梯田的山脚上，是一片片长有一尺多深的红草，草丛间开着红的、白的、紫的野花。成群的牛羊象颜色不同的云朵一样，在野生的花草间，忽隐忽现。多么美丽的山峪呵！

　　我向小河南岸望去，望着那个难忘的小村。我想这时候，送我的张大娘已经被赵大祥搀扶着回到家了吧，我再向小村的南山坡望去，山坡上有张大娘救赵大祥的小山洞。在山洞的稍上边，就是突围七八天的饥寒交迫的我们的隐蔽地。我们在那里吃着张大娘拼死抢出来的冷地瓜。那顿地瓜当时吃起来，够有多么香甜呵！

　　一看到这个南山坡，就又勾起了我一九四一年反"扫荡"中那一段战斗生活的记忆。由于想到当时救助我们的张大娘，突然又一个崇高的武书记的英雄形象映入我的脑际。我一下子就堕入我来拜访张大娘的路上，所想到的那一段战斗突围的思绪里了。

　　那天晚上，我们七八个同志，吃过张大娘的煎饼和冷地瓜以后，肚里饱了，腿脚也显得有劲了。我们决定继续往外突围。由于过去在这一带住的时间久一些，附近地形比较熟悉，我感到不能再向东去了。因为东边有条南北大路隔着，而且已经接近沂蒙山的边沿。过了那条大路，再翻过一个低岭，就是丘陵地带和平原了。那里敌人的封锁一定更严，同时地形过于平坦，遇情况不好隐蔽。所以我们决定当夜的行动计划是：冲过张大娘所住的这条山峪，翻过就是我现在站的赤石崮两边的这座大山，到沂蒙山北部的丛山峻岭中隐蔽。

我们下了山坡，从张大娘所住的小村的右边过河。当时这个地方河水还没有封冻，尖利的大小的冰块，顺水淌着，我们过河时，冰块把脚都划破了。接着我们翻越眼前的这座大山，在赤石崮两边的山梁上停了一会，没有进山峪。因为山峪里有村子，那里可能有敌人。我们就在大山背后的山半腰里，向西绕过山峪头，又爬上了一个小山，就到达山峪对面的一溜山上。这时天已亮了。我们只得又找一个偏僻的地形，在红草和乱石缝里隐蔽起来，在这里度过白天。

天亮以后，我发现我们几个同志隐蔽的地方，地形虽好，不容易被搜山的敌人发现；可是身边的红草稀稀疏疏的遮不住人，原来这里的红草已被山村的农民收割了。因为山村的人民是用这种草做缮屋用的。再换个地方吧，大白天活动起来，容易被敌人发现。我向附近看看，突然高兴起来，原来农民收割后，还没有运回家去。离我们不远处，有一个红草堆。我就爬过去，抱过来一些，盖在每个同志的身上。现在我们每个人都背依着石壁坐着，面前都竖立了一个红草的屏障。敌人从远处看过来，只看到红草，却看不到人。

我隔着红草的空隙向对面望去，和昨天在张大娘小村的南山坡一样，赤石崮仍然屹立在我的眼前，不同的是昨天赤石崮在我们北面，而今天它是在我们南边了。

我们还是和往日一样，照例在静盼着红草的影子快点移动，太阳早些落山。

要知道一个人没有事情作，闲坐着盼天黑，可真难受啊！平时战斗也好，工作也好，无论怎么紧张，由于把精力都贯注到任务上了，时间就不知不觉的从身边溜过，有时甚至嫌时间过得太快。而现在呢，除了警惕的观察着敌人的动静而外，其他一点事也没有，时间就觉得过的慢，象太阳被谁拴住了一样。

在这坐等太阳落的过程中，脑子难免又要想些什么。我们首先想到的是党和党所领导的革命斗争。斗争是艰苦的，可是有了党的领导，我们就能克服一切困难，把革命推向前进。这时候，我们就想到举世闻名的二万五千里长征，红军在前进中克服的是怎样的艰苦和困难！一想到这些，我们身上就有了力量，就更增强了突围的信心。我低低的说："我们一定能突出去！"

有时候，我们也想到眼前所处的危境，作着牺牲的思想准备。因为在我们周围，到处是搜捕我们的敌人啊！党的文件我们是在反"扫荡"开始那天就埋掉了。每当敌人靠近的时候，我们有枪的同志就都数清了子弹，留一颗给自己，把其余的都倾泻给敌人。没有枪的同志，也都打开了手榴弹盖，拉出了弦，准备和敌人同归于尽。

这仅仅是必要的思想准备。整个说来，我们是很有信心的，因为毛主席在他的《论持久战》里早已指出敌人的反动本质和国小人少的致命弱点。由于国民党的不抵抗政策，整个华北大好的河山沦于敌手。敌人一方面又向南进攻，同时还得控制已经占领的地区，兵力就分散了，更显得不够了。我们党领导着革命部队，挺进敌人后方，和沦陷区人民一道，展开了轰轰烈烈的游击战争，在敌人后方创建了很多抗日根据地。沂蒙山区就是其中的一个。我们这里的根据地发展了，军民团结起来打得敌人受不住了，敌人就从其他地区抽调兵力，拼凑起一股暂时强大的力量，对这个地区进行"扫荡"。我们这里虽然一时遭到敌人的压力，可是这只是暂时的。经过我们艰苦的反"扫荡"斗争，敌人很快就得撤走。因为敌人从别处抽来了兵力，那个地方的防御就空虚了，我们那边根据地的军队，就积极行动起来，打击敌人，拔除敌人的据点。在这里"扫荡"的敌人，就不得不匆匆的结束"扫荡"，赶到那个地区。到了这时候，我们的反"扫荡"就胜利了。

这是我们当时所经常想到的。不过由于情况紧张、危机四伏，在整个白天隐藏的时候，我们大部分时间是集中的注意周围敌情的变化。第一天突围到大石头前的教训也太沉痛了。因此我对四周的一切都特别注意。连一棵苍松、一道小沟甚至连一块大些的石头，都不放过。看看那里是否潜伏着敌人。

　　天已到中午，我们的肚子又有些饿了。我从红草隙缝里，向左边和我们平行的一溜石坎望去。我在东边几十步外的山坡转角处，看到那边也有一个小红草堆。值得注意的是顺着石坎边也竖着一排排的红草。由于我是从侧面望过去的，我看到红草下，有人影在蠕动。

　　这时候，正有一部分敌人从这附近搜索而过，那红草下的人影不动了。我估计那里一定也藏有自己的同志，或者是山村里的革命群众。在这敌人"清剿"的情况下，村里的坏人、地主，只会为虎作伥，绝不会这样隐蔽的。隐藏的都是象我们一样命运的人。在这反"扫荡"的紧急环境里，在这偏僻的山沟和山洞里，隐蔽着多少地方干部和伤员呵！

　　因为我们是在一条平行线上，我如能从侧面看到他们，那么他们也很可能看到我们的。果然不出我所料，等附近搜索的敌人过去不一会，有一个人，沿着石坎，借着稀疏的红草的掩护，向我们这边爬过来了。等他来到我们跟前，我才看出他是个十六七岁的孩子。

　　这少年是庄稼人打扮，脸上略带稚气，眉宇间有一个指头大的红痣。这孩子和一般山村少年不同的是很机灵。他腰里扎了一条皮带，皮带上还挂了两个手榴弹。这也是一般村干部喜欢的装束。我估计他可能是村干部，可是他的年龄还显得太小啊！

　　我正诧异，他已爬到我的身边了。他坐起来背依着石坎，和我紧靠在一起。然后顺手从地上抓了一把红草，把自己隐蔽起来。他一见我的面，就亲热的问：

　　"同志，是哪一部分？"

我说出了我们的代号。就问他是哪一部分。

他说:"我们是区上的。刚才我们武书记看到你们,要我来和你们联系一下。"

一听说他是区上的人,我一阵阵的高兴起来,在这危急的情况下,碰上了地方干部,一切困难都比较容易解决了。

我就问少年:"那么你就是武书记的小通讯员了?"

少年说:"现在还不够格。武书记在反'扫荡'中有任务到我们这一带来,要我临时跟他做点工作,眼下还没有脱离生产!"

我问他姓什么,他说姓王。不过人家都叫他小挺。我就说:

"小挺,你们武书记现在那边么?我很愿意见见他。"小挺点点头,就用手拿着一绺红草向他来的方向举了三下。不一会武书记就爬过来了。

武书记二十三四的年纪,头戴黑色的破毡帽,一身庄稼旧棉衣,脚上穿着一双山地人常见到的尖端带勾的"铲鞋",和山地人不同的是铲鞋上扎着带子,这样在山地上奔波,就更来得跟脚,不容易脱落,他腰里也扎一条皮带,皮带上挂了一支手枪。武书记看起来很精明强干,人虽年轻,脸上却很庄重。

小挺把他的位置让给武书记,武书记就和我并排坐着了。小挺在他的书记旁边坐下,当然又弄来一把红草把自己遮住。

当武书记知道我们部队的代号后,用关切的眼睛望着我们。他看到我们现在还穿着破单裤,就不安的皱起眉头来安慰我们:"同志们辛苦了!"

我说:"没有什么,在反'扫荡'的斗争中,大家都是辛苦的。"

武书记说:"我们晚上到群众那里去动员一下,能给你们动员几条棉裤就好了。"

我说:"不用吧,村子的房屋都被敌人烧了,群众穿着随身衣服躲在山洞里也够困难了!不过你对我们的关心,我倒是应该谢谢的!"

武书记象被一个什么东西抓住,似乎不帮助我们解决点困难,总感觉到沉重不安,他又望了望我们每个人的脸色,就对身边的小挺吩咐着:"快过去,把咱们每个人身上的煎饼都交上来,给这些同志吃!"

我说:"你们还得吃呀!"

他说:"我们在本地活动,不愁吃的。"

小挺就很机灵的又爬回去了。我望着远去的小挺,笑着对武书记说:

"这个小家伙,倒挺聪明的。"

武书记说:"他是前边村里的儿童团长,他不愿意和大人一道蹲在山洞里,一定要跟着我反'扫荡',是个勇敢的孩子!有时我也叫他到村里做些联络工作。因为他还是个孩子,遇到敌人容易混过去。可是你千万不要认为他小呵!他在掩护伤员的工作上,比一个大人做的还多。他一夜能向山洞背送十多个伤员。"

从武书记的语气里,我听出他是很喜欢小挺的。听了他简单的述说,我们也都喜爱着这个少年了。

十多分钟以后,小挺抱着一抱干煎饼爬行回来了。

我们一边吃着煎饼,一边和武书记交谈着情况。因为武书记是当地人,又在本地区活动,对周围敌我情况是比较熟悉的。从武书记口中我们了解到,这个区敌人目前控制还很严,全区四十三个庄子,敌人占了四十二个。东边是封锁的边界,敌人封锁得很紧。我们不到那边去是对的。最值得我们兴奋的是他告诉我们:距这里三十多里路的东北一带山区,那里还是敌人的一个空隙。据说,我们有些机关和部队都插到那边去了。

这后一个情况对我们太重要了。我想这些天,我们只知道往外突围,认为突出包围圈就好了,可是哪里是敌人的空隙,哪里有我们的部队,却一无所知。现在可有了方向了。我们决定今晚就向东北方向突围,去找自己的部队。

想到这里,我仿佛感到我们都已突出了敌人的重围那样高兴,可是一看到武书记,我就又以不安的眼光望着他,因为他们还是处在敌人的重重包围里边呀！我就说：

"武书记，既然那边是敌人的空隙，你们还在这里待着干什么，也到那边去吧！"

武书记听了我的话，用眼睛感谢的望了我一下，接着摇摇头说：

"我们不能去，在这里还有任务。"说到这里他用手指向四下的起伏的山峦说："我们在这里掩护不少伤员和干部，还有些干部的家属。这里的人民当然都是象亲人一样掩护着他们，有些山村掩护的伤员人数超过了本村的人口。据现在了解，敌人残酷的'清剿'已半个多月了，虽然我们有些山村的村民有点损失，可是被掩护的革命同志，却没有被敌人伤害一个。纵然这样，我们还是不能离开。因为掩护工作并不是一帆风顺的，也是要经过极艰苦的斗争啊！党要随时领导群众，不仅和凶恶的鬼子、汉奸斗争，还要和村内的少数地主、不稳分子作斗争。要知道最容易坏事的就是这后一种人。因此，我们得经常在这附近活动，常常去警告那些地主和不稳分子。他们胆敢乱动的话，我们就得镇压，因为他们住的山洞，我们都知道！"

我听了武书记的话，不禁为他领导群众、通过艰苦斗争掩护自己同志的英勇行为，而深深感动起来。他们是以怎样的忘我精神，来完成掩护任务的呀！这时我想到刚才初见武书记时他对我们说的一句话，现在我又还给他了，我说：

"武书记，你们可真太辛苦了！"

我又和武书记在红草的屏障下，低低的谈了一阵，这时太阳已经偏西了。武书记告诉我，他得回到那边去了。因为那边还有几个民兵，他得和他们核计一下今晚的行动。他们要在当夜到山洞去查看伤员；他们不仅要看看伤员的安全情况，还得照顾他们的医疗和吃食。临走以前，武书记又拉着我的手说：

"同志，还有什么困难需要我们帮助么？你们到我们这地区了，我们真得好好帮助才对。看到你们穿着单裤，我们真想脱下自己的棉裤，或者想办法给你们弄来几条才安心。……"

我打断他的话说："你们给我们吃的，又介绍了情况，就是对我们最大的帮助了！"

武书记又说："天快黑了，在天黑以前，如还有什么问题，需要我们，你举一绺红草向我们那边联系一下就行，我派小挺常向这里了望。你们太辛苦了！能够帮你们的忙，是我们的莫大愉快，这也是我们的责任！"

最后他预祝我们：今夜就能找到自己的部队；如果找不到的话，再回来到这附近一带找他们，他们将设法找个山洞，把我们掩藏起来。这时，小挺也热情的说："同志，找不到队伍，就回到我们这里来吧！我保证给你们找一两个小山洞！"我再次谢谢他们的关心。他俩说罢这些话，就向他们隐蔽的地方爬去了。

武书记虽然已离开我们，可是他那热情、沉着、勇敢的形象和对工作对同志的忠诚和负责精神，却使我们受到鼓舞。想到他，我们就一阵阵激动起来。多么好的一个党的干部啊！

刚才武书记告诉我们的情况，又使我兴奋起来，也许今夜就可以找到自己的部队了。一想到这一点，我们就更觉得太阳落的慢了。夕阳已经悬到西山顶上，虽然再有半个钟头天就黑了，可是我们还是性急的在心里督促着太阳：你赶快落下去呀！夕阳一落，我们就趁着夜色，翻过右边的山脚，从一条沟里上去，爬过身后的这座山，向东北方向突围！

半个钟头时间很快就要过去的，我们都在整理着行装，准备行动。在整顿过程中，每个同志的心情都是轻松愉快的。

我们轻松愉快得有些过早，严重的敌情突然来到我们的面前。原来有一队敌人正从山下向我们西边的那个山坡上爬去。可是随着敌人指挥官手中小旗的摆动，敌人哗的散开，成扇面形的笔直的向我们隐蔽的这个地方扑来。

敌人是向这里"拉网"了,扇形包围的正面有二十多步宽；敌人有四五层，都端着刺刀。我看到武书记那边是漏在"网"外的，而我们正处在敌人撒来的"网"兜里。面对这种危急情况，怎么应付呢？我们身后是个陡崖，后路是没有的，而且遇到敌人的拉"网"，光往后撤是不行的，唯一的办法就是闪开敌人的"网"口。要是天黑下来的话，我们就可以向西冲过右边的山脚，斜插出去，敌人就扑空了。可是现在天还没有黑，在白天冲过山脚，我们在山脚上一定要付不小的伤亡代价。

敌人越来越近了，天怎么还不黑下来呢！要是天黑就好办了。敌人只有二十步了，只有十多步了。

我紧握手中的匣枪，同志们紧握着手中仅有的另两支步枪和十五个手榴弹。我低低的告诉大家，当第一枚手榴弹抛进敌群爆炸时，就向右山脚上冲，有伤亡也要坚决的冲！

敌人更近了，情况是万分危急的。

当我刚要举起手榴弹时，突然从左边的山腰上响起了一阵排枪声，排枪的子弹从侧面扫向敌群，有几个敌人倒下了。接着又是一阵排枪，敌人的队形乱了。

敌人在山坡上停下来，整理一下队伍，只见敌人指挥官的小旗向左边山腰上一指，敌人调头向那边扑去，这时天已微微的暗下来。

我们朝着向那边扑过去的敌人的尾部，打出了两个手榴弹，就冲上右边的山脚。由于没有遭到敌人的射击，便很安全的翻到山脚西边的小沟里，向左前方的山上爬去。

这时，西边的枪已经响乱。曳光弹不住的在夜幕刚刚笼罩的山顶夜空里窜来窜去，不过枪声渐渐的越响越远了。

我们挥着脸上的汗水，在夜的山脊梁上向东北前进的时候，听到远去的枪声，我脑际浮出了武书记的热情而勇敢的形象。是的，是他解救了我们，把敌人引向他那边。现在枪声已在夜的远处消失，大概武书记他们已经摆脱了敌人。因为天已黑了，他们又熟悉地形，敌人是没有办法对付他们的。

当天夜里，我们果然在东北三十里外，和自己的部队会合了。

而武书记的形象却一直活动在我的脑子里。他的崇高的自我牺牲和对同志的革命友爱精神，深深的打动了我们。在很长的时间内，我们都想着他，还有那个额上有个红痣的名叫小挺的热情少年，总想再见见他们，向他们表达一下我们的谢意。由于战争时期活动频繁，从那以后我一直没有机会再见到武书记和小挺。

七 诞生地

我结束了对武书记的一段回忆，天已近晌了。我原是坐在松树的一处荫凉下的，现在太阳已不知不觉的移到我的右边了。看样，我已曝晒在炎热的阳光下好久了，可是我一点也没有感到热，因为我刚才已完全浸入对难忘的往事的回忆中了。

我站起来，再一次向刚走过来的那条住着张大娘的美丽的山峪看一眼，就往赤石崮后边的这条山峪走下去了。

由于想起了武书记解救我们的那段战斗生活，我眼前的这条山峪也显得和张大娘那条山峪一样，越发美丽和亲切。我望着山峪里的村庄，这是掩护过赵大祥的地方，这里又是额上有处红痣的小挺的家乡。山村有百多户人家，可是住得很分散，沿着石河两边，这里三家，那里五户，一直拖了好几里长。我记得这山峪里的石河，几乎是常年没有水的，只有汛期到来时，山洪暴发，石河才突然涨满水，湍急的奔流着。可是雨季过后，河床里只剩下一片大大小小的鹅蛋形的圆石。而现在这石河里却有着清澈的河水在哗哗的流着，看来这山峪的大山象壮士披上甲胄似的修有鱼鳞坑，筑有竹节水平沟，每条山沟的下端又修有小塘坝，各个深山角又有大小的水库。这些蓄水拦洪的水利工程，不仅制服了山洪，而且使山峪里的水位提高，经常干涸的石河也苏醒过来了。

这山村的周围也有各种果树，和张大娘那条山峪不同的是这山峪的两边的山坡上，覆盖着绿郁郁的一片马尾松林，微风吹来，密密的松针发出飒飒的清爽的音响。我向山峪对过的山坡上望去，在那过去我们曾经隐蔽过的地方，种有成行成列的栗子树；在武书记的解救下，我们冲过山脚而到达的那条小山沟，现在是一片桃林，碧绿的枝叶间，粉红的桃子将要成熟了，使人看到口水都要流下来。在这条小沟下边，就有一个小塘坝，在绿树丛中，塘坝里的水在阳光下闪闪发光。

一看到这熟悉的山坡和小沟，我就压制不住内心感情的沸腾，随着这种激动，武书记的坚毅、热情和持重的形象就浮现在我的眼前；自然还有那个叫小挺的儿童团长。时间已经过去十多年了，武书记很可能不在这一带工作了，随着革命形势的胜利发展，他也许和我们一样，已到祖国的其他地区，或者是大城市里去工作了吧？小挺呢，算起来他该是三十多岁的中年人了，也许他早已是脱离生产的工作干部，到别处工作去了。我到这里来很可能看不见他们，可是既然来到了小挺的家乡，和武书记工作过的地点，我总可以打听到他们的下落的啊。想到这里，我就加快了脚步，同时我也感觉到这红花峪的王二伯也许早在等我甚至已经等得发急了，而那个将军儿子的诞生地又是多么吸引着我啊！

我一进山村，就问一个扛着锄头刚从田里回来的青年妇女：保管员王二伯在哪里？她对我指着村边一个高地上的三大间草屋说：

"那是生产队的仓库，他老人家就在那里工作。"

我向仓库走去。一进门，看见王二伯正和一个青年在查点农具。老人还用一支短铅笔在一个本子上划着什么，看他拿铅笔的姿势，和歪歪斜斜的数目字，我知道王二伯是刚刚跨上了文化的门槛。不过看他的神情，却非常认真。我一看到他就喊：

"老大爷，工作还很忙啊！"

王二伯一看是我，就笑嘻嘻的走上来说："同志，你来了么？这太好了！"说着他就把本子交给青年人，要他代为清点农具，热情的拉着我的手说：

"走！到家里去燎茶喝！刚才我还盼着哩，你怎么还不来啊！"

我跟着王二伯到了他的家里。老人家住的虽不是四合头院，却是三面房。两间北屋，由老人住着，儿子媳妇住三间西屋，两小间东屋，一间是厨房，另一间作猪栏。一头老母猪新下的一窝小猪，在吱吱呀呀的叫着。院子当央有棵大杏树，看样杏子刚摘过，不过枝头上还有漏下来的几个大黄杏，在绿叶间露出来。我和王二伯刚在杏树下坐下来，在村口遇到的那个青年妇女拉着两个小孩进来了。小孩一见王二伯就连声叫着"爷爷"跑过来，王二伯一边伸开了双手，去抱孙子，一边笑着说："从托儿所回来了么？"这两个孩子一看到我这个陌生人，就一头扎在爷爷的怀里，好久不敢抬头，用一只眼偷偷的看我。我想这青年妇女一定是王二伯的儿媳妇了。

青年妇女对老人说："爹，有客来了么？"

王二伯说："是呀！给我们燎茶喝吧！"

媳妇就去燎水了。这时王二伯端出了一大筐子大黄杏和花红果，把它放在我的面前说：

"吃吧！这都是刚摘下来的，你们大城市里稀罕这个，这些东西我们这里可到处都是！多得很！"

我吃着蜜甜的杏子，对老人说："听说这些年咱们沂蒙山区多种经济发展得很好！"

王二伯坐下来说："咱们山区过去的生活，你在这里斗争过是知道的，高山薄岭，地里不打庄稼，不是天旱就是洪水冲，十有九家吃糠咽菜，连年到山外去逃荒要饭，那时候人们就叫咱这里是穷山沟。可是自从党和毛主席领导着咱打败了鬼子，赶跑了老蒋，在咱山区建设社会主义了，咱们生活就大大变了样了。为了早过上更幸福的日子，党领导咱们大搞治山治水，现在咱们不仅发展了农业，又大大发展了多种经济。就拿我们这个生产队来说吧：农业上打的粮食除留足口粮饲料和种子，还可以支援国家。要说到多种经济的收入，那比农业还多。你看，山坡上到处是果园，到处是牛羊，水库里养的大鲤鱼一尾足有好几斤重了！往日的穷山沟现在变成富山沟了！"

媳妇把茶端上来，又领着两个孩子出去了，我和王二伯一边喝着茶，一边谈着山区的变化。老人谈起来是兴奋的，我听起来也是兴奋的。老人喝足了茶，我想起诞生地的事了，我问老人：

"大爷，蒙生到哪去了？"

王二伯说："蒙生到庄后去了。最近庄上年轻人在大闹技术革新，搞自来水，他也热心的参加帮助这一工作！"

一听说山村要安自来水，这可是新鲜事。我惊异的对老人说："咱庄里有那么多钢管子么？"

老人笑着说："我们这是土办法，不用钢管子，用陶瓷管子也能行。走！咱们去看看！"

我就和王二伯到庄后去了。在路上老人告诉我：往日里他们村里用水，要跑一大段山路，到河里去挑水，平日要用很多整劳力挑水，还供不上吃。夏天来了，天下雨山路滑，冬天来了，冰雪遍山坡，用两个罐子挑，爬山坡不知要砸多少罐子，费多大劳力。他们庄后山坡上有个小泉子，水不大，可是多少年来，天再旱，这股水总不断。最后庄里的青年人动脑子，想把这个泉眼凿大些，水多了可就近供村民用水。这样虽然还得用人挑，路途却缩短多了。这事遭到一些迷信老人的反对，他们认为那是龙王爷的眼睛，动不得，要是得罪了龙王爷，挖下去，连原来的那股水也不会有了。青年人不听那一套，就动手挖起来，把泉眼凿大了，泉眼粗了，水也旺了。他们扩大了山泉周围的水池子，大水池很快注满了泉水，很多人来挑水，水稍落一些，可是不一会，又涨满池子，象没有从这里取过水一样。原来这泉叫"神泉"，现在就改为"青年泉"。这几天这群青年又在动脑子要用管子把泉水通到村里，蒙生一来就参加这个工程，据说今天就最后完成了。

我很有兴趣的听着王二伯有关这山村青年人敢想敢作，大搞土法自来水的叙述，不知不觉就来到村后工地。我看这里距后山坡上的山泉有一里多路，在这段距离里有一群男女青年在欢笑声中劳动着。自来水工程已进入尾声，陶瓷水管已铺设完毕，现在青年们正在填平安置水管的长沟。

我一眼就看到蒙生，他拿着一把铁锨在青年人中猛干着，虽然累得满头大汗，可是脸上却漾着幸福的微笑。他是以怎样欢乐的心情来参加他诞生的地方的建设啊！

埋水管的长沟填平了。在青年人的欢呼声中自来水放水了。大家列队到饲养场去参观新鲜景，因为自来水的第一股水首先通到这里。我和王二伯也挤在人群里来看。只见一个饲养员把通水缸的陶瓷管子头上的木塞一拔，水哗哗的流进水缸。这个缸里的水满了，把管子堵上，又拔去通另一个水缸的木塞，水又流进另一个水缸，很快的几个大水缸都注满了水。

天已正午，该回去吃午饭了，王二伯、蒙生和我一道回到家时，王二伯的媳妇已把午饭摆在桌上了。

下午，在我的请求下，王二伯带着我和蒙生，到山峪里去看蒙生的诞生地。同时我也想看看掩藏其他伤员的山洞。记得当时武书记对我说，这个山村里掩护的伤员干部及家属的人数，超过了山村里成年人的人数。当然不可靠的人是不能要他掩藏的，因此，有的村干部和党员一家要掩藏七八个。敌人反复"清剿"的情况，我是知道的，因为当时我就在这北山坡上红草底下隐蔽，目睹着这里满山遍野都是鬼子，端着刺刀到处搜索。情况是多么严重啊！可是，这里的人民在这山村附近的狭小山峪里，竟巧妙的埋伏了一百多伤员，而且没遭到任何损失。人民是怎样完成掩藏任务的呀！现在王二伯要告诉我这一切了。

我们顺着石河在山峪里走着。王二伯不时的向两旁山坡上观望，因为已经年旷日久了，他也要仔细的观察，才可以找到。他领我俩穿过一块花

生地,来到山坡跟前的一个石坎那里,这里杂草丛生。老人指着两块大石头的夹缝对我和蒙生说:

"你们看这里有洞么?"

我认为山洞一定就在这石夹缝里,就用手扒着两边的石头向里探望,这石缝底很浅,里边有几块乱石被野草托着,根本就藏不住一个人。蒙生看了也说:

"这里哪能藏得住?我蹲进去,恐怕还得露着头和膀子!"

王二伯笑着说:"问题是在下边啊!"说着,就伸手把乱草里的两大块石头掏出来,然后他说:"你们再往里看!"

我探进半个身子向里一看,里边露出能容一个人钻进的洞口,洞里黑黝黝的。王二伯说:

"敌人'清剿'时,常到这石缝里搜索,可是看一眼就走了,因为他们觉得这石缝很狭,是藏不住人的;有时几个鬼子就在这大石头上坐下来休息。实际上我们这个山洞藏有三个伤员,伤员和敌人只有一石之隔。"

王二伯又领我们到一条山沟里,在一块大石头下边停下,这块扁平的巨石,突出的从石壁上伸出来,它的下边有些地方空着,能容一两个人蹲着乘凉。

老人说:"这里也是我们藏身的地方!"

我说:"石头下边是能蹲两个人,可是敌人却容易看到呀!"

老人说:"山洞就在这石头下边,你们找找看!"

我和蒙生在石头下找了好一会,还是没有找到山洞。最后王二伯走过去,在石头下边的一个转角处,把一块嵌在石壁上的石头一搬,石头落下来,一个很深的山洞又出现在我们的面前。

王二伯指着这个山洞对我俩说:"我曾经在这个山洞隐蔽过好几次。有一次我在这里多亏一只野兽的帮助,才摆脱了敌人。"

蒙生一听说野兽就问:"爷爷,什么野兽?它能帮助你吗?"

王二伯说:"孩子!是一只獾。事情是这样:在一次敌人'扫荡'的时候,那天傍晚,我领着咱们部队的一个侦察参谋,在这一带看地形,被鬼子发现了,鬼子就向我两个追扑过来。我和参谋在前边跑,敌人在后边追,子弹直往我俩身边落。敌人越来越近了,侦察参谋同志的匣枪子弹也打得差不多了,他就对我说:'找个地方隐蔽一下吧!'我说:'行,前边小沟就有个山洞!'我俩跑进这条小沟,尾追的敌人已爬上沟沿,离得很近了。幸亏天已渐渐黑下来,沟底更显得暗些。我和参谋同志一下子就扑到这块大石下。那时这石头下到处是荆棘遮着洞口,因此洞口没有用石头堵,是敞着的。我俩很敏捷的钻进山洞里,刚一蹲下来,只听洞底噗哧一声,是什么东西响了一下鼻子。当我俩还没有省悟过来时,只见一条又粗又长,四腿很短的黑东西,擦着我俩的肩膀,忽的跳出去。大概这个家伙被我们弄得惊慌失措了,逃得过猛,一出洞口就跃进这条小山沟里,弄得山沟里的石头一阵乱响。这时一群追赶我们的敌人,正来到沟沿上。一看到从沟底窜出一条黑影,汉奸就叱呼着:'不要跑,抓活的!再跑就开枪了!'

"我躲在洞里心想:'你尽瞎叱呼,獾子可不听你这一套,就是你开枪,也不一定能打着它!'

"接着激烈的枪声响起来,我知道敌人是在打獾。随着大獾远去的石子声,枪声也渐渐响向远处。敌人也往獾跑的方向追过去了。"

说到这里,王二伯笑望着我和蒙生说:"是这只獾使我们摆脱了敌人。要是没有它的出现,敌人追到小沟,看不见我们,一定进一步四下搜索。这样一来,我们还是很危险的呀!獾一出现,敌人误把它当作我们,就追过去,他们越追,离我们就越远了。"

我和蒙生听着王二伯的这个故事,都哈哈的笑起来。

王二伯又领着我们去看了几个山洞,这些山洞也和已经看过的几个一样,我和蒙生都是在王二伯的指引下才找到洞口的。我一边看山洞,一边心里想:我们山区人民不仅以自己的勇敢,而且用智慧来掩护自己的同志,和敌人进行了坚决的斗争。

　　最后王二伯把我和蒙生带到一个山沟里。这里是一块块的梯田，梯田的边沿都有着一人多高的石垒的地堰。王二伯从这块梯田跑到那块梯田，一会观望一下周围的地形，一会查看着梯田的地堰。后来他在一块种着花生的一长条梯田的地堰上停下来。老人低语说："就在这里！"

　　我和蒙生看着梯田里的庄稼，一棵棵伏在地上的花生的绿色丛苗，长得很旺盛，绿丛里已开着一朵朵小黄花。这时候可能已有白嫩的果实扎进土壤里生长了。我们想这里地形又不复杂、土地又很平整，怎么会有隐身的地方呢？

　　我们正怀疑间，老人已走到这块东西一长溜的梯田的西头。从那里向东边迈着步子，嘴里数着一二三四……直数到第十二，王二伯才停住脚步。他在石堰前边弯下身来，我们也神秘的跟他蹲下来。只见王二伯脸上突然迸发出一阵喜悦。老人用手抚摸着石堰上一块微带红色的大石头，象摸着一块宝物那样小心和珍惜，又象抚摸着久到的亲人的手掌一样给这块石头以温暖。王二伯爱抚了好一会，才把双手插进红石四周的石缝里，把红石轻轻摇动一下，小心翼翼的搬出来，放到身边的地上。接着他又去搬临近的另一块，当他搬出五六块大石头后，这个石堰的下部露出了一个洞口。

　　王二伯喜笑颜开的望了我一眼，就又把目光转移到蒙生身上。当老人的眼睛一看到蒙生时，他的眼眶里突然湿润了。这泪水是由衷心的喜悦和虔诚的情感激发出来的。总之，这时老人是处在一种既严肃又激动的情绪里。他轻微而持重的对蒙生说：

　　"孩子，你想到过没有，你就生在这个山洞里！"

　　蒙生听了王二伯的话，脸上没有出现笑容。年轻人面对着这个对他来说过于严肃的场合，精神突然紧张起来。他望着老人的眼睛也溢出泪水。这时我们三个人都没有再说话，一片沉默。好一会，蒙生才用央告的口气对老人说：

"爷爷，我可以进去吗？"

老人点点头，蒙生就向洞口爬过去，由于情感的不平静，进洞时，一不小心，把头碰在上边的石头上，可是蒙生一点也感不到痛，就一直爬进去了。

我用眼睛请示老人，意思是说：我也可以进去看看么？

王二伯对我说：

"咱们都进去吧！里边地方很大。"

我爬进洞去，老人也随着跟进来。

这个山洞的确不算小，有半间屋大小，四壁是用石头垒的墙，上边用几条青石板棚着。坐在里面，头部还顶不到青石板。洞里能容五六个人，地上铺有一层碎干草。洞内有一股潮湿和干草的气息。这时西斜的阳光正从洞口射进来，洞里的光线还算明亮。

我们坐在干草上，听王二伯谈下去。在这种场合，老人是唯一可以发言的人，他的谈话，不仅对诞生在这里的蒙生，就是对于曾经被这里的人民舍生掩护过的我，也极富有意义。王二伯对蒙生说：

"孩子，你就生在这山洞里的干草上。在现今这样美好的日子里，生孩子可舒服得多，不光城市里有产科医院，就是在咱们农村公社里，也设了妇产院，护士很周到地侍候着产妇和孩子，要用什么，有什么。可是在那鬼子'扫荡'的困苦日子里，孩子，你只能生在这山洞里的干草上。生在这里是艰苦些，可也不是坏事情。过去咱们一首军歌里有这么一句：'在战斗中成长'。孩子，你爸爸为革命打仗，你妈妈为革命工作，你也是在战斗中生长起来的呀！只有尝过早年艰苦的人，才知道眼前幸福生活的得来不易啊！孩子！永远记住这个山洞，不要忘记诞生你的这段艰苦的生活，你就会听党的话，长大了好好的为人民服务……"老人说到这里，又把眼睛从蒙生脸上移到我的脸上。他问我道：

"同志，你说我的话对么？"

我和蒙生都连连点头说:"对!很对!"

王二伯又谈起蒙生诞生前后的经过了。他说:"那时候把你妈救下后,你妈妈原是藏在另一个山洞里的,以后要生产了,就又移到这个大一点的山洞里,因为还要有护理的人跟你妈妈住在一起。当时也觉得这个山洞更保险些,外人不易发现,比较严密安全。

"记得在反'扫荡'以前,区委书记说这次鬼子'扫荡'残酷,掩护任务很重,就来到我们这里布置。他要我们党员干部自己动手,再挖几个秘密的山洞,不光是不能叫敌人知道,对本村人也要保密。我挖的山洞你不知道,你挖的山洞我也不知道。这样做的好处是不至于因坏人告密,使自己的人受到损失。

"接受了党的任务以后,我就跟你二叔,连夜在这块梯田里动起手来。那时候这块梯田还是咱的,以后入社了。在这上边刨了一夜,挖了这个山洞,把上边用青石板棚起来,然后再铺上土,我们就在这块梯田上耩上了麦子。'敌人'扫荡,开始,这块梯田上的麦苗已经长得象韭菜那样高了。谁会想到这麦子下面有山洞呢?不但鬼子、汉奸,就是本村人也猜想不到。

"这山洞严密是严密,可是也遭到不少的危险啊!你母亲移到这里以后,不久就生下你了。这时的情况是多么严重啊!鬼子整天在这山坡上'清剿',走过来走过去,在洞里听得清清楚楚。一会鬼子皮鞋声在头顶上响了;又一会鬼子从洞口经过,东洋刀撞着洞口的石头哗啦啦的响。要知道生下来的孩子,总是要哭的。蒙生!当时你哭得也很厉害,哭声会从地堰的石缝里传出来的。这一天鬼子从这里经过,仿佛听到了什么声音。他们就在这梯田上下搜索起来。在这紧张的时刻,要是你再哭下去,不独你的小性命,还有妈妈的和全洞人的生命都完了。妈妈着急地用一块手巾,狠狠地堵住你的嘴,使你哭不出声来。当时你的脸憋得通红,渐渐发紫了,妈妈知道你是痛苦的,她这样作也是很心疼的。可是为了你,也是为了大家的安全,她还是狠着心紧紧地堵住你的嘴,不让你哭出声来……孩子,那时候为了大伙不出事,为了对敌斗争,只得委屈你一下了!

"孩子!你就是这样一天天长起来的,反'扫荡'胜利了,你已经是一个多月的孩子了。当鬼子撤退后,我们把你抱出来的时候,看到你不仅安全,而且长得又白又胖,我和你二叔都说不出有多高兴。因为我们总算完成了党交给我们的掩护任务,也算对得起你那在前方跟鬼子打仗的爸爸了!"

听过王二伯谈的这个山洞的来历和蒙生诞生的经过,不仅蒙生常常眼里冒着泪水,我也深深受到感动。想不到在那武书记解救我们的同时,在这边的山坡上,群众在鬼子的刺刀下面又是这样热心的掩护着革命的妈妈和婴儿。

天已晚了,王二伯领我们出了山洞。他又用红石头把洞口堵住,他一边堵洞口一边对我俩说:

"解放后,俺们要深翻土地,有人想把这山洞填平,后来叫县上知道了,马上下指示叫留下来,说留着教育下一代。后来省里又派人来拍了照片,送到北京革命博物馆里。领导上看得多远,作得多对呀!"说到这儿,老人又用亲切的眼睛望着蒙生说:"有时候,俺这山区小学里的少先队,也常到这里来参观,看看你出生的地方。要这些接班人知道一下过去的艰苦斗争生活是有好处的。孩子!你可得时刻记着这个地方,千万不要忘记它啊!"

蒙生说:"爷爷,你放心!我一生都要记着它,绝不会忘记,以后我还要常来看看它哩!"

我们向回村的路上走着。王二伯的身体虽然还算健壮,可是在走的时候,蒙生总是用手扶着他,象孙子扶着自己的祖父一样。

这时已经夕阳西下了。我望着这披着紫色霞光的幽静的山峪,这里到处充满新生和幸福,我不由得有着一连串的联想。看:人民公社化后,这里的庄稼长得多么茁壮、茂盛,秋苗向上猛长的拔节的声音都听到了。满山坡的果树上果实累累，飘过来一阵阵甜美的水果香味。晚归的牛羊群长得又是多么肥壮，它们被一个年轻的姑娘赶着，在河边饮水。小羊羔迫不及待的从村里跑出来，纷纷的跑到母羊肚下，小脑袋一撞一撞的在吃奶，眼前的山村美景太感人了！

可是在那艰苦的斗争年月，敌人对这里进行着残酷的"三光"政策，就是要杀光、抢光和烧光。党领导这里的人民向疯狂的敌人展开激烈的战斗。敌人烧了村庄，没有房子住，就住山洞；敌人要杀人，人民就隐蔽起来；要抢东西，在反"扫荡"前，他们就把东西搬进山洞，把粮食埋藏起来。但是这绝不是消极的逃避或躲闪，而是一种斗争。对敌人的斗争不但要狠要坚决，也要斗争得巧妙、艺术。人民不但把自己的子弟交出去参加革命部队，而且动员村子里的青年人组织民兵和敌人转山头。就是这些老一辈的革命群众本身，也不仅仅为了自己的安全躲进山洞，还要掩护革命同志和伤员。就在这个到处是敌人的狭小的山沟里，竟有着我们一百多伤员的地下医院。掩护的伤员有没有损失呢？记得当时，武书记曾和我谈过这个问题，人民保证不让一个伤员受到损失。可是我们走了以后的情况怎样呢？因为敌人就是驻在这里反复的"清剿"呀！想到这里我就问王二伯说：

"那次咱们掩护的同志和伤员，都没有受到损失吧？"

王二伯很认真的说："没有，一个也没有！哪能让伤员和同志受到损失？我们宁可牺牲自己，也不能叫伤员和同志受损失！"

我又问："咱们村里的群众有牺牲的么？"

王二伯听到我这句问话，脸上阴沉下来，不过这阴沉的脸色，很快就消逝了。老人还是用爽朗的口吻说：

"牺牲？革命工作嘛，还有不牺牲的！俺们也牺牲了几个人。有两个民兵夜里给伤员送饭，被鬼子碰上了，死在鬼子的刺刀下，还有你大娘……"说到这里，老人突然看了一眼蒙生，把话一下带住。他脸上有种责怪自己的表情，好象是说：你看，我怎么在这孩子面前谈起这事来呢？

我连忙问:"老大娘怎样了?"

蒙生也着急的说:"爷爷,快告诉我奶奶怎样了?"

王二伯不得已的说下去:"她也牺牲了!为了掩护自己的同志,牺牲也是应该的!"

我很想听听大娘的牺牲经过,当我正要张口问王二伯时,王二伯向我递过来一个眼色,意思是要我不要问下去,看样是想以后再告诉我。我会意了,就没有再张口。

可是蒙生却还要问下去,他恳求王二伯说:"爷爷,你快谈谈奶奶是怎样牺牲的,我要听!"

这时我就从旁给王二伯解围了。我对蒙生说:"你奶奶已经牺牲了,就不要在你爷爷面前再提这些吧!这样会触起你爷爷难过的!"

蒙生听了我的话果然不再问了。这聪明的孩子不仅不提这事了,相反的更紧的扶着老人,要老人小心走,不要跌着,并用安慰的口气对王二伯说:

"爷爷!这都是我不好。爷爷!你可不要难过啊!"

老人笑着对蒙生说:"孩子,只要你高高兴兴就行了!爷爷不难过!"

我们回到家里,吃过晚饭。有个姑娘和一个男孩子来找蒙生了,他们决定继续搞技术革新,搞好了自来水,还要利用水库的灌溉渠,创造水打磨。蒙生当然很乐意参加这一工作,因为他觉得能够为自己诞生的地方,作出点贡献是很大的愉快。他就和这一对青年男女出去了。

蒙生走后,我就向王二伯问起大娘牺牲的事情。王二伯这时才舒一口气对我说:

"同志,我很不愿意在蒙生面前谈这事情,怕孩子难过。特别是在他妈妈面前,一谈到你大娘,她就哭起来。人已经死了这么多年了,还叫他娘们难过干啥?"

我说:"大娘的牺牲和他母亲有关系么?"

王二伯说:"你大娘就是为了掩护蒙生他妈才死的啊!事情是这样:

"这是'扫荡'的前一天夜里的事。敌人离这条山峪很近了。根据情报,明天一早,鬼子就'扫荡'我们这个村庄。分给我们掩护的伤员,在反'扫荡'前几天就到了村里。在敌人还没有到来之前,暂时都住在各人家里养着。敌人要到了,我们要在这一夜把所有的伤员都背到山洞里。当时我家分了七个伤员同志,我就和我的小儿子一道背送。我的小儿子当时虽只有十六七岁,可是挺有劲。山洞都分散地挖在山坳里,天又黑路又远,背上一个人爬岭坡,可实在吃力,七个人来回得十四趟。我年纪大了背了两趟就支持不住,就留在山洞里安置伤员,由小儿子自己背。

"他一趟趟背着,虽然是冬天,可是累得汗水把破棉袄都湿透了。好容易把伤员背完了,天已经要亮了。还有他娘呢,她还留在家里。我老伴有个腿疼病,不能自己到山洞里来。还得去背她呀!我就对小儿子说:'孩子,你歇歇,我去背你娘吧!'

"小儿子说:'不,还是我去吧!'

"说着他擦把汗水就又返回村庄了。这时天已大亮,东边山峪口上已响起了枪声。俺那孩子忙跑进家,把他娘从屋里扶出来,坐在屋门口的门台上。孩子正要蹲下去背他娘,这时村东边响着鬼子的排枪声,子弹带着哨音,从屋顶上飞过。只听大门哐啷一响,从外边跑进来一个女同志,一看她的肚子,就知道是个孕妇。女同志跑得上气不接下气,一见我的小儿子,就一把拉住他的手说:

"'小同志,鬼子在追我。请快点把我藏起来,我实在跑不动了。'

"在这种情况下,当然应该先背革命同志的,可是我这小儿子平日非常疼爱他娘,难道他能把娘抛下不管么?他有点犹豫了,他看看女同志,又看看娘,下不起决心来。可是这时候敌情是太紧急了,不允许再犹豫不决了,还是娘看出了儿子的心情,就说:

"'孩子,快把同志背走!'

"儿子说：'鬼子要来了，你留在这可不行啊！'

"娘说：'掩护革命同志要紧。我年纪这么大了，你不要为我担心！'

"这时女同志也省悟过来。看到我儿子舍母救自己也不忍心。就说：'小同志，先背大娘吧！'

"他娘指着女同志的肚子着急的说：'同志，别管我，你赶快进山洞吧，你身上还有一条小生命啊！'说到这里，娘就以严厉的口气对儿子说：

"'你是娘的好儿，就听娘的话，赶快把同志背走。快走！鬼子马上就要到了，再不走娘就要生气了！'

"儿子看见娘要生气了，就含着泪水把牙一咬，对女同志说：'娘已经这样说了，还是别叫她生气吧。快趴到我背上，抓紧时间，也许我还来得及回来背她老人家。'

"说着我的儿子就硬把女同志背起来，出了后门，向有着晨雾的山坡上跑去。

"我的小儿子把女同志一送进山洞，女同志就催促着他：'小兄弟，赶快回去背娘。'我那小儿子就象箭一样向山坡下跑去。

"可是他跑到半山腰，就忽的停止脚步。鬼子已经进了庄。这时候村子里响着一阵枪声，村当央的房子烧起来，红色的火苗在黑色的烟雾中窜着。刚才还是安安静静的村子，现在已是一片混乱了。

"在这种情况下，我的儿子是不能进庄的，要进去是自找死路。他就在山坡上的石头旁站下来，望着遭劫的村里的情景，想到疼爱的娘，眼泪扑搭扑搭的落下来。

"鬼子开始'扫荡'时，首先是抢占地方。到达指定的地点，一阵烧杀，匆匆过去后，再回头来进行'清剿'。这天下午三四点钟，鬼子就离开我们的村庄，向西走了。傍晚，我和小儿子还有那个怀孕的女同志，都心神不安的急忙回到庄里。

"当我们一踏进家门，我的耳边象响起了一声爆雷，顿时感到头昏眼花，要不是我双手扶住门框,我的身子会一下子跌倒地上。不幸的事情终于发生了,我的老伴,倒在屋门前的血泊里,她叫鬼子用刺刀穿死了。

"我和我的小儿子看到你大娘的尸体,难过极了,都哭起来;可是哭得最痛的要算那个女同志了。她围着你大娘的尸体号啕大哭,由于她知道你大娘是怎样死的,她就更加心痛,哭得就更悲痛,旁边看到她哭的人也都落下泪来。……"

我听到这里,不觉泪水也涌进眼眶。山区的人民是这样的舍掉自己的亲人,来救另一个亲人——革命同志啊!我用泪湿的眼睛望着老人,听他说下去:

"在这种情况下,我和我的小儿子就忍住自己的悲痛,擦干自己的眼泪,来劝这位女同志了。因为她还是个孕妇呀!不能让她哭坏了身体。我就对她说:

"'同志!不要难过吧!人老了,总是要死的。你可得珍重自己的身子呀!'

"我和小儿子还有村里的人,都过来劝她,把她从地上扶起来,在当天晚上就把我的老伴埋了。在她的坟上,也不能大声哭,因为鬼子就在这附近啊!

"第二天鬼子返回来,我们又把那位女同志送回山洞,以后快要生产了,我和我的小儿子就把她移了地方,就是咱们下午看的那个地堰里的山洞,小蒙生就在那里诞生了。"

我听过蒙生母亲遇救的叙述后,心情太激动了,激动得心在跳,血在沸腾,坐都坐不住,我站起来直在院子里打转,在这转的时候,我的眼睛还是潮湿的,因为我的脑子里还浮现着那一幕舍母救同志的悲壮场面。老人大概看出了我的沉重心情,就安慰我说:

"同志,人已死去多年了,就不再去提它吧,干革命嘛,还能没有牺牲,现在咱们谈点高兴的事吧!"老人又说下去:

"反'扫荡'胜利以后，蒙生爸爸来探望蒙生和他的母亲，他听说你大娘的事，也很难过，他和蒙生母亲都表示要把我当作自己的父亲看待。待我那小儿子也象自己的亲兄弟一样。从此以后，遇到情况紧张时，蒙生和他母亲当然还是到我们这里来隐蔽，就是平时战斗空隙里，他娘儿们也常来看看我们。我和儿子有时也到部队上去看蒙生。就这样我们象亲人一样来来往往。

　　"解放战争期间，部队扩大，胜利的局面也大了，他们打到远处去了，可常有信来，没有断过联系。全国解放以后，他们进了大城市，开始在上海，以后又到了南京。前年他们还派人来接我去南京住了一些时。在他们家里住的日子，真难忘啊！城市的生活挺不错，他们待我也实在亲热，自己的亲生儿子也不过这样。可是我住不惯，还是惦记咱们沂蒙山的建设。不久我就回来了。看！现在学校放暑假，他爹爹妈妈又叫蒙生来看我了。"

　　王二伯说到这里，就又回到刚开始讲这故事前的那个问题上，就是为什么他不愿在蒙生面前谈这事。这时老人慈祥的面孔上显出一种认真的神情，老人对我说：

　　"事情已过去了，再在小蒙生面前谈这事就不好了。他听到你大娘死的那一段，准会难过的。直到今天，我都不敢在他妈妈面前提你大娘，一提起来她就哭。人老了，死这么多年了，还叫这些年轻人难过干啥！刚才走到路上时，我一不小心脱了口，说出你大娘来，我就给你递了个眼色，你也真行，一下子就把蒙生支吾过去了。"

　　王二伯的心情感染着我，他的舍己为人的品德多么崇高啊。当他提到自己的老伴时，他一定会难过的，这是人人都具有的自然情感。可是在提到这难过的事情的时候，他想到的不是自己，而是蒙生，他还担心这孩子听了难过。

　　我不仅为王二伯救助蒙生母亲的行动感动，而且也为他无微不至的照顾小蒙生的心情而感动不已。

　　这时天已完全黑下来了，月亮象冰盘一样从东边的山头上爬上来。听过王二伯所谈的激动人心的故事，我浸在一阵沉思里。这时候，王二伯的两个孙子又离开了他们的妈妈，跑到爷爷这边来了。我看了孩子一眼，就问老人：

"孩子的爸爸到哪里去了？"

王二伯抱着孙子说："他到县上开四级干部会议去了。他是生产队的支部书记。"

那个大点的孩子知道我们在谈他爸爸，就问王二伯："爷爷，爸爸什么时候回来啊？"

王二伯说："听说会议已经结束了，今晚你爸爸就会回来。孩子，你想爸爸了吧！？"

两个孩子都点点头说："想！"

我一听说王二伯的儿子今晚就回来，心里感到很高兴。我很想见见他，因为在刚才王二伯的讲述里，他是个多么勇敢的孩子啊！不过，十多年过去了，现在他已是两个孩子的爸爸了，可能已经是个中年人了吧。

我正想着，突然门外一阵脚步声，只听蒙生在门口欢喜的叫着："爷爷！二叔回来了。"

蒙生的叫声刚一落地，他就和一个细高个的中年人走进来，两个孩子连蹦带跳的喊着"爸爸"跑到中年人的面前，我也和王二伯一道走上去。

中年人双手把孩子抱起来，向王二伯问了好，又把目光转到我的身上，他低低的问父亲又象是自语似的说：

"这是哪里来的同志呀？"

王二伯介绍说："这是我去接蒙生时，路上遇到的一位同志。他过去也在革命部队，在咱沂蒙山区战斗过，我请他到咱家来作客了。"

中年人笑着说："欢迎！这太好了！"

当他笑着向我表示欢迎的时候，我突然在他脸上发现一块红痣，这红痣正在他的眉宇之间。这一发现，使我欢喜得几乎惊叫起来。我急忙走上一步，一把抓住对方的肩膀，兴奋的说：

"你是小挺同志么？我正要找你呢！"

这时对方的眼睛也在我脸上打转，他一边寻思一边说："你是……"

我说："一九四一年鬼子'扫荡'时，咱们在北边山坡上的红草下隐蔽，你还为我们送煎饼吃。你不记得我了么？"

我这一说，小挺才啊呀一声惊叫起来，他一下就把孩子交给父亲，跑上来抱住我：

"原来是你呀！咱们多少年不见了。"

我和小挺这一阵亲热，可把蒙生和王二伯愣住了。蒙生问小挺说："二叔！怎么，你们认识么？"

小挺说："我们不但认识，而且还在艰苦的战斗年月里共过患难呢！"

王二伯听了儿子的话，也很有风趣的笑着说："看！我说不是外人吧，果然是自己一家人。啊！他要找你，我正好在路上碰到他，你看这有多巧！"

说着，我们就到了屋子里。小挺嫂忙端来了灯，又拿劈柴到外边燎茶，老人兴奋得不得了。忙把劈柴拿过去，对媳妇说："你去哄孩子吧！我来燎，今晚得好好的拉拉呱！"

我坐下来以后，接着就问小挺："武书记可好么？他现在什么地方？"

小挺听了我的话，脸唰的沉下来，连正在燎茶的王二伯的脸也发白了。小挺没有看我的脸，低低的说：

"武书记牺牲了！"

我象被谁砸了一棒似的，忽然站起来。我几乎不相信我的耳朵会听到这种话，象那样坚强的党的勇士竟会死去么？我又在问：

"你说什么？"

小挺冷冷的说："他牺牲了！牺牲得多壮烈啊！"

在这天晚上，我以极沉痛的心情，听着下边小挺告诉我的武书记壮烈牺牲的动人心魄的故事。

八　赤石崮

那是武书记解救我们的第三天的事。

这天夜里,武书记带着小挺还有另一个民兵,隐蔽在一个秘密的山洞里。他们在这里的任务,是监视左下方山洞里住的一个富农。

这富农姓何,排行第三,是个秃子,人们都叫他何三秃。他过去在东边山峪的大庄子上,给地主管账,靠地主剥削劳动人民,从中捞了一把油水,就在这条山峪里置了一部分田产。平日里,他依靠地主的势力,常常欺压这条山峪的人民。共产党来了以后,觉醒了的人民斗争了何三秃依附的那家恶霸地主,也向何三秃讲了理。被斗的地主在一天夜里偷偷的跑了,跑到城里投靠了鬼子,而何三秃呢,由于群众的监视,他没有跑成。只得在家里劳动。他在组织起来的人民群众面前,表面上装得很积极的样子,叫他干什么,他就干什么,从不说一句怪话。可是在他心里呢,他对党和人民却怀着极深的仇恨。每逢到敌人"扫荡"的时候,他就显得很轻松。在何三秃的眼睛里,常常闪着一种狠毒的光芒。

村里的群众是最了解何三秃的狠毒心肠的。所以在反"扫荡"开始,群众接受掩护伤员任务时,都要求区上把何三秃抓起来,甚至有的人要求把他枪毙,以绝后患。武书记曾反复考虑过这个问题,何三秃很坏这是人所共知的,可是在那次讲理会上他表示悔过自新后,还没有足够的罪恶事实可以把他抓起来甚至枪毙!虽然不能这样处理何三秃,可是得警告他,不要做坏事。因此在反"扫荡"前一天,武书记就把何三秃找来,对他说:

"现在敌人'扫荡'了,你是好人、是坏人,在人民暂时处在困难的时候,是最容易看清楚的。考验你的时候到了,在反'扫荡'中要是你站在人民一边,你今后就会得到人民的信任,要是你破坏了我们的革命事业,我们可对你不客气！"

何三秃说："武书记，我一定要作好人！难道咱们中国人还能去投鬼子当汉奸吗？请你相信我，也叫村里的兄弟爷们放心吧！"

反"扫荡"开始以来，武书记和村里的干部还是经常来到何三秃的山洞里，警告他不要作坏事。因为我们在这山峪里掩护伤员的事他是知道的。只是有些秘密的山洞是背着他挖的，可是有些老的山洞，何三秃还是晓得的。他是本村人，要完全避开他的眼睛是不可能的事。

还好，这些天来总算没有从何三秃这里出事。可是从昨天起，有的民兵发现何三秃在夜里有活动，而且有个外乡人到过他的山洞。这个情况很值得注意，因此，今夜武书记亲自带着小挺和另一个民兵到这里来，在何三秃右上方的一个秘密山洞潜伏下来，严密监视对方的行动。因为何三秃一出问题，就会使隐蔽在这山峪里的地下医院，遭到破坏。在监视的过程中，如发现何三秃有破坏的行动，他们就决心把他干掉。

夜是漆黑的，北风呼啸着。鬼子在四外的山头上烧起火堆，熊熊的火焰在夜色里跳动。村子里的大火烧得更旺。一到夜晚，鬼子就在村里燃烧起一堆大火，一直烧到天亮。这些火堆都是用砸碎的群众的木箱、木橱和桌椅烧起来的。鬼子很喜欢这种燃料，因为劈起来既省力，又干燥易烧。这样作，既可以破坏，又可以照明、取暖，还可以烧饭。现在鬼子就在村里的火堆旁酗酒、吃晚饭。他们把从中国老百姓那里夺来的鸡和小猪，用枪打死或用刺刀穿死，挂在火堆上边烤着吃。吃饱了，喝醉了，就在火堆旁发泄兽性的号叫、狂笑，也有的在哭泣。因为在这深远的山峪里，在这广大的国土上，人民的心里燃烧着更大的、永远扑不灭的复仇的烈火。鬼子一意识到这一点，他们就感到难言的恐怖。

寒风从村里的火堆那边吹来，送来了一阵阵木器上的油漆烧焦的气息，送来了火烧鸡毛、猪毛的臭味。武书记坐在山洞口，望着火堆的眼睛红了，他目睹着鬼子的屠杀和破坏，激起了满腹的仇恨。平日他领导着人民生产和斗争，他对人民一根针一条线都是珍惜的，现在看到敌人对群众房屋家具以及家畜的破坏，是多么心疼啊！

望着这一切，武书记狠狠的在心里说：

"我们要把你们在自己燃起的罪恶的大火中埋葬！"

武书记也想到，在反"扫荡"结束以后，区委应该领导这里的人民，来修复被鬼子破坏的家园。人民政府会拨救济款，其他根据地也会从物质上支援这个地区，帮助这里的人民迅速弥补战争所留下的创伤。这一带山村的房屋已经被敌人烧过三次了，可是这里的人民在党的领导下，并没有屈服，一次次的又把自己被破坏的家园修建起来。

在这到处是敌人燃起的火光，到处响着枪声——敌人在残杀着革命者的夜晚，武书记怎么也不能平静下来。他便派那个民兵在洞口严密的监视着何三秃的山洞，自己和小挺蹲伏在山洞里。他以低低的温和的声调对这个少年进行着革命教育。

武书记问小挺："干革命艰苦不艰苦？"

小挺为了表示革命的决心说："不艰苦！"

武书记说："不艰苦？现在敌人这么疯狂的'扫荡'，到处杀人放火，弄得我们吃不上，住不下，白天黑夜的监视着敌人的行动，还不艰苦？事实是艰苦的，只是我们不怕艰苦罢了！"

小挺说："是呀！你说的对！我一点也不怕艰苦！"

武书记又问："为什么不怕苦？"

小挺说："不怕就是不怕啊！为革命还怕苦么！"

武书记点头说："是的，干革命就不能怕吃苦！可是我们并不是笼统的不怕艰苦，只有最有阶级觉悟的人，他才具有坚强的革命意志，他才能成为最勇敢的人。因为他知道自己所担负的革命任务，他知道为什么人战斗。党教导我们，当前我们首要的任务是，消灭日本侵略者；把鬼子消灭以后，我们还要推翻人剥削人、人吃人的旧社会，在祖国的大地上建立起幸福的社会主义和共产主义新社会。到那时候，劳动人民当家作主，过着自由幸福的生活，人人都有文化，劳动都机械化电气化了，人民的生活将一天比一天更加美好起来。我们就是为这个伟大的理想而战斗的。当然要达到这一步，是要经过一段漫长的革命斗争道路的，要遇到国内外的反革命所给我们的种种艰苦困难和牺牲。这一切从我们革命的那天起，都预料到了，我们随时都准备挺着胸膛去迎接它，任何艰苦和困难也不能阻止我们前进。小挺，你说对么？"

小挺兴奋的说："对！武书记你说得真对！"

武书记又说："我们不但知道为什么而战斗，而且对革命事业充满着胜利的信心。不仅在战斗顺利的时候这样，就是在最困苦的情况下，这种信心也决不动摇。这就是我们许多先烈为什么在敌人面前是那么坚贞不屈，甚至还唾骂敌人，当敌人在杀他的时候，他还从容的唱着《国际歌》，高呼着口号的原因。因为这些烈士知道敌人虽然眼前很疯狂，可是最后终于逃不出被消灭的命运。虽然自己牺牲了，但身后有更多的革命战士扑向敌人，把革命引向胜利。"说到这里武书记炯炯发光的眼睛，在夜色里望着小挺，接着又问：

"小挺，你明白这里边的道理么？"

小挺激动的说："明白。"

武书记说："是啊！这都是我们的好榜样。小挺，革命越艰苦，就越能考验和锻炼我们的革命意志。小挺，在任何情况下，你都要咬紧牙关，忠实于党和革命事业，可不能动摇呀！"

小挺肯定的回答："决不动摇！"

武书记在暗处连连点头，他是相信小挺的。接着他又和小挺谈起革命胜利后，山区的幸福生活了。

武书记又向小挺谈着革命后的沂蒙山区的远景。国内外的敌人消灭了，地主、恶霸也都斗倒了，劳动人民在党的领导下，建设着美丽幸福的山区，人民的生活由穷困走上富裕。到那时候，这山峪里将到处是鲜花，满山种上花果树，山前山后的电灯亮了，向大自然进军的劳动人民的歌声四起，平坦的田野上拖拉机不住轰鸣。谈到这里的时候，武书记笑着问：

"小挺，那时候你想干什么工作？"

小挺说："你干什么，我就干什么，反正我不离开你！"

武书记笑着说："革命发展了，需要作的工作很多，两个人怎能老在一起。你应该有自己理想的工作。"

小挺说："听说拖拉机耕地，一天就能耕几十亩，我学开拖拉机吧！"

武书记说："山区田地不平整，拖拉机会有的，但不会象平原地方那样多。我们要向电气化前进，有了电，就有了动力，什么事都可以用机器代替笨重的体力劳动。……"

小挺抢着说："那么我就当个电气工人吧！"

武书记说："作个技术工人倒不错，不过也得照顾到党的工作需要。党要你做什么，就把什么工作做好！"

这一晚上，武书记和小挺谈了许多，特别是谈到革命胜利的前景时，两人完全浸在幸福的憧憬里了。小挺为未来的幸福生活的前景而兴奋，就象这一切马上就要到来似的。他紧偎着武书记说：

"到了那一天该有多好啊！"

武书记用手臂紧紧的抱着小挺说："这一天一定会到来的。为了争取它早日到来，我们就要战斗的更坚决。任何困难我们都能忍受，必要时可以献出自己的生命。是的，小挺！为了这一天，我们牺牲也是愉快的。过去的那些革命烈士们难道他们不愿意活到这一天么？愿意的，从参加革命那时起，这个理想都在召唤着他们，当然是愿意活到那一天的；可是为了革命的需要，他们还是毫不犹豫的英勇牺牲了。"

小挺听着武书记的话，开始还是欢快的，可是听到最后几句话，他脸上的笑容没有了。在武书记的话音里，这少年严肃的点着头，他为武书记的话打动了。武书记的话在他听来是多么深刻啊！象钉子被锤子砸在木板上一样，小挺都牢牢的记在心里。

这一夜，小挺听了武书记的谈话，受了很大的教育。直到以后很多年，这些话还在小挺耳朵里响着，鼓舞着他在革命道路上前进。可是武书记对小挺的教育并不是从这一夜才开始的，早在两年前，共产党八路军到了这里以后，武书记一认识了小挺，就对这十二三岁的孩子进行革命教育。那时，这里还住着国民党反动派的部队，武书记悄悄的到这个庄来开辟工作，住在小挺家里。他一见小挺，就很喜欢这个孩子。后来国民党反动派和本庄的地主要捉武书记，武书记转入地下活动，经常夜里来去，为了避开敌人的搜捕，有时他藏在羊圈的吊棚里。小挺偷偷的给武书记送饭吃，并常为武书记给外庄党员秘密传送信件。以后这里成了根据地了，庄里成立抗日群众团体，小挺就被选为儿童团长。在紧张的战斗年月里，小挺除了领导儿童拥军优属，还常为武书记送情报收藏文件。小挺在武书记教育下成长，他也初步的为革命作了些工作。小挺几次央求武书记要他出来工作，他理想的工作是给武书记当通讯员。可是武书记嫌他年纪还小，就叫他仍留在村子里。这次反"扫荡"，由于掩护任务过重，武书记又在这附近检查工作，因此，小挺就跟着武书记一道活动了。今晚武书记给小挺谈的这一番革命道理深深打动了小挺，他决心等反"扫荡"结束以后，就要求到区里去帮武书记作通讯工作，再不回村里了。想到这里，小挺更紧的靠着武书记，他真不愿再和武书记分开了。

可是就在这一天黎明，突然发生了震人心弦的情况。

在天蒙蒙亮的时候，在洞口监视何三秃的民兵向武书记报告，说有一队鬼子来到山坡下，一个汉奸领着几个鬼子到了何三秃的山洞口。何三秃被汉奸叫出来了。

武书记一听这情况，忽的从碎草上坐起来。他从腰里掏出手枪，就向洞口爬去，小挺也随着他爬向洞口。

这时东方已发出鱼肚色，天已冷清清的亮了。晨曦的亮光耀着武书记的严峻的脸孔，他隔着洞口的石缝，向何三秃的山洞望去。

洞口附近有两三个鬼子端着刺刀，山坡上还有大队的鬼子对何三秃的山洞成扇形的包围着。何三秃和一个汉奸在低低讲话，说话声虽低，可是武书记却听得清清楚楚。

何三秃着急的向四下望望，然后贼头贼脑的对汉奸说："你们怎么这个时候才来呢？天快亮了，叫八路看见了可怎么办？"

汉奸说："胆小鬼，你怕八路，皇军还怕八路么？快走吧！皇军会保护你的。"

何三秃说："我还是不去吧！叫八路看见了，他们会杀了我的。我偷偷的告诉你们地方，你们自己去找还不行么！"

汉奸有点不耐烦的说："不行！快走！不要罗唆！这里到处都是皇军，你还怕什么？你要亲自领着去找八路的地下医院，找到了你就替皇军立了大功。你的东家现在在皇军手下当大队长，他会抬举你干个好差事的，你要怕八路就跟皇军到城里去，不要回来了！"

何三秃说："我的家呢？"

汉奸说："你今天帮皇军找到八路医院，我们晚上就把你的家属搬走。这样，你放心了吧！"

何三秃高兴的说："这就太好了！"

由于汉奸给他打破了顾虑，他说话的声音也放高了。他对汉奸说："说心里话，我也恨八路，皇军这样抬举我，我要尽心为皇军效劳。跟我走吧！八路的山洞我都知道。"

接着何三秃就领着汉奸和鬼子向山坡下走去。

武书记听过何三秃的讲话，头嗡嗡的响了一阵。他咬牙切齿的骂着这个民族的叛徒。他想到何三秃一投靠鬼子，这一条山峪的地下医院，就要遭到破坏。一想到这一点，武书记气得心怦怦乱跳，握着短枪的手也在发抖。

怎么办呢！何三秃一离开这里，就会带着鬼子去找我们掩藏伤员的山洞，我们的革命同志很快就会遭到杀害，事不宜迟，需要采取极果断的措施。

小挺和民兵都着急的望着武书记，小挺说："打死这个坏蛋吧！他一下山我们的同志就完了！"

民兵也说："武书记，快拿主意，赶快干掉他吧！"

武书记沉着的说："只有这个办法，干掉他！而且不能失掉时机，不然他到了鬼子那里就不大好办了！"接着武书记又陷入一阵沉思，显然他在为下一步行动在下决心。

这时，何三秃已领着鬼子走过他们所在的山洞，鬼子的皮鞋碰击石头的声音一阵阵传来。东方的曙光已从洞口映射进来。

武书记突然抬起头来，他的脸色显得很平静，他的决心下了，他低低而严肃的对小挺和民兵说：

"我们在行动之前，要作好充分的思想准备。因为我们一动手，就暴露了自己。不过为了这整个山峪里伤员同志的安全，我们只有这样作了。"说到这里武书记用审慎的眼光望着小挺和民兵，简短的问：

"同志们！有决心么？"

小挺和民兵都齐声的说："有决心！"

武书记说："那么就出来吧！别叫这家伙跑了。"

因为洞口的石缝很狭窄，只能望出一条线，又伸不出枪，因此，武书记就和小挺、民兵爬出山洞，洞附近有两块大石头，他们很快的趴在石头后边。

天已大亮了。东边的天际象起了大火一样，升起了朝霞，映红了山峪两侧的山坡。映红了屹立在右侧山顶的赤石崮，也映红了武书记、小挺和民兵的脸孔。武书记趴在大石后边，向山坡下望去。这时何三秃夹在汉奸和鬼子中间，正向山村走去。已走出二十多步远了，该动手了，再不能迟了。他望着这个瘦小的晃动的身影，心里感到一阵阵愤怒。他把短枪举起来，向何三秃瞄准，可是他没有扣扳机，就又把短枪放下来。

武书记想道：这一枪多么重要啊！整个山峪伤员同志的生命都在这一枪上边，如果打不准，那就误大事了。他担心短枪射击起来没有把握，就伸手把民兵的步枪拿过来。他对小挺和民兵交代：

"同志们！考验我们的时候到了。把手榴弹都掏出来吧！听我的枪声一响，就打个痛快吧！反正打一枪，也会把敌人引回来的。"

小挺和民兵都准备好手榴弹，把尾部的盖子都打开，把一拉就响的丝弦，拴在手指上，武书记把步枪架在大石头上，对何三秃的头部瞄准。

"砰"的一声清脆的枪声，响彻了晨雾弥漫的山峪，何三秃随着枪声，一头栽到地上。鬼子汉奸一回头，看到大石后边的人影，就射来一阵弹雨，接着就蜂拥的向大石头冲上来。

武书记和小挺，加上民兵，用步枪、短枪射击着敌人，手榴弹抛进敌群爆炸，有的鬼子倒下了，可是更多的鬼子又冲上来。

因为敌人看清他们人数不多，就更加疯狂起来。敌人一边往上冲，汉奸一边在喊着："不要叫跑了！抓活的！抓活的！"

敌人的机枪也往这里扫射了，子弹打得石头乱迸火星，敌人投来的手榴弹也在大石头旁边爆炸。武书记在爆炸声中肩头负伤了。不过他没有察觉到，因为他集中全副精力在抗击着敌人，他知道现在跑是跑不脱的，现在他是争取时间，多消灭敌人。小挺发现武书记负了伤，就在旁边难过的低叫着：

"武书记！你受伤了！"

说罢，他就爬过来想替武书记包扎一下，可是武书记挣脱了他，又把手榴弹投进敌群。敌人更近了，这时也顾不得包扎了。他就命令小挺：

"不要管我，快去打击敌人！没有手榴弹就用石头打！"

就在这时候，一群鬼子和汉奸，从他们身后悄悄窜上来，因为敌人想要活捉他们，没有放枪。因此，武书记和小挺、民兵没有发现身后的情况。

敌人一靠近，就居高临下，一下扑向他们。武书记一下和一个汉奸抱在一起，开始武书记被敌人扑倒在地上，不一会，他强行挣扎，又把敌人压到地上，其他的敌人又过来，把武书记按倒，这时武器已经用不上了。敌人一只耳朵挨到武书记的嘴边，愤怒的武书记一口把它咬下来，敌人象被杀的猪一样嗷嗷乱叫。小挺和另一个民兵这时也和鬼子扭打在一起，难分难解。

他们和敌人搏斗了一阵，由于敌人众多，最后他们都一一被俘了。不过在这一次短暂而激烈的战斗里，敌人为了捕捉这三个革命战士却付出六七个鬼子和汉奸的伤亡。

武书记被俘后，他望着横陈在山坡上的敌人的尸体，布满汗渍和血痕的脸孔浮上胜利的微笑。被咬掉耳朵的敌人，看见武书记，就用刺刀向武书记的胸前刺来。可是被一个鬼子军官拦住了，因为敌人是不愿这样轻易的把他处死的。

鬼子把他们三个带下山坡后，一路上用皮带和枪托打着他们，直到来到村边的广场上时，他们已被打得遍体鳞伤。小挺感到天旋地转，几乎站不住脚。这时他看看武书记的脸上、肩上的血直往下流，血渗透了棉衣。他是多么爱武书记啊，现在他已经被打成这样了，一看武书记的样子，小挺突然想哭了。可是这少年从武书记的脸孔，看到一种坚毅不屈的表情，仿佛满身伤痕并没使他感到丝毫的痛苦。只是用眼睛爱抚地望了小挺一眼，这眼神好象说：

"小挺，坚强一些，考验我们的时候到了！"

虽然这是无声的眼神传递，可是小挺却完全领会了武书记的意思。他站正了一下，浑身又增强了力量，他怜惜武书记的眼泪也收住了。

敌人的拷打又开始了。原来敌人不想过早的处死武书记，是想从他们口中掏出些东西来。因为唯一知道八路伤员的下落的何三秃已被打死了，他们想要从这三个被俘的人口里问出个究竟。

军官叫翻译对武书记他们说："你们虽然打死了皇军的人，这没有什么。

只要你们把八路在这里掩藏的干部和伤员交出来，太君就饶恕你们。赶快把干部和伤员掩藏的地方说出来吧！"

武书记和小挺、民兵都不说话，问急了，他们就说："不知道！"

敌人又开始打了，敌人把他们围成一圈，这边打过来，他们倒向那一边；那边打过来，他们就又倒向这一边。敌人翻来覆去地拷打着，但休想从他们口中掏出一句有关掩藏干部和伤员的话。

那个民兵被打得支持不住了，他站不住脚，常常倒下去，最后他望着武书记低低的说：

"我真受不住了！"

武书记的眼光象闪电一样看了他一眼，这眼光的一闪虽然是那么短暂，但却非常严厉。仿佛在说："你要向敌人乞怜么？这是白费。要变节么？你也不会有好下场。咬紧牙关吧！"民兵把头低下，从此以后，敌人再怎样拷打他，他都没有响一声。

小挺被打得急了，就看武书记的脸色，一看武书记脸上的无畏的神情，他身上就有了力量。有时再支持不住了，就靠着武书记的身子，仿佛只有武书记才能理解他的痛苦，才能支持和保护他一样。是的，武书记是支持着小挺的，他不仅用眼睛和脸上的表情支持着这心爱的少年，有时也用身体支撑着小挺将要倒下去的身体。虽然他同样被敌人打得浑身瘫软，但却拼全力用身子支持着小挺，不让这孩子倒下去。而小挺深深地感觉到这一点，就又直挺挺地站立着。

鬼子是问一阵打一阵的，鬼子问："说不说？快把藏干部的地方说出来！"他们照例是不回答，鬼子就又打起来。

从太阳出一直打到早饭后，鬼子还是没有达到目的。在这三个坚如钢铁的革命战士面前，鬼子没有办法了，最后才把他们三个人拉到一个沟边准备处死。

处死前，鬼子军官还不死心，叫翻译最后问：

"快说，说了还可以活命！"

他们三个都一致的摇了摇头。这时，鬼子军官向一个端着刺刀的鬼子咕噜一句什么，这个鬼子往后退了几步，忽的举枪向民兵刺去，民兵倒在血泊里。鬼子又向小挺叫：

"你说不说！"

小挺摇了摇头，敌军官又向另一个端刺刀的鬼子咕噜了一下，小挺感到马上就要轮到自己了，他向武书记看了一眼，身子也靠紧了武书记。武书记微微感到小挺的身子有点发抖，因为他毕竟还是个孩子啊！小挺看到武书记脸上很平静。武书记用眼睛对小挺说："有我在这里，不要怕！"接着他象在考虑着什么。这时第二个鬼子已经向后退了，眼看就要举着枪刺，扑向小挺。突然武书记的脸上亮了一下，忽的猛走上几步，用身子挡住了小挺，对鬼子军官说：

"不要刺！"

鬼子被武书记这一突然行动弄得发愣，将要伸出的刺刀又缩回来。敌军官问武书记：

"什么事儿？"

武书记说："你们不是要找掩藏干部和伤员的地方吗？那么找我好了！"

敌军官一听，感到很高兴，马上止住了端刺刀的鬼子，对武书记问："藏干部伤员的地方，你知道？"

武书记点头说："我知道，我可以带你们去，可是得有个条件。"

敌人马上问他什么条件。武书记指着小挺说：

"他还是个孩子，不懂事，藏干部和伤员的事也不会叫他去办，他什么也不知道。他身上也没有武器，又没有和你们战斗过，你们要是把他放了，我可以领你们去找掩藏的干部和地下医院！因为这事是我经手的。"

鬼子军官问武书记这话可当真，武书记很认真地点了点头。敌军官马上下命令把小挺的绑解了。

被解了绑的小挺站在一边，陷入了一阵狐疑。这是怎么回事，难道自己一向敬重的武书记，真会领着敌人去捉自己的同志？绝不会是这样！武书记刚才是怎样瞪视着受不住拷打的民兵啊！他又怎样体贴入微的支持着自己呀！他决不是出卖革命的人，可是眼前的事又是怎么回事呢？小挺望着仍被绑着的武书记，武书记的脸上很平静，甚至还有点愉快的神情。小挺最了解武书记，这是他对难题有了办法、下了决心以后的表情。他知道武书记又在打什么主意了。

这时武书记也看了小挺一眼，眼神里充满了对小挺的爱抚。它又好象说："小挺，我总算为你做了点事情，并为此而高兴。至于我怎么样，你就不用管了。你尽管放心吧，现在就赶快离开这一群恶狼！"

敌军官催促武书记，说"皇军"已接受了他的要求把小挺放了，也要武书记执行诺言。

武书记说："先找伤员，还是先找干部？"

敌军官说："先找干部！"

武书记又问："先找大干部，还是先找小干部？"

敌军官高兴的叫道："大大的！"

武书记说："那么就得走远一些了。"武书记用下腭向赤石崮指一下说："我在那个崮上掩藏了一个大的干部，那咱们就走吧！"

小挺一听武书记最后的话，他刚才的一段狐疑才解开了。那赤石崮象一块石头一样坚硬，连石缝都很少，根本就没有什么山洞，掩藏的干部他大体都知道，那上边从来没掩藏过人。直到现在小挺才完全明白了，武书记根本就不是去替鬼子找人，他大概又拿定了什么主意。这一点是确定不移的，可是随着这一认识的到来，小挺眼眶里涌出了泪水。武书记平时是多么爱他啊！就是在他自己将要被杀的一瞬，他想到的不是自己，而是战斗。他一方面应付敌人，另一方面又这样想尽办法把他从死渊里挽救出来。

这时小挺的心情非常激动,他为武书记的行动而深深感动。自己虽然解绑了,可是武书记呢?他的结局会怎样呢?想到这里,他真恨不能扭住敌人拼个你死我活,但是情况又不允许他这样做,小挺只有望着武书记,他的心象被火油煎熬着,痛苦极了。

武书记要走了,敌军官派一个伍长带一个端着刺刀的鬼子跟在武书记的后边。敌军官还不全信武书记的话,但一种希望却又鼓舞着他。他认为也许武书记怕死,会献出一个八路的大干部呢。就是找不到也不要紧,回来后还可以把武书记杀掉,反正他是跑不掉的,因为这一天赤石崮周围山坡上都是"清剿"的"皇军",他又用绳子绑着,大白天他能跑到哪里去呢?因此,敌军官就毫不犹豫的派人跟武书记去了。

武书记被两个鬼子押着,离开小挺时,给小挺递过来一个眼色,要他马上远离这里,就从容的向赤石崮那边的山坡走去了。

小挺看看武书记远去了,就要趁机走开,可是被鬼子拦住了,要他不要动,仍旧站在那里。因为敌军官刚才把小挺松了绑,主要是欺骗武书记,要他认真地去找大干部。当武书记一离开,他就不再执行诺言了,他们是不肯轻易放掉这个小八路的。

敌军官等武书记走远了,就又对小挺下了毒手。一个鬼子走上来,要小挺跪倒,小挺不跪,鬼子就抬起右脚,向小挺两腿踢去,想一下把小挺绊倒。小挺一看鬼子又变了脸,激起了他内心的极大愤怒。鬼子一脚踢来时,他早有准备,他把两腿猛力往外一顶,这被踢的孩子屹然挺立未动,而鬼子却叭的一声跌倒地上。这一来,引起周围鬼子的一阵哄笑。这群日本鬼子并不是称赞小挺的能干,而是嘲笑那个法西斯武士连个孩子都摔不倒,相反自己却叫孩子绊了个仰面朝天。被摔倒的鬼子,从地上爬起来以后,满脸羞得通红,这时他看到小挺,就更恨了,鬼子象暴怒的恶狼一样,对小挺呲着牙,端着刺刀就向小挺的前胸刺去。小挺向旁一侧身,刺刀从他的右臂穿过,擦过前胸,刺刀又刺入了左臂。小挺一下倒在地上。这个鬼子还嫌不解恨，就又在小挺的背上穿了两刺刀。小挺整个的躺在血泊里了。

鬼子刺倒小挺后，就四下散开，去搜山了。中午时分，鬼子都集中在山上和庄里吃饭，倒在沟边的小挺渐渐的苏醒过来。他的伤势还不太重，刺刀只是穿透了他的双臂，前胸只划了一道血痕，而背上的两刺刀，都从他的两肋边穿过，并没有伤着内脏。他看看四下没有鬼子，就爬下小沟，顺沟向东爬去。

血流得太多了，他浑身没有力气，口渴得厉害，可是他还是向前爬去。爬一会儿，休息一下，再向前爬，他终于爬到村东北角一个较僻静的地方。附近一个山洞的群众看见了他，就偷偷的跑过来，给他身上盖了几个谷草捆，把他掩蔽起来了。

当小挺一苏醒过来，他就想到了武书记。武书记对他太好了，武书记给他的影响太深了，在他最痛苦的时候，武书记是怎么安慰着和支持着他啊！当鬼子要刺杀他时，武书记又是怎样勇敢的挡住了自己的身体，机智的把他解救下来。虽然后来鬼子失信的还是刺杀他了，可是武书记那种无畏的忘我精神，以及在那样危险的情况下还对自己爱护备至，这是使他深受感动的。

想到这一切，小挺就拨开了谷草向南边的赤石崮望去。他知道武书记到赤石崮上去了，他去干什么啊？武书记现在怎么样了？小挺焦急的望着赤石崮那边，赤石崮在阳光下屹立着，鬼子在赤石崮下边的山坡上，象狼群一样到处搜寻。可是却看不见武书记的踪影。

不一会，小挺看到四个鬼子抬着两具鬼子尸体，从赤石崮山坡上走下来。这是怎么回事？那边并没有激烈的枪声和战斗啊！怎么抬下来尸体？小挺更加想念武书记了。他忘记了伤口的疼痛，心里不住的叫着：

"武书记，你怎么样了？"

小挺一边在心里呼唤着，眼睛里不觉的涌出了泪水，他看了敌人的尸体，立即意识到有什么不寻常的事情发生了。

小挺感觉到的事情确实发生了。

武书记离开小挺以后，就被鬼子押着走向赤石崮的山坡。他被敌人拷打得满身都是伤痕，走起路来头发晕、腿发酸、浑身疼痛，爬山坡时累得脸上的汗水直往下流，胸内发闷，不住的喘着气。根据他现在的身体情况，多么需要蹲下来休息一下啊！可是他一点也不想休息，鬼子也不会答应他休息，他咬着牙，吃力的爬上陡峭的山坡。

在走上赤石崮的路上，有两件事情使武书记感到轻松些，甚至在鼓舞着他前进。一件事是小挺在他的行动下终于释放了，他是太爱这个孩子了，他心里说：他还年轻，应该活下去，他总算为这个孩子做了一件事；再一个就是鬼子竟按着自己的意图来行事了。尤其这后一件事使武书记很兴奋，一想到这一点他身上就增强了力量。

他领着鬼子终于爬上了山顶，赤石崮就在身边。这威武的赤石崮，是多么雄伟啊！它四面都是五六丈高的绝壁，象一个铁筒扣在高山上，寒风撕着巨石缝里的荆条，发出带哨音的尖厉声。

两个鬼子有点畏惧的抬头望望赤石崮。鬼子伍长用怀疑的眼光望一下武书记，便向翻译叽咕了几句，翻译气呼呼的对武书记说：

"这山崮又高又陡，人怎么能上去，这上边能藏人吗！你可不要欺骗皇军！"

武书记说："一般人都认为这上边不能藏人，可是我们正利用这一点作掩护，在这上边挖了山洞，专藏高级干部。"接着他就向崮东边指指，那边有一条小道可以上去。

两个鬼子有点不耐烦，也许一路爬山有点累了。可是武书记还是把他们领到东边攀登崮顶的小道。

小道是那么狭小，象一条弯曲的绳子从绝壁上垂下来。他们得用双手扒着两边的岩石，才能一步一移的爬上去。汉奸和鬼子看着这条羊肠小道，正在狐疑，武书记就又说话了：

"上去时,动作可得轻些啊!不然,他们会听见的。这个掩藏的大干部和他的警卫员都有枪啊!可要小心!"

鬼子听了武书记的话,爬崮的兴致大起来了。他们推扶着武书记,小心翼翼地爬到赤石崮顶。从下边看这个崮顶很小,可是到上边却有一亩多地那么大。

站在崮顶,沂蒙山的群峰尽在眼底,由于崮高,上边风很大,吹得人们几乎站不住脚。武书记身体虽然被打得很虚弱,可是这时却挺着胸膛站着,比坚硬的岩石站得还稳。

这时候,武书记指着北边的崮的边沿,悄悄的对敌人说:

"在那悬崖下边一尺多高的地方,就是藏人的山洞,咱们慢慢的走过去,我指给你们山洞口,我就得回来,你们就去抓人。"

敌人点头同意,就随着武书记蹑手蹑脚的向崮北沿走去。已经到达边沿了,武书记回过头担心的对左边牵着绑自己的绳子的鬼子伍长低声说:

"我要探身向下,指给你山洞的地方,你可得把绳头拉紧啊!别把我摔下去!"

这个鬼子原是把绳头绕在手腕上的,听了武书记的话,他感到这个中国人这么怕死,可是为了抓八路干部,他就顺从的把手腕上的绳子又紧紧的绕了几遭。武书记看见对方缠好了绳子,象放了心似的,就探着身子向崮下望了一眼。这边悬崖正连着下边一个陡山坡,从崮顶到山下足有几十丈深,一个石子落下去,就会忽拉拉地响个不停、一直滚到山脚下,中间没有一点阻挡。平时人到这里往下望,会感到头晕,可是现在武书记看来却是那么清晰,他的神态镇静而安详。接着武书记就对右边那个持枪的鬼子,指着崖下不远处的一块黑石头低低的说:

"看见么?就在那里!"

这个鬼子探着身子,聚精会神的向武书记指的地方看去。说时迟,那时快,只见武书记身子往下一顿,高呼着:"共产党万岁!"拼全力向探下身去的鬼子撞去。随着这震荡着山岳的口号声，这个鬼子站不住脚，一转眼工夫，就和扑上身来的武书记一道摔下石崖左边；那个掌绳子的鬼子伍长一看不妙，忙去解手腕上的绳子，可是已经来不及了，当他刚省悟过来的那一瞬，早被武书记带下悬崖了。

武书记就这样和两个鬼子同归于尽，为党为人民壮烈的牺牲了。

小挺同志谈完了武书记的壮烈事迹，我望着桌子上的豆油灯在发呆，半天说不出话来。我的心象灯芯上的火苗一样，在不住的跳动。渴于要见的武书记早已牺牲了，这不能不使我心里感到难过！可是一想到他的死，我全身的血液都骤然沸腾起来。他牺牲得是多么英勇、壮烈和不朽啊！在敌人绑缚下，他被打得遍体鳞伤，敌人的刺刀正对着他的胸膛，就在这死亡转瞬就要到来的时候，他不仅表现了一个共产党员的坚贞不屈的大无畏精神，视死如归，而且他还不甘于这样死去，他是多么沉着、冷静、机智的和敌人斗争。他的牺牲的本身就又是一场歼灭敌人的战斗，最后两个法西斯刽子手又被他消灭了。

武书记的英雄形象，又浮现在我的面前，他的坚毅的面孔，他的诚挚的话语，反"扫荡"时他在山坡上的红草后边对我们的救助，他把敌人引到自己那边去的勇敢行动，他对小挺的热爱和培养，直到临死还设法救出这个孩子。为了整个山峪的地下医院的安全，他是那么果断的射杀了何三秃，虽然为此会给自己带来生命的危险，也在所不惜。他最后在赤石崮上和敌人同归于尽的惊心动魄的悲壮场面，……这一切都在我脑际里一幕幕的浮现着。多么崇高的英雄形象啊！他是党的好儿子，是英雄的沂蒙山的光荣的儿子。我是一边吸着纸烟，一边想着这一些的。有时我激动得不住嘴的抽纸烟，可是也不能压住沸腾的心情；有时我陷入了沉思，纸烟烧着了手指头，我还不知道。

在屋内昏黄的灯光下，是一片沉静。不仅我好久没说话，王二伯和小挺都闭着嘴在暗处发愣。虽然事情已经过去十多年了，可是现在一提起武书记的牺牲，听的人都又陷入一阵难言的悲痛里边。

我站起身来，小挺同志和王二伯也都随着站起。我们不约而同的向门外走去，好象屋里的空气太沉闷，沉闷得使人透不过气来，我们走到院子里去了。

这时夜已很深，月光发亮，我向南边山顶上望去，巍峨的赤石崮，衬着点点星光的夜空，在月光下屹立着。这赤石崮对我太熟悉了。在战争年月里，斗争胜利的时候我看着它，在艰苦的时候，我看着它，现在在和平建设的时候我又看到它了。可是只有听到武书记的壮烈事迹以后，我看到的赤石崮，才感到更亲切，它的形象也仿佛比过去更威严了。

我凝望着赤石崮好久，突然觉得屹立的赤石崮加上下边的两条山脚，它倒象一个巨人一样蹲坐在这有着晶亮的星空的夏夜。可不是么！赤石崮真象巨人。我再看时，这巨人不就是武书记么！看，我所熟悉的他那坚毅、诚恳、果敢而热情的面孔，在夜色里显得发亮。他仿佛也看到了我们，脸上布满胜利和欢欣的神情⋯⋯

沉默了好久，还是王二伯憋不住由于武书记的牺牲而带来的满腹闷气，低低的说了一句：

"多么好的一个党的干部啊！要是他现在还活着该多好！"

接着我们就去睡觉了。

第二天上午，在我的请求下，小挺同志陪着我到赤石崮去。赤石崮映着灿烂的阳光，它四周的山顶上是一片马尾松林，象被绿色的手掌小心的托着。崮的岩缝里，有着各式各样的野花，在微风里抖动。赤石崮显得多么壮丽啊！

我和小挺同志是怀着悼念武书记的严肃心情，爬上赤石崮顶的。崮顶风很大，在山下还感到闷热，到了崮上却感到阵阵凉意了。我和小挺走到北边的悬崖边上，静静的向武书记默念了几分钟。我探身向下望去，遥望着深山峪里的牧牛，象麻雀那样小，这悬崖该多高啊！这就是武书记和鬼子同归于尽、壮烈牺牲的地方。我耳边仿佛又听到了雄壮的"共产党万岁"的呼声，这呼声响彻了附近所有的山峪。

我站在赤石崮顶上，向四下了望：沂蒙山的山峦尽在眼底，象一望无际的怒海里的波浪一样起伏着，这峰峦的上空，朵朵白云悠悠游动，有些古老挺秀的山峰，直插向天际，云朵象轻纱一样在山峰四周萦绕。山峪深处雾霭蒙蒙，它不仅遮不住沂蒙山的秀丽，却给它更增添了诗情画意。看！透过薄雾，有多少新建的大小人造湖——水库，象宝石样放光！蜿蜒如带的沂河和它无数的支流又给这湖光山色划上了多么曲折、流转的动人线条啊！

出现在我眼前的，是多么壮丽辽阔的祖国河山啊！由于它的孕育，这里出现了数不尽的英雄儿女，他们在党的领导下，又干出多少惊天动地的、无愧于美丽河山的雄伟事业啊！

古老的沂蒙山是比过去秀丽了，也比过去年轻了。这里的山区人民在党的领导下战胜了国内外最凶恶的敌人，现在又在社会主义总路线鼓舞下，治山治水，以过去对敌斗争的雄伟气魄，向大自然宣战，改变了沂蒙山的面貌。可是这幸福的（今后会更幸福）生活，得来是多么的不易啊！一想到这里，武书记的形象就又出现在我的眼前。是的，我们流了多少鲜血，才赢得了今天啊！在我们进一步加强沂蒙山区的建设时，武书记的形象将永远鼓舞着我们前进的步伐。

从赤石崮下来以后，我和小挺同志在山峪的小道上往回走。我俩只是默默的走着，谁都没有说话。武书记的悲壮行为，还在深深的激荡着我的心，使我很久不能平静下来。这时的小挺大概也浸在难忘的往事的回忆里边。山峪是幽静的，只有我和小挺行进的脚步声打破了四周的沉寂。

我看着山峪两旁层层梯田上的庄稼，长得都很好，春玉米已长到一人多高了，刚刚冒出的玉米棒象牛角那样长，一棵结有两三个大棒子，从那果实尖端的鲜红的红缨看，它还要长下去。麦茬花生长得也很好，一墩有锅盖那样大小，小小的黄色花朵在覆地的茂密的枝叶间开放着，秋地瓜长得更好，富有生命力的藤蔓，把一条条田埂都遮住了，藤蔓下边的地瓜，看样是在猛力的生长着，埋藏它们的土堆，由于地瓜的成长，被鼓得裂开一条条隙缝。

看到这些庄稼，我就想到当我到这里来时，县委张书记曾经给我谈过小挺同志这个生产队的情况：他们这个队过去是穷山沟，国家常常要给他们拨救济粮，才能生活下去。几年以后，特别是大跃进以后，在党的领导下，他们的农业生产和多种经济搞得很出色，这几年，不但不吃救济粮了，还年年超额完成征购任务，群众的生活也安排得很好，群众生活一天天富裕起来了。

为了打破赤石崮所带来的沉寂，我就指着刚才看到的庄稼对小挺同志说：

"你们的农业生产搞得很好啊！看样今年又是大丰收了！"

小挺也看了看梯田上的庄稼说："今年是比去年要好些，可是生产搞得还是很不够啊！我们这是老根据地，一想到过去，我们就得更加劲进行社会主义建设，应该把山区建设得更加美好才对！"

我点点头，小挺的话是对的，我完全理解他的心情，我们就坐在路边的田埂边谈起来了。

小挺又说下去："在社会主义建设的道路上，也要遇到一些困难的，可是当我一碰到困难的时候，我就想到武书记，我的身上就又有了勇气和力气，困难就很快被克服了。每当我工作有了成绩，受到党和群众的赞扬，自己开始感到自满的时候，我就看到了赤石崮，一看到它，我就马上感到自己的工作作得还很不够，还有不少缺点，应该更虚心的把工作再提高一步。老刘同志，你想想看，比比过去的斗争，我们眼前的困难又算得了什么呢？想想先烈的革命事迹，我们眼前作的这点成绩，又有什么可以自满的呢？"

我听了小挺的话很感动，我对他说："小挺同志，你说得很对，我们无论如何不能忘记过去,特别是和平时期成长起来的青年人,要他们知道过去的先烈和同志是怎样和敌人进行残酷的斗争的。我们要学习和继承革命烈士那种忠实于党和人民的英勇自我牺牲精神,来加速我们的社会主义建设。只有这样,才对得起那些为了今天而勇敢的付出生命的同志。"

小挺点头说:"对!我们就是这样作的,记得合作化的前一年,搞统购统销,国家为了加速社会主义建设,要收购一部分农民多余的粮食,一部分有资本主义思想的人不了解政策,他们还有点思想不通,使统购任务不能完成。这时候我们支部决定在烈士陵园里开个回忆对比会。这次会开得很好,当我们向群众谈到过去的艰苦斗争,指着赤石崮谈到武书记为党为人民而壮烈牺牲时,许多群众都感动得流泪了,特别是那些上了年纪的人,他们是知道和亲身经历了苦难年月的斗争的。大家的觉悟提高了,都争着在会上宣誓,表示完成任务的决心,结果这次征购任务超额完成了。"

我听了小挺同志的谈话,有不少感想。我想到老根据地的人民觉悟程度是很高的,在党的领导下,他们向社会主义大道迈进的时候,光荣的革命斗争传统,已成为推动他们前进的动力之一。我又抬头望着赤石崮,望着它庄严的身影,在低低的说:

"赤石崮啊!你将永远屹立在沂蒙山的群峰之上,你也将永远成为推动这一带人民前进的象征。"

这时,我忽然想到,以后回去是否可以建议领导上在这里为武书记立一个纪念碑。为了教育下一代,我想这是必要的。

我和小挺又站起来,向村里走去。

九　向导

从赤石崮回来后,我又在王二伯家里住了一个晚上。第三天上午,我就离开了他们,到沂蒙山的东南部去了。

临分别的时候，王二伯、小挺同志还有蒙生，热情的为我送行。一直送出好几里路。最后我才在这个山峪口上和这些在艰苦斗争年月里结下深厚情谊的亲人分手。王二伯还叫媳妇煮了一包鸡蛋，让我路上吃，并带了一些杏子和桃子解渴，开始我怎么也不要，可是老大爷怎么肯呢？老人一边把东西塞给我，一边说：

"这都是自己家的东西，鸡蛋是自己的鸡下的，水果是自家院子里的果树上结的，你要不收下我可要生气了！"

直到我把东西收下，老人才喜笑颜开。他接着又对我谈起过去的事。他说："过去咱们解放军同志一切都很好，就是有一条我不高兴。你给他们东西，他们怎么也不要。为这事我很着急！是的，他们唱的三大纪律八项注意的歌子里，是说不拿群众一针一线，这是对的。可是我满心高兴的送自己同志点吃的，你们不收，这叫我心里怎么过得去！"

王二伯说的完全是真情实话，回想已往的战争年月，我们革命战士曾几度和亲爱的群众争让着东西啊，我们的纪律是不准许吃老百姓的东西的；可是热情的群众给你东西，你不收，他就很不高兴。我就常常处在这种困境里。有时我和房东大娘推让了很久，最后总算坚守了纪律，空手辞别了房东走了。可是行军走出十几里路，无意的往口袋里一摸，竟摸着好几个煮熟的鸡蛋。原来是老大娘在我不注意的时候，悄悄给我放在口袋里了。

我们在山峪口又谈了一阵，小挺同志希望我以后有机会再来玩，我答应了。最后辞别了他们，我沿着山路向东南走去。

我走出很远，王二伯和小挺、蒙生还在山峪口向我招手，蒙生遥遥的对我喊：

"放寒假我还要来的！你也来吧！"

我说："好，再见！"

转过一个山脚，我看不到他们了，心里感到一阵酸楚。

在路上我回想这次到赤石崮来，主要是为的找武书记，想不到我竟扑了空，他已牺牲了。我虽然没能再见到他的本人，可是听到小挺谈他壮烈牺牲的经过后，他的英勇的形象却活在我的心里，使人永远难忘。

一想到武书记，我就不时的回首望着那迎着阳光、屹立在沂蒙山群峰之上的赤石崮，一看到它巍峨的身影，我的内心就又激动不已。

我愈往前走，离赤石崮愈远了，走出十几里以后，赤石崮被我身后的一座小山遮住，我看不到赤石崮了，心里感到一阵阵怅惘。

为了在天黑前赶到沂蒙山东南山麓下的一个公社，我得加快行进的脚步，因为从这里到达目的地足有五十里崎岖的山路。

我到这个公社是去找党委孙书记的。我和老孙也是在那次反"扫荡"中结识的。和武书记一样，在斗争中建立了深厚的友谊。那时老孙还是村干部，一次我们二百多非武装人员陷入困境，在极度危险的情况下，他作为向导，领着我们冲出敌巢。

这件事发生在武书记牺牲以后半个月。

前边我已经谈过，在反"扫荡"突围过程中，我们开始找到张大娘，以后遇到武书记。武书记向我们介绍了情况，第二天我们就在东北山区和我们的部队会合了，会合后没几天，反"扫荡"就胜利结束了。

敌人从沂蒙山区撤退了，我军和民兵乘胜拔除了敌人在这次"扫荡"中新安的据点，沂蒙山根据地又恢复到反"扫荡"以前的样子了。

我们原是部队的一个学校，本身虽无战斗任务，可是在这次反"扫荡"斗争中却得到了很大的锻炼，分散突围和斗争的连队都集中了，反"扫荡"一开始分开的许多同志，又见到面了。经过一两月的反"扫荡"的残酷斗争，各单位的同志乍又相聚该有多么亲热啊！可是在谈话之间，我们也了解到有不少同志在这次斗争中英勇牺牲了。他们死的都那么壮烈，有的和敌人搏斗，有的象武书记一样跳了悬崖，有的同志被俘后，高呼着口号从容就义。这一些可亲的战友的牺牲，给我们带来了难言的悲痛。但是敌人近百里的"拉网"和所谓"铁壁"终于被我们粉碎了。敌伪的报纸上虽然宣扬什么"三光"政策的胜利，说什么在沂蒙山消灭了共军数万，地下组织破坏殆尽……这只不过是敌人的梦呓。不要说我们的战斗部队没有被"消灭"，就是我们这些非战斗的工作人员也胜利的冲出来了。

反"扫荡"以后，由于山区遭到敌人的严重破坏，地方上党政机关团体，急需领导根据地的人民，弥补战争创伤，恢复生产建设。而我们部队呢，也需要很快进入休整。因为我们每个同志经过一两个月反"扫荡"斗争，不仅面黄肌瘦；而且将近春节了，我们还穿着破单裤啊！

这时，上级决定我们到沂蒙山区东南的滨海区去休整，而且要我们政治部一部分干部和文工团、后勤部和休养所的伤病员，约有二百多人，其中大部分是妇女和病号，由四个连队掩护，第一批先行出发。

一听说要到滨海区去，我们都非常高兴。滨海区也是我们的老根据地，我们常在那里驻防。去年春节，我们还和那里的人民一道过年。人民对我们是多么亲热啊！在过年过节时，我们部队照例的要和驻村的群众开军民联欢晚会，我们文工团要给村民演出一些精彩节目；我们又请房东和村干部一道会餐，欢度佳节；而村里的群众呢，也组织了秧歌队来慰问自己的军队。识字班大姐们穿得花枝招展，在优美的乐声中，扭着秧歌舞过来了。姑娘们扭得是多么好啊！彩绸飞舞，歌声悠扬。欣赏秧歌舞的军民观众，掌声雷动，整个村子都沸腾起来了。本来我们是不吃群众的东西的，可是大年初一这一天，全村所有的居民都出动，拖着军队的同志回家吃饺子，要是你不去，那可不行，老大爷、老大娘，还有识字班大姑娘、儿童团，那么热情，热情得简直不允许你推让，坚决的把你拉到家里去。有的居民，包好了饺子，没有请到同志，心里很不痛快。他们觉得这样过年，显得不够欢乐，就又出去找。他们看到有的同志从另一家吃过饺子出来了，还要把这个吃饱了的同志拉到家少吃几个，心里才舒服。

现在我们又要到滨海区去过春节了，一想到这些老根据地的热情的人民，我们就欢乐的跳起来。经过这一场艰苦的反"扫荡"，再投进这军民欢庆佳节的热潮里,这亲密的军民关系就显得更珍贵而富有意义。

这一天傍晚,我们就是怀着上边所说的欢乐心情出了沂蒙山东南山口,在一个山脚下停下,准备出发到滨海去。路程有一百多里,一夜就可以过去的,过去我们也常常在这两块根据地之间来往。

部队集中好了,出发前领导同志作了动员,一听动员,我们才感到自己的欢欣有点过早了,因为要到达滨海区,还得经过一段极艰苦的路程。

原来敌人在这次"扫荡"中,把沂蒙通滨海的这个地方伪化了。"扫荡"沂蒙山的敌人是撤了,但是原驻在这个地区的敌人并没有撤,而且从山区撤回的敌人,还留一部分部队在这个地方,以加强对这个地区的控制。敌人的目的是企图利用这个中间地带来分割封锁我们两块抗日根据地,以便于各个击破。现在敌伪就在这横宽八十里的平原和丘陵地带,布满重兵。这里碉堡林立,敌伪据点星罗棋布。根据这种情况,我们通过这个地区,还是充满着危险的。

整个的行程是一百三十里,因为从集中动员的地方到敌占区还有二十里路;出了敌占区还得再走二三十里路才宿营。一夜走一百三十里,这是急行军,行军的速度是很快的,几乎得用小的跑步,才能在天亮前走完这漫长的路程。领导上号召我们在行军过程中,一定要前后保持联系,不要掉队。如果有谁和大队失掉联系,那就等于送给敌人。因为是在敌占区,要是部队停下来,或派人四下找人,那就影响了整个行程,天亮前出不了敌占区,就会遭到更大的损失。而且这一带又是丘陵和平原,大白天遭遇上敌人,要比地形复杂的山区,更难于对付。这里敌伪驻守稠密,枪声一响,四下的敌人会向我们集拢,我们就会陷入敌人的重围。

为了保证这次行军的胜利,党内也开了会,每个共产党员都要在这次行军中起积极作用,高度发扬革命友爱精神,帮助体弱的同志,特别是女同志完成艰巨的行军任务。当然,我们每一个党员都向党表示了决心。

行军前每个同志的心情还是有点紧张的,可是也都充满着信心。因为是夜行军，又有掩护部队，只要紧走着些，注意不失掉联系就行。尤其是想到经过这次行军之后，我们就要和久别的滨海根据地的人民团聚了，就又都高兴起来。

天黑以后，我们的行军开始，行军的布置是这样的：前边两个连队开路，后边两个连队作后卫；我们被掩护的这二三百人的顺序是：我们文工团走在前边，也就是紧跟在前边连队的后边走。这次为了怕女同志体弱走不动，把她们安排在队的前边走，以便于后面的男同志帮助她们。我们文工团的大个子袁团长，带着两个男同志领队走在女同志前边；我走在最后准备作收容。我们的后边就是后勤部。就这样，我们行军的大队人马，就奔下了沂蒙山的山坡，向东南滨海区的大店方向前进了。

这夜，天上虽没有月亮，夜空却有星光闪烁。北风也不大，原野恬静，是个宁静的冬天的夜晚。我们行军的队伍，在田边、沟沿的小道上静静的蜿蜒前进，行进的行列里，连一声咳嗽都没有，只有细微的沙沙的脚步声，打破了夜的沉静。

过沂河了，在这宽阔的冰水相溶的河面上，映着夜空的点点星光。为了赶路，我们都没有脱鞋袜，就涉水过去。由于我们还穿着破单裤，锐利的冰块，刺破了腿肚，可是这并没有使我们的脚步放慢，我们匆匆的上岸就向前奔去。

上半夜我们的行军还很顺利，虽然急走一两个钟头还捞不到休息一次，可是却没有一个掉队的。至了午夜，大约下一点的时候，我们进入了丘陵地带，道路起伏不平，走一阵跑一阵，弄得大家都感到很疲劳；更糟的是这时起了大雾。夜本来就很黑，加上浓雾，四下迷迷蒙蒙，看不清道路。同时这一带地形又复杂，道路又小，岔路又很多，前边的队伍时走时停，大概是前边的部队常被岔道迷惑，不得不站下来判断着方向朝前走。我们行军的速度也慢下来了。

当我们翻过了一个小丘陵，队伍急促的向右边的洼地跑去。这一阵跑步，一共持续了有半个小时，突然前边的人停下来，不幸的事情发生了：前边失掉联系了。

我急忙赶到前边去，到队前一看，袁团长和他身后的两个同志不见了。从一个女同志那里和前边失掉联系，我马上派人向前边去追赶，跑了好久还是不见前边部队的踪影。

原来这个女同志是个近视眼，不知在什么时候，她离开了前边的部队，走进了这个岔道。她一开始听不到前边的脚步声了，心里有点恐慌。她认为部队可能还在前边，就拼命向前赶，后边的人当然也就跟着她向这错误的道路上跑过来了，跑了半天还是见不到前边的人。她由于怕别人埋怨，没敢说出来，还是往前走。我们这样走下去，就和前边的掩护部队愈离愈远了。

怎么办呢？这时候，许多同志都在责备这位失掉联系的女同志，这个女同志也难过得哭起来了。在这种情况下，责备和哭都不能摆脱当前的困境。唯一的办法是马上传后边担任后卫的部队，调一个连到前边来，继续前进。

后边的传话传过来了，这真是晴天霹雳，原来后边的人和后卫部队也失掉联系了。大概是后卫部队有行军路线，我们插进岔道了，他们就从正确的行军道路上追赶上去。摆在我们面前的事实是：失掉联系不是一个，也不是少数，而是整个的掩护部队和被掩护的人失掉联系。

我面对着眼前的处境，焦急万分。冬夜虽然寒冷，可是豆大的汗珠却从额上滚下来。现在正是下一点，从行军时间上判断，我们刚刚走了一半路程。也就是说，我们这时正处在敌占区的心腹地带。在这到处驻有敌人重兵的地方，我们这些非战斗人员，多么需要武装部队掩护啊，可是，我们却和整个战斗部队失去联系了。这怎么不使人焦急啊！

这时候，后勤部的政治助理员老季也上来了，我们两人又派出几个同志找部队，还是没有找到。最后我和老季蹲在路旁的麦田里打主意，我们俩互问着："怎么办？"

我感到目前对我们最重要的是时间问题。我们再不能在这里待下去，因为几个小时以后天就亮了，一到天亮，我们这些身体很弱又没有武器的人员，处在方圆几十里都是敌人的情况下，是凶多吉少的。我的意见是坚决的向东南方向冲，争取时间冲出去。

老季很同意我的意见。他点头说："时间对我们实在是太珍贵了！"

既然要冲，总得有个人指挥啊，我们虽是两个单位，但从职别和单位的人数来说，是应该由老季来指挥的。老季说自己军事经验不多，他说我过去作过军事工作，要我指挥。我俩推了一会，看来他一定要我指挥，我就不好再推托了。同时时间也再不允许我们推来推去了。我提议由我们两人共同负责：我负责领着在前边冲，他在后面负责照顾队伍。他点头同意，我们准备马上行动。因为我们在这里已耽误将近一个钟头，前边还有一半路程，离天明仅仅只有三个多钟头了。

虽然时间是这么宝贵，可是在行动前我还是建议把队伍里的通讯员和带有枪支的青年同志抽调出来，以应付突然的战斗情况。不然，这二三百老弱病号赤手空拳的在这敌情四伏的敌占区乱冲，一遇敌情就糟了。老季很同意我的意见，我们很快的着手把各单位的带枪的通讯员和有武器的青年同志抽调出来，一共有二十多人，编了两个战斗班。我带着一个较强的战斗班作前卫，在前边冲，老季带一个班断后。就这样，我们就向东南插下去了。

为了抢时间，我们的行军速度比失掉联系以前加快了。说走倒不如说跑更恰当些。为了缩短路程，有时我们干脆离开了道路，借着北极星来判定方向，象一支离弦的箭一样，在田野上向东南飞奔。遇到空地走空地，遇到麦田走麦田，遇到小河沟呢？就毫不犹豫的蹚过去。任何复杂难走的地形也不能阻止我们前进。

走荒野比走路要累得多，而且速度又很快。可是在这极度紧张的强行军过程里，行列里的同志们却没有一个掉队的，都是一个紧跟着一个连距离也不拉。因为同志们都知道，我们现在所处的危急情况。这次行军，我们有四个连队掩护，领导上还指出行军任务的艰巨和危险；现在我们走在这方圆数十里都是驻有敌伪重兵的所在，在这敌人据点林立，到处都是虎穴狼窝的地方，而又失却了武装部队的掩护，这时情况的严重和危急，是每个同志都可以想象到的。因此，每个同志都自觉的，尽着最大的努力紧跟着往外冲，体格稍强的照顾体弱的，男的照顾女的，一个个都寸步不离。

这时候，我的心情也比失却联系前沉重多了。失掉联系前，我走在自己单位的后边，任务主要是注意前边的人不要掉队，掉队了，组织人架着他赶上去；其他就只是自己在行列中紧紧跟上去就行了。而现在呢，我的身后是二三百体弱的男女同志，我的任务是要把他们带出这个敌占区。担子是多么重大啊！虽然我有一个战斗班在身边，遇到敌情可以拼死掩护同志们突围，这在夜里还是可能的，我们顶住敌人，同志们可以趁着夜色往东南冲，可是万一天亮了还走不出敌占区，发生敌情怎么办？要知道一声枪响，附近的敌人都会向我们包围过来的。那时候，我们当然会坚决的和敌人战斗的，可是就是我们一两个战斗班都牺牲了，被掩护的同志，能够冲出去么？想到这里，我的心情就更加沉重起来了。我就更加快了自己行进的脚步，因为眼前的中心问题是抢时间。要是在天亮前赶出或基本上赶出敌占区，就好办了。另一个问题，是在行军过程中尽可能避开敌人走，不被敌人发现。在这种情况下，我想，要是有一个向导该多好啊！

向导熟悉当地的道路，他可以使我们少走弯路，甚至可以走捷径，缩短行军的时间，同时他又了解附近的敌情，能带我们避开敌人，从敌人的据点和碉堡的空隙里穿过去，少出危险。

刚才行动前，我和老季蹲在麦田旁，也曾考虑到这个问题，可是我们失掉联络的地方，是四处不靠庄的荒野，到哪里去找向导呢？要是派人出去找向导，跑多少路还不知道，来来去去会耽误行军的时间，因之就决定先行动，在行军过程中，遇到村庄再找向导。

现在我多么渴望有个向导啊！有了他我们就比较有办法了。在急行军的过程中，我不时地注意着四周的动静。突然在前方有犬吠声传过来，那边一定有村落，我就带着人向那边扑过去了。

听动静，我们将要靠村庄了。我传话给后边，要大家肃静，脚步声尽可能的放轻些，因为这个村庄很可能驻有敌人。我虽然要大家这样注意，可是心里却希望在这村庄不要遇到敌人，这样我就可以比较顺利的找到为我们带路的向导了。

我让行军的队伍，在村子附近一条长沟里隐蔽休息，就带着两个通讯员悄悄的摸进庄里去了。

在紧张的战斗行军中请向导，这对我说来还是很熟悉的。记得前年从山西到山东来时的长途行军中，我在前卫部队里，就曾找过好几次向导。如果在非战斗情况下行军找向导，我们应该态度和蔼，耐心的说服动员，并尽可能征得他本人的同意。要是他还是不乐意，我们也还可以另去找一个。可是在情况紧张的敌占区，为了服从战斗任务，方式就比较简单了。那就是悄悄的跳墙进去，拨开屋门，把房东老大爷或年轻人叫起来，对他说明来意，无论对方同意与否，我们都得请他带路，甚至拖着就走。我们是人民的军队，怎么可以跳人家的墙，又那么生硬的拖着人家走呢？这主要是为了当时革命斗争的最高利益。在这四面都是敌人的村庄里，你去嘭嘭的敲门，就等于暴露军事秘密，把我们的行动告诉敌人。要说服教育么？那只是完成带路任务以后的事。眼前却不能这样作；因为这是敌占区，这里人民常受敌人的欺骗宣传，对我们的政策还不了解。在这种情况下，你要讲多少话才能打通他的思想呢？要是长篇大论的讲下去，那么，停在村外准备执行紧急战斗任务的部队就不用走路了，这样一来，什么事都会被耽误了。因此，在紧急情况下，我们为了服从战斗任务，还是以简单的方式将他带走，等他完成任务后，要回去了，我们再给向导作些解释和教育工作，我们可以请他吃饭，给他路费，多方面的对他感谢。到这时候，这个被我们硬拉出来带路的向导，往往是很谅解我们，很高兴的回去的。

我带着两个战士，就是这样悄悄的从村边围墙的一个缺口进了村，一声不响的又跳过一堵短墙，到了一个农家的院子里。这个院子很大，我一看石灰粉刷的院墙，和墙根支的几口大锅，就感到不妙。这时，北边一溜屋里虽有呼呼的鼾声传来，我却没有敢去叫门，就叫两个战士隐蔽在墙边黑影里不要动。我走到通大街的门边，这是一个大栅栏门，门半掩着。我倚在门边探头向大街上一看。街两边墙上都是敌人写的反动标语，再往南边街中心一望，不觉使我吃了一惊，那边有敌人的岗哨在来往走动。

我急忙回到院子里悄悄的把两个战士一拉，我们就又跳出院子，从围墙缺口走出去。这时老季看到我们出来了，就欣喜的低低问：

"找到向导了么？"

我没有来得及答话，就对着队伍把手一挥，我们就又向东南插下去了。在路上我对老季说：

"原来我们跳进了敌人的伙房。"

老季说："好险呀！"

我们又继续快步前进，可是总得找个向导啊！这次虽然扑空了，可并没有打落我的希望，我决心要找个向导，又向前走了一个多小时，我们还是在一个村边停下了。

我和刚才的两个战士，又悄悄的摸进了庄，跳进一个小一点的院子里。这家只有三间屋，院当央有盘石磨，窗前有棵石榴树。我们怕庄里驻有敌人，没敢叫门。我就和两个战士蹲在屋门两边，想把屋门弄开。谁知这是一对新门，关得很紧，连一点缝都没有，弄了好大一会，也没有拨开。怎么办呢？要抓紧时间啊！我干脆冒着危险，走到石榴树下，用手轻轻扣着窗棂，低低的向屋里的主人喊：

"老乡，快开门！"

"……"

"老乡，不要怕！我们是请你带路的，快开门吧！"

"……"

还是没有回答。

这时夜深人静，屋里的任何动静都能听到。刚才我叫第一遍的时候，还听见里边有人在翻身，并传出窃窃的私语，明明里边有人，怎么不回话呢？由于要赶路，我是多么焦急啊！我微微有点焦躁的又喊着：

"老乡，不要怕！我们是自己人的队伍，快开门吧！"

这一次里边却有声音了。可是却不是回答，而是一阵青年妇女的哭声，是一种极悲痛的号啕大哭。

"我的天呀！……你们……天啊！"

在这深夜里哭声会传得很远的，我马上低声的阻止她："大嫂，不要声响，我们不是坏人！"

我愈劝她，她哭的声音愈大。我感到不能再在这儿待下去了，再待下去，不但找不到向导，还会惹来敌人的。大概这一带敌伪尽糟蹋老百姓，现在这个青年妇女也许把我们当了坏人，而用哭声来反抗，我把两个战士一拉，就又很快地跳出墙去，到了庄外。

我带着队伍又继续前进。

我感到很懊丧，两次进庄，不仅没有找到向导，相反的却浪费了我们的宝贵时间。看看东方已经发白了，天快亮了，从失掉联络到现在，顶多走有后一半路的二分之一，也就是说，天明以后，我们还得在敌占区走三十多里。这情况就更加严重了。

情况愈严重，我就愈想到人民的支援。记得在反"扫荡"开始的那一天，我们被合围的敌人赶出了村庄。敌人把我们和人民群众隔开了，我们在山地突围中就遇到很多困难，可是一旦遇到了张大娘和武书记，我们就得到了救助，胜利的冲出去。联想到现在的危险困境，深感到人民的支援对我们是多么重要。这时候，有一个向导该多好啊！

天亮了，在行进中，我警惕的提着手中的匣枪，望着晨雾蒙蒙中模糊的树影；我也回过头来，关怀的望着身后的同志。急走了一夜的同志们，这时都显得很疲惫，可是大家还都是紧张的迈着自己的脚步，行军速度并没有减慢。

从午夜升起的大雾，到黎明，不仅没有消散，甚至又加浓了。四下里雾气腾腾，我们象走在蒸笼里一样。一个同志走出几步远，就隐没在大雾里不见了。只听到脚步声，却看不到身影。我们走过路边的大树，虽然近在咫尺，却看不到树的枝条，只能看出它淡淡的轮廓。看着这浓雾，我心里有不少感触，午夜的失掉联络，多半是雾在作怪，现在天亮了，我们在这据点林立的敌占区行军，是多么危险啊！看样子大雾又象来助我们一臂之力，掩蔽我们前进了。

虽然有大雾的掩护，但是这毕竟不如夜间保险啊！因为白天敌人会四出活动的，在行军过程中，由于大雾弥漫，敌人不至于在远处发现我们，可是我们的目标还是易于暴露。万一我们和敌人遭遇了呢！想到这里我就更渴望有个向导了。

这时候，路左边的浓雾深处，呈现出一簇簇树影和一些房屋的轮廓。又经过村庄了。我正在考虑是否把队伍停下，去找一个向导，突然看到村头有一个背着粪箕的农民的身影。我连眼都没有眨一下，生恐一眨眼他就会跑掉似的。我怀着狂喜的心情，迅速带着两个战士，几步扑上去，一把抓住了他。这是个二十七八岁的青年农民，长得很浑厚朴实，由于我来得突然，又抓得过猛，他转回头来时，是满脸惊恐的。当他仔细打量我们以后，脸上的恐怖神情渐渐消逝了。

一见面我就对他说："大哥，我们是八路军，不要害怕，现在我们有战斗任务，请你带带路！"

青年农民并没有拒绝。他点头说："可以，让我先把这粪箕送回家去！"

这怎么能行呢！向导已经到手，我就不让他轻易离开我了。过去在敌占区行动,也有过这种经验,向导找到了,他说回家一趟,一转眼,他逃跑了。现在看这农民的样子还很诚实,虽然不至于借口逃掉,可是我怎么也不能叫他离开。我对他说:

"我们任务很急,要马上赶路,你就把粪箕放在这里,带我们走吧!如果怕粪箕丢失了,到目的地,我们付给你一个粪箕的钱就是了。赶快走吧!"

青年农民听了我的话,也很痛快,把粪箕往地上一丢,说了声"好"就由我们两个战士在队前簇拥着,向前走了。

在行军中,我问他姓什么,他说姓孙。我又问这里离大店还有多远,他说还有三十多里。一到大店,我们就到达了安全地带。这说明我们在敌占区还要走三十里路。我们走得再快,也得走两个多钟头。我要他带我们避开敌人据点,尽可能的走近路,缩短这个行程,他答应了。

老孙开始领我们走,想回头看看自己带的是什么队伍,但被我和战斗班的战士阻止了。因为我还不大相信他,如果他是个坏人,看到了我们后边这一群没有武器又很疲惫的男男女女,他一跑掉,我们就暴露了军事秘密。不过走过一段路程以后,我感到自己的顾虑是多余的。从他的一切行动上看,老孙确是个诚实的农民。

有了这样一个可靠的向导,加上这样一场浓雾,我们虽然是大白天在敌占区行军,可是冲出去的信心增高了。

太阳已经出来了,由于浓雾的笼罩,它还没有办法把大地照亮。我们隔着浓雾,遥望着东起的太阳,它象一个乳白色的气球一样悬在昏昏沉沉的天空。

我们在老孙的指引下,飞速的向大店前进。我们走得很曲折,一会走过麦田,一会上了小道。老孙不时的告诉我,前边是据点,往右走,有时他说右边是碉堡,要折向左边,我们就这样在敌伪据点之间象玩龙灯似的穿来穿去。

太阳已经到了东南，约摸已是九点钟光景。在行进中，我们突然发现右边雾的远处有一条很长的人流向这边涌来。由于大雾，直到看见对方，就几乎到了跟前了。我用匣枪往后一挥，行军的队伍忽的停下来，大家都伏在地上，因为再不能往前走了，再走就和这条人流碰头了。战斗班也都占据附近的有利地形，准备战斗。

这时我急忙问老孙："是不是敌人？"

老孙向远处看了一阵，放心的对我说："不是，是被逼去给敌人修工事的群众。"说到这里，他恍然大悟的又说："我想起了，今天各庄都得派人到夏庄据点去修碉堡。"

一听老孙的话，我的心放下来了。为了不致使我们的队伍暴露在这些人面前，我叫战斗班上去把这些人驱散。因为谁能保证这里边没有坏人呢？如果有汉奸押着，看到我们这些非战斗人员，回去报告敌人，敌人会很快追上来的。

战斗班的同志一听要驱散那些人，就呼的一下跑上去，拉着枪栓在喊："干什么的？站住！"

这一股人流应声站下了，里边有人答话：

"保长要我们到夏庄修工事的啊！"

我们一个战士说："快回去！我们是八路军，来打据点的。不要给敌人修工事！"

人们一听说八路军来打据点了，都轰的一声散开，往四下跑了，我们继续前进。走一阵，前边又碰到被迫为敌人修工事的人流，我们又把他们驱散，……向南疾进。

我们这样作，既保住了军事秘密，又打乱了敌人修工事的计划。虽然也可能惊动了敌人，可是敌人在听到我军来攻打据点的情报后，不摸我军具体情况，是不会贸然出动的，也许会缩在据点里加修工事，准备迎击。要是这样，对我们更有利，我们就争取了前进的时间；万一追过来也不怕，现在四下大雾迷蒙，敌人是摸不清我们的行踪的。

这时候，已经是上午十点多了。老孙低低的对我说："前边不远就到台潍公路了！"我一听心里非常高兴，因为过了台潍公路，离大店就只有十来里路了。这时候我们就基本上出了敌占区，再往前过一条河，就到了滨海根据地了。

我们更加快了脚步，怀着欢欣的心情，一直向台潍公路扑过去，当我们一看到公路，心里有多么高兴啊！要知道公路上是常有敌人往来的，我们应该马上飞跑过去，一过去就安全了。我一登上公路，就突然停下来，一度欢欣的心情，马上烟消云散，我脸上的汗水，呼呼的流下来。

原来在公路那一边，敌人挖了一条横宽两三丈的封锁沟，沟深也有两丈多，沟壁陡直，根本攀登不上去。面对这个大封锁沟，我们怎么过去呢？

后边的同志们也都拥到公路上了，大家看着这个大沟，刹那间不知如何是好。

更严重的问题是我们不能在这公路上久待啊！因为被雾气弄得有点潮湿的公路地面上，有着稠密的鬼子钉子靴和大洋马的蹄印，还有汽车轮带印下的花纹。这些痕迹都很新，显然从早晨起，敌人就在这条公路上来往走过。说不定敌人很快就又到来，我们停在这公路上是多么危险啊！

怎么办呢？退回敌占区么？不能，已经快到家了，还能再往敌人那里钻么？绝不能这样！前进么？怎么横越这条大沟呢？而这公路上又不能久停！眼前的困境，使我的心怦怦的跳个不停。

老季上来了。我和他商量着，决定还是坚决过沟，人叠人也要过去。我和老季的分工是：他带着人过沟，我带着两个战斗班在公路上掩护。我命令所有过沟的人都把手榴弹留下来。我把两个班分布在公路的两端，简单的弄了点工事。战士横卧在公路上，堵住敌人的来路。他们除了手中的步枪，每个班里都备有一大堆手榴弹，准备阻击敌人。我身边也守着一小堆手榴弹。掩护部队部署就绪后，老季就带着人，顺着沟坡，滑到封锁沟底了。

大家都滑到沟底了,我居高临下的望着沟底的人群,我的心象压上一块大石头,感到了真正的沉重。同志们吃力的向上爬,爬不上去。有的爬到一半,又掉下来了。有的体力强的同志背上驮着一个同志,上边的人举手向上攀登还是够不到上沿。在这时候,如果敌人来了,我们担任掩护的同志全部牺牲了是小事,可是沟底的同志一个也跑不脱。看到这情景,多么使人发急啊!

我就对着站在别人背上的同志喊:"你肩上再上一个人!"对方却说:"下边的同志驮不动啊!"

是的,同志们经过艰苦的反"扫荡",体力都很弱,谁能一下驮两个人呢?这时候,站在我旁边的向导老孙,自告奋勇的对我说:

"我可以,叫我下去吧!"

我说:"好!"

老孙就一下跳进沟底,他背上驮了两个人,还直挺挺的站在那里。最上边的那个人,攀上沟顶了。有人过去就好办了。我忙喊他:"解绳子!"

对方马上解开了背包绳和绑腿带,就拖上一个;每个人上去以后都这样办,于是两个人上来拖上两个,四个人上来再拖上四个,八个人又拖上八个……不到半个钟头,二三百人都到了沟那边了。

这半个小时,对我来说是多么难挨啊!在这段时间,我的汗水一直没有停止流,我的心也不让我安静。我担心敌人在这时候会突然来到,幸好敌人没有在这时出现。人都过沟了,危险已成过去了。最后我撤下了掩护班,跳进大沟,在同志们的帮助下,也到了封锁沟的彼岸了。

我一踏上公路那边的地面,心里那块石头才落下了。我一把抓着向导老孙,几乎要把他拥抱起来。我激动的说:

"你真是好样的!"

老孙说:"没有什么。"

我们就向大店挺进了。听老孙说，这一带敌人就很少了。我们在天近中午时，到达了大店，最后结束了这一段艰苦的行程。这里已是我们的根据地了。

当我们一渡过大店北边的大河，行军队伍中每个同志的脸上都浮上了笑容。一进大店，根据地的人民都欢迎着我们，当关心我们的老大爷、老大娘看到我们疲劳的形象，特别是看到我们现在还穿着破单裤，都难受的对我们说：

"孩子，你们可受了苦了！"

接着他们都到自己家里抬开水，拿出许多好吃的东西，硬逼着我们吃下去。这时村干部也来了，他们忙给我们安排午饭。

向导老孙已经完成了他的任务，要回去了。我紧拉着他的手不放，一定要他和我们一道吃过午饭再回去。他看看天色，这时大雾已不如早晨那样浓了，可是还没有最后消散。他一定要在大雾消散以前赶回去。因为借着雾的掩护，在路上比较安全些。

我们虽然不愿意和他分开，可是在这种情况下，也不好再留他了。我把老大娘送来的一大叠麦子煎饼塞在他的怀里，要他在路上吃，就送他出庄。同志们听说老孙要走了，都围上来握他的手，向他道谢。大家和我一样怀着依恋的心情，送他出庄。这时，我对老孙说：

"老孙，你这次对我们的帮助太大了。没有你带路，我们就冲不出敌占区，说不定现在还在敌人圈子里乱转哩！我们永远不会忘记你……"

我问了他的姓名和他的村庄的名字，把它记在小本上。老孙对我说：

"同志，给同志带带路算不了什么。同志们为革命才真正受了辛苦呢！在同志们遇到困难的时候，我能够出点力，心里也高兴！"

我第一次听他称我同志，我们的手握得更紧了。我问他过去在家里作什么，他告诉我：反"扫荡"前，他庄也是一年多的根据地，他是村里的民兵。接着他又对我说：

"过去，我们那里被鬼子汉奸占着，后来这些敌人叫咱八路军消灭了。我的家乡得到解放，人民也翻身了。可是刚过一年多好日子，现在又被敌人占了。同志们，可要早点去打那边的敌人啊！我们日夜都在盼着自己部队的到来。今天早晨，当我被你一把抓住，说是八路军，有战斗任务，我心里说这可好了，我认为你们是来消灭敌人的，我能为战斗的部队带路是很高兴的。可是一到公路上，我才看到同志们并不是战斗部队，不过我却没有失望。当时看到同志们劳累的样子，我实在太感动了。同志们为革命，为我们人民受着怎样的艰难和痛苦啊！要是我日夜盼望自己部队的话，那么在自己部队遭到困难的时候，我就应该尽力帮助。因此我就跳到沟里去……"

　　我连连点头，这时我才了解到他不是一般的向导，他是个很有觉悟的民兵同志。最后老孙用恳求的眼光望着我的脸又说：

　　"同志，我现在要走了，咱们的部队可要早点去消灭我们那里的敌人啊！"

　　我安慰他说："老孙，我们一定会去解放你的家乡的。到时候，我准要到你家去看看你！"

　　老孙笑着说："那就太好了，我准等着你。"

　　说了这一阵话，老孙离开我们往北走去了。我们都依恋的向他挥手，直到他已经过河，我们还在河这岸，望着他在淡雾中晃动的坚实的身影。多么好的一个民兵啊！

　　我们在大店吃过午饭，就开始行动。到昨天夜行军的最后目的地文家山后去。这里离山后只有十多里路。我们是在根据地和平行军了。行军时的心情和昨夜大不相同。我们已没有什么敌情顾虑，大家在行进中都很轻松愉快。

　　在行进过程中，我想掩护部队和我们的团长老袁可能早已到达那里了。他们和我们失掉联系，心情一定很焦急的，也许他们现在正以急切的心情在盼着我们的到来。一想到这里,我们的行进脚步就又加快了。我们多么想早些会到自己的部队啊!

我们终于到达文家山后了。可是一进庄,庄里静悄悄的。这里根本没有驻什么部队。怎么回事呢?莫非我们把行军宿营地记错了?我和老季拿出昨夜的行军路线图,看到最后的宿营地还是文家山后,一点也没有记错。那么,怎么看不到掩护部队的影子呢?难道他们还没有到达么?

这里既是目的地,我们就在这里住下了。同志们都很疲劳,也的确需要洗洗衣服,好好休息一下。在将近傍晚的时候,突然从北边,也就是我们今天来的方向,传来一阵阵沉重的炮声,哒哒的机枪的吼叫声也隐约可辨。我感到事情有点不妙。是不是我们的掩护部队和敌人打上了呢?也许由于丢失了我们,他们在敌占区寻找,和敌人遭遇了。

经过这一场紧张的敌占区的强行军后,这一夜本来应该好好的睡一觉的,可是一想到我们的部队还没有到达,又听到激烈的炮声,我们都睡不着了。我们都在为自己的部队担心。午夜以后,炮声停止了,我们的心情轻松了些。说不定我们的人已摆脱了敌人,冲出来了。我们等着天明,盼望着明天一早,就能看到自己部队的到来。

第二天早晨,大家都站在村边的高地上,遥望着远处,在等着部队。可是还是看不到部队到来的影子。最糟的是北边的炮声又响起来了,一直响了一上午。

直到这天下午两三点钟,我们的部队才到达文家山后。一看到我们高个子袁团长,我们就欢欣的拥上去。他一看到我们就惊喜的说:

"你们早到了这里了么?可把人担心坏了!"

我们也说:"我们到这里找不到人,还担心你们呢!"

情况原来是这样:前天夜里,掩护部队和我们失掉联系,等发现后,四下派人找我们,由于大雾茫茫,道路复杂,却没有成功。部队也迷失了方向,天大亮了还没有出敌占区。一则找不到我们不好走;再则天已大亮,部队不好活动，就决定在一个丘陵上的小庄子驻下来。然后再派便衣侦察员到四处找我们。他们在这个庄子里住了不久，就被附近的敌人发现。几路敌人向这个小庄包围合击，他们和敌人展开战斗，坚持到天黑，突围出去。昨夜在敌占区转了一阵，又在一个庄子住下。天亮时，又遭到敌人二次合击，经过一场更激烈的战斗，才冲出来。他们看看已找不到我们，认为也许我们冲出来了，同时他们已被敌人发现，部队站不住脚，今天就冲出敌占区，到达目的地了。

听到他们所遭遇的严重情况，回想我们这一群病弱的同志们的突围，我的心里觉得真值得庆幸。我们没有听到一声枪响，就冲过来了。他们是战斗部队，遭遇敌人的合击，可以给敌人迎头痛击；如果换上我们这支部队，处在那种境况下，那就不堪设想了。

我们所以能够冲出来，原因只有一个，那是亏了向导老孙的帮助，是人民给人民军队的支持。想到这里，我就更加觉得我们的部队和人民群众的深厚情谊，是我们获胜的根本条件，当然我们也很感激老孙。

十　一碗鸡汤

老孙为我们作向导的事，已经过去了很久了。就是距最后一次见面到现在，也有十年露头了。可是老孙带领我们胜利突围的英勇忠诚的形象，永远也不能使我忘记。

记得最后那次见面，是在一九四七年。那时候，国民党蒋匪帮正疯狂的向沂蒙山区作重点进攻，全山东人民在党的领导下投入了激烈的解放战争，当时我在省支前委员会工作。有一次，到老孙所在的那个区，去检查支前备战工作，有机会见到了我们的向导老孙。那时候，他已是村里的民兵队长。他一见到我，就亲热的把我拉到他的家里。他把家里所有好吃的东西，都拿出来招待我。我在他家里吃了一顿丰盛的晚饭，并一直谈到深夜。我们在紧张的环境里建立的同志情谊，是多么深厚啊！我们见面不久，他就带着民工去支援前线了。解放战争以后，我到了大城市，从此再也没有见到他。

现在，我又回到久别的沂蒙山区。想拜访一些我时常怀念的、在艰苦的斗争年代一同坚持斗争的、血肉相连的亲人，我怎能不来看看老孙呢？

我离开赤石崮，已经向东南走出三四十里路了。这时，炎日高照，由于走得过急，脸上的汗水直向下淌。我在路边树荫下的石头上休息，一边用帽子当作扇子扇着汗湿的面孔，一边在心里说：

"是的，我应该去看看老孙，他这个向导给我们的印象太深了。"

随着我的自语，老孙的形象很快的浮上了我的脑际。雾夜猛冲的那一段情景，一幕幕的又出现在我的眼前。

我不仅怀念老孙，而且感到今晚一定能会到老孙。这种肯定的心情是在拜访张大娘和武书记时所没有的。去看张大娘时，由于年深日久，加上她老人家年纪又大了，我生恐看不到她老人家，可是我却见到了。去找武书记时，我是怀着激动的心情，下决心要去找到他的下落的，可是他牺牲了，使我没有能看到他，只能站在赤石崮上，对他凭吊一番。而今天去看老孙呢？我是肯定可以见到他的，这不能不使我未见到他就高兴起来。因为我在沂水县委打听到了他的下落。他现在是沂河边的一个公社的党委书记，而且前几天，还到县里来开过会。再走二十里路，我就可以看到久所想念的老孙了。

一想到马上就要看到老孙，我再也坐不住，站起身来，继续向前赶路。

这时已是下午，离开山区已二十多里，来到沂河左岸的丘陵地带，横越浩荡的沂河，望着河对岸的一片平原，这里的景色又和沂蒙山里迥然不同了。

沂水上空，飘着朵朵白云，飞鸟在碧空里啾啾欢唱，河两岸是一眼望不到边的秋庄稼。熏风吹来，早秋和晚秋作物，发出一阵阵哗哗的声浪。

庄稼长得有多么茂盛啊！有许多农田已经畦田化了，农作物象桌面那样整齐。清清的水流顺着水渠，在苗禾间潺潺的流着，远近处常常传来公社男女社员的欢乐歌声。

一路上，我欣赏着沂河两岸的迷人的景色，一看到眼前的美好景象，我不由得又想到过去的艰苦战斗年月。是的，目前我所走的路，也就是那次在敌占区失掉了联络的地方。那时候疯狂的敌人在这里撒遍了捕捉革命者的"网"，给我们前进的道路上设下了多少的危险和困难啊！可是看看现在周围的景物，又是多么美好和令人欣喜啊！是的，这个变换是经过一段艰苦的战斗历程的！从那次突出敌占区不久，我们的革命部队，在人民的密切配合下，以秋风扫落叶之势，拔除了这一带敌伪据点，使这块遭受敌伪摧残的土地，重新又获得了解放。我们不仅在这里消灭了日本侵略者，也在这里粉碎了国民党蒋匪帮几十万反动军队的重点进攻，把国内的反动派在沂蒙山区埋葬。现在沂蒙山区的人民在党的领导下，又进入了社会主义建设，山村的面貌一天天的变好。而过去在艰苦斗争中给我们带路的人，现在已领导着一个公社的人民在幸福的道路上前进。

傍晚时分，我来到老孙所在的公社驻地。公社党委会驻在一排北屋里，屋前有一块不小的空地，空地上种着各种果树。在果树的中间竖立着一根高旗杆，红旗在绿树上空飘扬。在党委会的左侧墙上边，有个显示公社跃进指标的图表。图表上有许多面小红旗，每一面红旗代表一个生产队，只见图表上的小红旗排列的上下不一，一看就知道各生产大队的跃进进度。

我压不住内心的兴奋，急促的向党委办公室走去，说走倒不如说跑更恰当些。这一下可要见到老孙了，我猛的冲进门，一进门就高喊着：

"老孙！孙书记在家么？"

我在办公室里站下来，向窗前的办公桌那边一看，只见一个二十多岁的青年人迎着我站起来，他是党委的秘书。他问我：

"你要找孙书记么？"

我说："是呀，他在哪里？"

秘书说："他到下边大队去了，停一会就回来。请你在这里等一会吧！"

我听了秘书的话心里有点怅惘。我是多么急切的想见到久别的老孙啊！看，他正好不在家。好在他没有出远门，不一会就回来了，可是就是一会儿，对我来说，也是漫长的。

大概秘书看出我的焦急的心情来了，他给我递过来一杯茶，就问我："有什么紧急工作要找孙书记么？如急于找他，我马上打电话给他，请他马上赶回来。"

我摇了摇头说："不用打电话吧，我没有紧急的事，只是好多年没有看见他了。"

秘书看我风尘仆仆的样子，知道我是从远道来的。现在正值吃晚饭的时候，他就到伙房里为我准备晚饭。我既然到了老孙这里，也就用不着客气了，因为我的肚子也的确有点饿了。

秘书为我端来了晚饭。我一边吃着，秘书就望着我亲切的问："同志，你过去和我们孙书记在一起工作过么？"

我笑着说："虽然没有在一处工作，可是我们却是艰苦斗争中的战友，由于部队行动频繁，见面的次数不多，可是我们的战斗友谊却很深厚。"

秘书听了我的话后，露出很了解他们孙书记的神情，他对我说："我们的孙书记好象没有在部队里工作过啊！我记得他一直在地方上工作的。"

我说："正因为他在地方上工作，对我们的帮助才大呢。在一次紧张的战斗行军里，我们二三百非战斗人员，一插入敌占区，就和掩护部队失掉了联系。道路不熟，天已亮了。在这周围三四十里范围内，几乎所有村庄都驻有敌人。在这种危险情况下，就是你们的孙书记带领我们这支非战斗部队，毫无伤亡的冲出敌占区，到达了安全地带。"说到这里，我望着秘书的富有朝气的年轻的面孔，又说下去：

"你说说，我们虽只见了一两面，可是这份战斗情谊是多么令人难忘啊！他给我的印象又是多么深啊！"

秘书姓李。小李听了我的话，连连点头说："是啊！同志，你说得真对！在和平时期一道工作好几年，也不如战斗时期短暂的相处来得感情深厚啊！"

我吃过了饭，小李把碗盘收拾走了，又回到屋子里。看他的神情，他还为我刚才说的话所感染，而显得很兴奋。他坐下来后，又对我说：

"说起我们孙书记帮助咱们革命部队的事来，可就太多了。有些事迹也真感动人！"

这次是我问小李了："你怎么知道他帮助革命部队的事迹的？"

小李说："在解放战争中，我亲眼看到的。那时候，我虽然才有十几岁，可是也参加了村里的民兵，和俺孙书记一道去支援前线。孙书记是我们担架连长，我在连部当通讯员。你说说，他的什么事我不知道？我们的孙书记在支前工作中可是个出色的模范人物。"

听了小李的话，我感到很高兴。这时已点上灯了，还不见孙书记回来，我想与其等着他的到来，不如利用这个空隙了解老孙在支前工作上的表现，因此我就对小李说：

"你谈谈你和孙书记支前的情况好吧？"

小李说："谈起解放战争中，我们人民支援前线的事，那真是几天几夜说不完。那时候，国民党反动派发动了几十个旅的兵力，向我们沂蒙山区，作疯狂的重点进攻。山东解放区人民都紧张的动员起来，投入支援前线的洪流，帮助自己的主力部队，消灭进犯的蒋匪帮，全民支前，可真够热闹的啦！天黑以后，在这沂蒙山区几百里以内，满山遍野都是支前的人民，条条道路的人群，象一条条大小河流，担架队、小车队、胶轮车队……在为自己的队伍运送弹药、给养和伤员。有许多村庄几乎都没有人了。男的青壮年随军支前走了，妇女就在后方坚持工作。后来妇女也出动作短途运输了；老人和小孩为往来的部队作向导。我们就是这样来支援自己的部队，胜利的消灭了蒋匪军。鲁南战役，莱芜战役，还有著名的孟良崮战役，我们把一二十万进犯的敌人埋葬在沂蒙山区……"

小李愈说愈兴奋。他所谈的这些情况，我完全了解，而且当时身临其境。因此，听着小李的话，我不住的点着头。小李又说下去：

"打了大胜仗，可真痛快啊！这时我们除运送伤员，就是帮助部队押解俘虏。有时我们一两个民兵连，要押近千的国民党军俘虏。这天，有几个俘虏，望着我们强大的支前担架队和运输队，忿忿的说：

"'看！他们抬的多有劲！我们打仗的时候，找民夫找不到，就是找到了，一不注意都跑光了。你看，这些民夫，一个跑的没有！'

"这话叫我们支前的民工听见了。民工们理直气壮的对国民党俘虏说：

"'跑？我们是自愿来为自己的部队抬担架的，还跑什么？告诉你：我们不把蒋匪帮消灭光，决不回家！'

"这个民工的话，引起所有民工们赞同的掌声和欢呼声，俘虏们在人民坚决支前的欢呼声中低头了。"

我听了小李重述民工的壮语，也很感动。我说："这个民工回答得真对，真好！"

小李说："在紧张的支前工作中，我们也遇到很头痛的事！"

我问："是支前工作累么？"

小李摇头说："支前工作累一点，又算得什么呢？再累也不会感到头痛。我说的是抬送伤员，抬自己的革命同志都很高兴，就是累断了腰，也不说一句熊话。头痛的是抬国民党军队的伤员啊！"

我了解这个情况。我说："头痛也是可以理解的。可是这有关我们的俘虏政策，还是得抬到医院去的。"

小李说："领导上也是这样吩咐的呀！可是所有的民工都思想不通。你想想看，我们为了帮助自己的部队消灭敌人，来支援前线了。革命战士为人民流了血，我们再辛苦也要把他们抬进医院的。可是这些蒋匪帮呢？他们进攻解放区，到处烧杀抢掠，解放区的人民真恨透了他们。他们负伤了，还要我们民工抬着，大家才不干哩！我们虽然对领导上的安排没有表示不执行；可是一到战场上，我们就光找自己部队的负伤同志，尽快的把他抬到医院；对敌人的那些伤员，我们连看都不看一眼。有时候，部队的领导同志看见了，就指着敌人的伤兵，眼看着叫我们抬走。可是刚一离战场或是当领导看不见的时候，民工们就把敌伤员从担架上倒下去，转身又跑回战场去抬自己的同志了。有的民工家人遭过蒋匪杀害，不仅把敌伤员倒在路边，还和附近受害的群众一道偷偷的把敌伤员砸死了。以后领导上发现这个问题，就把这个民兵连队的干部严厉批评了一顿，并在民工中进行深入的政策教育。

"孟良崮战役以后，我军又俘虏了上万的敌军官兵。这次我和几个民工抬了一个国民党高级军官。当时我们的情绪是不高的，说心里话，我们真不愿抬他。领导上针对过去民工偷丢敌伤员的情况，就对我们领队的孙书记说：

"'老孙，这副担架，你要亲自负责！如不完成任务，就以纪律从事。要知道这是政策。'

"孙书记就押着我们这副担架走了。他平时是知道我们对待敌人伤员的心情的。发现了我们对敌伤员不好，虽然也提出批评，却不怎么严格的。可是这次却不同了。他对我们严厉的说：

"'同志们！刚才领导上说的话，你们已听到了。我们保证要完成任务，决不能把伤员丢掉。要知道我们丢的不仅仅是伤员，而且是我们的政策。我们的政策是在任何情况下，也不能丢掉的啊！'

"在孙书记的监视下，我们不但不能把敌伤员丢掉，而且还得象对待自己伤员同志那样侍候他。你想想看，这个反动军官，在进攻咱解放区时，给人民造下了多大的罪恶啊！他负伤了，我们还得象护士一样服侍他，我们的心里可真不是味。可是不这样作,孙书记又不答应。说实在的,我们是含着委屈的眼泪,来给敌军官喂饭,并替他送大小便的。大概这个国民党军官也意会到自己的处境,以及孙书记和我们对他的心情。他感到自己是解放区人民的罪人,了解人民是怎样的痛恨他。可是为了服从党的政策,受过他们糟蹋的人们,不得不压下心上的仇恨,来侍候他。因此到战地医院以后,他感动得爬下担架,向我们叩了个头,并流着眼泪对我们说:

"'我是罪人,你们却待我这样好!'

"我们对敌军官这种过时的礼节,并没有多大兴趣,可是我们却看到了党的政策所发出的光辉。"

小李谈到民工对待敌人伤员的情况,我在解放战争中也常常碰到。现在听到小李的叙述,我又深深的感动起来。我们解放区的人民是多么善良和宽厚啊!他们痛恨敌人,这是完全可以理解的,可是更重要的是他们爱党,听党的话。爱党和痛恨敌人是一致的,可是为了遵守党的政策,他们还是把平时痛恨的敌军官抬进医院。以自己的实际行动,教育了敌军官,居然使对方也体会了我们党的政策的伟大。

灯影在不住跳动,屋里显得很寂静,我陷入一阵沉思。突然小李的说话声又使我抬起头来。这次小李的话却充满了欢乐的语气。他又说下去:

"可是要谈到抬自己的伤员同志,那就是另外一种情况了。我们民工都尽最大的努力来爱护自己的伤员同志,因为他们是为保卫解放区、为人民而负伤流血的啊!我们节省下自己的菜金,为伤员买鸡蛋吃;天下雨了,我们把自己的棉衣脱下来,盖在伤员的身上。在抬往医院的路上,我们尽可能的走快,又要脚步轻,免得震痛了伤员的伤口,减轻他们的痛苦。可是最使我感动的,要算孙书记在南麻战役中送伤员的表现了……"

我一听老孙在南麻战役中,有出色的表现,就急切的问:"他怎么使你感动的?你详细谈谈!"

小李说:"你知道南麻战役、临朐战役打得是很苦的,我军只重创了敌人,没能把敌人完全消灭，就撤出了战斗。因为我军在攻进去的时候，天下大雨，顿时山洪暴发，河水暴涨，切断了我军与后续部队的联系。涨满河床的洪水在奔腾着，战士们一跳进去，就被冲走了。由于敌情的变化，后续部队又上不去，因之我军就撤出战斗，转移阵地。这次战役是连续进行的。我们的部队和民工七天七夜没有睡觉了。部队和民工都很疲劳，而这七天七夜又是阴雨连绵，我们在泥水里执行任务。我们有时正走着，被泥泞滑倒，一头扎在水汪里就起不来了，躺在泥水里呼呼睡去。民工疲劳到极点了。

"部队撤走了，我们就急促的抬送伤员。这时候，我正和三个民工抬着一个负重伤的团级干部。因为一个民工负伤了，孙书记过来就代替了他，帮我们抬。这时候情况紧张，路又难走。敌人看到我们的主力撤了，就隔河用火力向我们追击。有时河这边还有小股敌人向我们冲击。而我们所走的路呢，有着尺多深的泥水。路难走倒不怕，可是我们还得对付敌机的低空射击呢！敌机飞得很低，低得几乎触着树梢，子弹雨点般向我们头上扫来，使我们常常得爬在泥水里匍匐前进。我们全身都浸在泥水里，只露着头。为了怕湿了伤员，我们把担架四角的杆子放在肩头上，或用手举着，使担架上的伤员，紧紧的贴在泥水上边，慢慢的向前移动。有时小股敌人，向这边冲过来了，我们不得不躲进苗禾里。孙书记叫我们都拿出武器和手榴弹，准备迎击敌人。敌人虽然把隐蔽我们的苗禾都打断了，可是并没有发现我们，等敌人过去后，我们又向前走了。

"担架上的团指挥员的伤势太重了。是伤在胸部和腹部，流血过多，又得不到及时治疗，他痛苦的在担架上辗转着，呼吸急促，呻吟不止。有时候，我们听不到他的动静了，知道他是又昏迷过去。我们就很难过。不一会，又听到他急促的呼吸了，我们才轻松了一些。他的警卫员紧跟在担架后边，他也负伤了，伤轻些。为了保护自己的首长，他没有上担架。他一边走着，一边痛苦的望着自己的首长，止不住流泪。

"当时情况紧，路难走是事实，要是大家不疲劳，这一切还是可以应付的。现在我们是这样的疲劳，常常在爬行中一停下来，就睡去了，有时头碰在石头上，碰了个包还不知道。在这种情况下，我们的孙书记还不时的鼓舞我们，叫大家咬住牙，一定要完成任务。他介绍自己驱逐睡眠的经验说：

"'把手臂伸出来狠狠的咬一下就行了！'

"我们都试用了这个办法，疼痛暂时驱逐了睡眠，我们又向前爬行。

"每当我们遭到危急的情况的时候，担架上的伤员同志苏醒过来了。他在敌人射来的弹雨中，艰难的抬起头来。他看到情况的危险和我们的疲劳。他也了解自己伤势的严重，这时，他就对我们说：

"'同志们，把我放下！你们轻身走，还可以冲出去的！'

"又要过一个小山沟了，敌人从沟两侧向我们射击，这时候担架上的伤员又把我们叫住了：

"'同志们，我的伤很重，没有希望治好，我不能连累你们和我一同牺牲。同志们，听我说，放下我！'

"孙书记又安慰他，要他平静；并解释说，他的伤虽重，到了医院，马上就会治好的。而且孙书记说他保证可以冲出危险。

"第三次遇到更危急的情况，团指挥员又提出来了，这次他的口气很坚决：

"'快把我放下，我不走了！你们快给我冲出去！'

"他简直象发布命令。说着他就要从担架上爬下来。这时，我们的孙书记爬到指挥员的面前，把对方又按到担架上躺下，在敌人射来的子弹呼啸声中，孙书记的疲劳得有些红肿的眼睛，含着友爱而又严正的神情，对负伤的团首长说：

"'同志，谢谢你对我们的一再关心。可是，亲爱的首长，你为人民勇敢的战斗，现在流了血，负了重伤，你忠实的完成了党交给你的任务。而我们呢，党交给我们的任务是：无论怎样艰苦，我们都要克服，把你送到安全地带,送进医院。这个任务我们也一定要完成。我现在代表我们几个民工同志,向你坚决表示:不要说你还活着,就是你光荣牺牲,我们也要把你抬到自己人那里!'

"孙书记这后几句话,说得很激动,几乎象是吼着说出的。团指挥员听了,一直没有说话。只见他皱了皱眉毛,忍住了眼里的泪水。

"我们几个民工,听了孙书记的话,象听到了党对民工的响亮的号召,我们浑身都增强了力量。这时候,我们也不再爬在泥水里慢慢的移动了,我们忽的站起身来,抬着指挥员,象疾风似的冲过敌人的弹雨。

"我们虽然遭到很多困难和危险,但是终于完成了任务,把团指挥员送到离敌人三十里以外的野战医院。到医院后,重伤员已昏迷不醒,医生摸摸他的胸口,还有些热气,几个医生就忙打针,检查伤口,进行紧急抢救。

"我们的任务完成了,本来可以就走的,可是现在我们实在不放心,想亲眼看着重伤员脱离险境,好转以后再走。经过半个多小时的抢救,伤员慢慢的苏醒了,我们听到他轻微的呼吸,看到他慢慢的睁开眼睛。当他一醒过来,就用他重新放出生命的光芒的眼睛,向床边巡视。当他看到孙书记和我们几个民工还守在这里,就含着喜悦的神情吃力的说:

"'同志们,辛……苦……了!'

"孙书记和我们一看到他能够说话了,心里才真正的感到一阵阵轻松和愉快。孙书记听了他的话,代表我们对他说:

"'同志,没有什么!现在我们看到你的伤势好转,我们就太高兴了!'

"团指挥员的精神渐渐好转,现在他极需要吃些有营养价值的东西。不一会儿,女护士端来了一大碗热鸡汤。

"这是一碗炖得很好的鸡汤,鸡汤上边飘着一层黄黄的油脂,一只肥嫩的鸡腿从汤里露出来。顿时,四下里洋溢着喷香的味道。我们心里说:'这可好了!团指挥员多么需要它的滋养啊!'我们急盼着他赶快喝下去。他不仅一天没有换药,而且一整天在担架上颠簸着,连一口水也没有喝,伤口还一直流着血。看,他的脸色多苍白啊!他流血太多了,身子就要流空了。现在我们希望他一口喝下去,心里才感到痛快。

"可是,当护士把鸡汤端到他的嘴边,要喂他的时候,他拒绝了。他用眼睛向护士示意,又望了望我们。看到这情形,我们都急了,孙书记说:

"'同志,你快喝下去吧!'

"团指挥员亲热的望着我们,平静的说:'你们喝下去。'

"孙书记连忙说:'我们身体都好好的。你快喝吧!看到你喝下去,我们比自己喝了高兴得多!'

"他肯定的说:'不行,我要看着你们把它喝下去!'

"这怎么行呢?虽然他的态度那么认真,可是我们却不能从命。孙书记婉言向他解释,并又劝他早点把它喝下去,不然鸡汤就要凉了。

"团指挥员第三次让我们了。这次他的语气有点激动。他对孙书记说:'在抬我的路上,我听了你的,这次你们得听我的了!'说到这里他几乎以命令的口吻对孙书记说:'快喝!喝下去!'他的话是那么果断,这里边就简直没有丝毫商量的余地。

"当然我们还是拒绝了。这时候,团指挥员忽的从床上坐起来,这急剧的动作,对负重伤、刚从死亡里挽回生命的他,真是不可想象的。可是他真的就这样坐起来,紧接着他就对孙书记和我们发出怒吼,就象在激烈的战斗里,斥责没有完成任务的战士那样严厉:

"'快喝下去!不喝不行!不喝了就不许走!'

"这吼声来的这样突然,听着他的叫声,不仅我们几个民工,就连周围的几个医务人员也愣住了。当我们抬起吃惊的眼睛,向团指挥员的脸上望去的时候,看到这个怒吼的人的脸上,确实充满愠怒,可是在这怒火烧红的脸上,泪水却在眼中闪光。这就是说,我们再不听他的话,他就不能忍受了。

"这时医生偷偷的向我们递过了眼色,意思是说:为了不要使伤员太激动,你们就喝了吧!

"在这种情况下,我们就不好再推辞了。为了伤员,我们也得喝下去。这时候孙书记就对我们说:'好,我们喝了吧!'他先喝了一口,我们三个人也轮着喝了。鸡汤虽然喝到肚里了,可是想到团指挥员重伤的身体,这鸡汤又是多么难咽啊!我们费了好大的气力,压制往上涌的感情和泪水,才勉强把鸡汤喝完。"

小李最后结束了他的故事,这故事深深的打动了我的心,在灯光下,小李激动的对我说:"同志,孙书记在支前工作中的表现,是多么感动人啊!难道这仅仅是一碗鸡汤的事么?"

我发觉我的眼睛也有些湿润了。我对小李说:"孙书记的抢救伤员的行动和团指挥员的高贵品质的表现,实在太感动人了。这是一碗鸡汤的事,可是这碗鸡汤反映出革命军队和人民之间有着多么深厚的情谊啊!"

为故事所深深打动了的我站起来,在屋里转着圈子。孙书记的形象又在我面前出现了,不过比过去更崇高了。在这种激动的心情下,我真想马上见到孙书记。我不时的看看手表,这时虽然时间只有八点钟,可是我仿佛等了很久了,觉得浑身象在燃烧似的,恨不得一下见到孙书记才好。

这时,门外有停放自行车的声音,小李叫着:"孙书记回来了!"

我就向门口迎上去,我看到一个浑厚朴实、但已进入中年的人走进屋来。小李一见孙书记就说:

"孙书记,你的老战友来看你了!"

孙书记黝黑的脸上流露出惊喜的神情,上下打量着我并自语着:"好面熟,你是谁啊?"

我说:"向导同志,你难道把我们忘了么?"

他一听"向导",才恍然大悟的向我扑上来:

"我的同志,原来是你呀!"

说着，久别的我们就拥抱在一起了。

我在老孙这个公社多住了几天。一方面由于不想离开老孙；更重要的是这个公社出色的农业生产把我吸引住了。党的政策在这里贯彻得非常好，生产不断发展，群众生活一天天的提高，干劲高极了。沂河边的面貌日新月异地向美好的方面转变。

我感到老孙不仅是我们艰苦战斗年月的向导，在这社会主义建设时期，他又成为公社的出色带路人，领导着公社的人民，按照党所指引的方向，克服种种困难，向幸福的社会主义大道奋勇迈进。

十一　尾声

一个多月以后，由于工作关系，我得马上到济南去。我要离开沂蒙山了。离开这久别想念，见面后又不想分开的亲人，用这山区的话来说，就是还没有亲够，我又得走了。我离开了这艰苦年月给我留下深刻印象，而现在又变得更加美好，因之它就更吸引我的沂蒙山区的一切。我怀着非常难舍的心情，匆匆的登上了汽车。我坐在行进的汽车上，贪婪的望着窗外的景色。

这时，已近初秋，天高气爽。这正是山果和庄稼成熟的季节。满山遍野的果树，青枝绿叶间，结满了已熟或近熟的果实。苹果、花红果、石榴、栗子，看起来多么诱人啊！尤其是柿子、山楂，到处都是，结的也特别多。一棵小小的山楂树，由于果实稠密，远远看去一片红，簇簇的果实坠得枝条都弯下来了。

我本打算到沂水县委告别一下的，由于任务的急促，我就不准备在那里下车了。汽车到达沂水后，我突然看到从这里上车的旅客行列里，有我来时遇到过的那个青年人。我喊他：

"蒙生，你也是今天回南京么？"

蒙生也看到了我，他说："是呀！你也回去么？咱们一路走，我真高兴！"说到这里，他向身后木栅栏里送客的人群指一下说："爷爷也来送我了。"

我向蒙生指的人群一看，果然看到了王二伯。王二伯也看到我了，他从远处对我喊着：

"同志，你也走么？以后还要来啊！"

我说："大爷，以后我还要来看你老人家的。"

王二伯望着蒙生又对我说："蒙生年纪小，你在路上费神照顾一下吧！"他说最后这句话时声音有些沙哑了，显然是他对蒙生的离开感到很难过。

我说："这还有什么问题呀！我一定好好照应他，你老人家放心就是了！"

这时蒙生已上汽车，在我身边坐下，汽车开动了，我向王二伯招手告别。青年人隔着车窗对王二伯喊道：

"爷爷，你回去吧！"

蒙生说话的声音有点颤抖，我回头看他时，他已把头转开了。他用手帕擦着眼睛。

这时候，我不忍去打搅小蒙生。停了好一会，让他的感情平静一下，我才说：

"蒙生，看样子，你还没有在沂蒙山住够啊？"

蒙生说："是啊！马上开学了，又不能不走！"

我问："放寒假你还来么？"

蒙生说："放寒假的时间很短，只有两三个星期。可是时间再短，我也得来给爷爷和小挺叔拜个年。"

我说："春节期间，守着爸爸、妈妈和弟弟、妹妹在一起过年多好啊！你的爸爸妈妈舍得你离开么？"

蒙生说："爸爸妈妈会同意的，因为他们知道我出生在这里。在艰苦的战争年月,他们常常把我寄养在这里。在人民的抚育下,我成长起来。因此我对沂蒙山就有了深厚的感情。过去几年,每当我放寒、暑假的时候,我的心就跑到沂蒙山了。我匆匆的整理着行装,爸爸妈妈看到我的行动,就说:'蒙生,你又要回老家么?'

"我毫不犹豫的回答:'是呀,我想回去一趟!'

"爸爸妈妈并不拦阻我,因为他俩也很怀念沂蒙山和这里的人们,因此就说:'去看看你爷爷和小挺叔吧!同时你也可以在那里参加劳动,锻炼锻炼自己。'就这样,我就回沂蒙山区来度假期了。"

听了蒙生的话,我连连点头。我对他说:"这样说来,你有两个家了!"

蒙生很认真的说:"是的,我有两个家。南京是我的家,那里有我的爸爸、妈妈,还有一群弟弟和妹妹,他们待我都很好,在那里,我感到家庭的温暖,可是那个家再好,我也忘不了沂蒙山这个老家,因为它对我的印象太深了。在一个长时间看不到它,我就会想念得厉害。有谁能不想念自己的故乡呢?我觉得南京是我的家,也是爸爸的家。爸爸的老家是江西,而我的老家是这沂蒙山,你说对么?"

我完全理解蒙生的心情,我点头表示同意。并说:

"蒙生,你的话是对的!不要说你在这里诞生,就是我们这些曾经在这里战斗过的人,有谁不怀着深厚的感情日夜怀念着沂蒙山呢?"

说过这句话以后,我又抬头向车窗外望去。这时候,渐渐向后移去的沂蒙山的景色就更加迷人了。

巍峨的沂蒙山啊!在那艰苦的战斗年代,你身边燃起了熊熊的革命烽火。那时候,你抚养着多少英雄儿女啊!这里的英雄儿女,在党的领导下,过去在这里和敌人展开了艰苦卓绝的战斗,创造了说不尽的英雄事迹;而现在在社会主义建设中,又干着翻天覆地的事业,改变着你和祖国大地的面貌。过去在这里斗争而现在远去的"外乡人",都是怀着激动的心情,怀念着你,经常谈着你的响亮的名字。有的又重新回到你的怀抱。山西人赵大祥就是很多人中的一个，他在这里安家落户了。在革命的战火中，又有多少革命的子弟，象蒙生一样在你的怀抱里诞生。他们把你作为心爱的故乡，常常来探望你，不来就感到难过。而象我这样过去在这里斗争、现在又不能来到你的身边的人，就太多了。看不到你，我们想你；见到你后，你雄伟的面貌，激起了我们情感的沸腾；现在要离开你，我的心情又是多么的难舍啊！……

汽车向前疾驶，沂蒙山的山影渐渐消逝。我的眼睛潮湿了。

1961年3月26日写完于沂水东岭